本书得到“南京大学白先勇文化基金”资助

南京大学白先勇文化基金·博士文库
主　　编　白先勇
执行主编　刘　俊

白先勇小说的翻译模式研究

宋仕振◎著

天津出版传媒集团
天津人民出版社

图书在版编目(CIP)数据

白先勇小说的翻译模式研究 / 宋仕振著. --天津：天津人民出版社, 2022.8

(南京大学白先勇文化基金 / 白先勇主编. 博士文库)

ISBN 978-7-201-17771-7

Ⅰ. ①白… Ⅱ. ①宋… Ⅲ. ①小说-英语-文学翻译-研究-中国 Ⅳ. ①H315.9②I207.4

中国版本图书馆 CIP 数据核字(2021)第 213508 号

白先勇小说的翻译模式研究

BAI XIANYONG XIAOSHUO DE FANYI MOSHI YANJIU

出　　版　天津人民出版社
出 版 人　刘　庆
地　　址　天津市和平区西康路 35 号康岳大厦
邮政编码　300051
邮购电话　(022)23332469
电子邮箱　reader@tjrmcbs.com

策划编辑　王　琤
责任编辑　王　琤
封面设计　汤　磊

印　　刷　天津新华印务有限公司
经　　销　新华书店
开　　本　710 毫米×1000 毫米　1/16
印　　张　21.5
插　　页　2
字　　数　230 千字
版次印次　2022 年 8 月第 1 版　2022 年 8 月第 1 次印刷
定　　价　98.00 元

总　序

南京大学与天津人民出版社合作出版"南京大学白先勇文化基金·博士文库"丛书。丛书以出版青年学者研究台港文学的博士论文为主，由南京大学"白先勇文化基金"赞助出版，此基金乃由"赵廷箴文教基金"负责人赵元修先生、辜怀箴女士捐赠。丛书旨在鼓励青年学者对台港文学加深研究。文学是最能沟通人类心灵的媒介，通过青年学者的研究成果，把台港文学讲解介绍给读者尤其是高校学生，会产生良好的影响，使他们对台港的社会有更深一层的了解。

"南京大学白先勇文化基金·博士文库"丛书第一批包括以下列七本书：

林美貌：《台湾当代散文批评新探索研究》

王璇：《空间书写与精神依归——抗战时期旅陆台籍作家研究(1931—1945)》

肖宝凤：《消解历史的秩序——当代台湾文学中的历史叙事研究》

徐诗颖：《20世纪80年代以来香港小说中的"香港书写"研究》

蔡榕滨：《杨逵及其文学研究》

宋仕振:《白先勇小说的翻译模式研究》

李光辉:《联合副刊文学生产与传播研究》

这几本论著涉及的领域相当广阔,具体如下:

台湾当代散文的质与量都相当丰富,散文家辈出,尤其女性作家数量甚众,值得研究。

在全面抗战时期有一批台湾作家旅居中国大陆,如钟理和、吴浊流、张我军、洪炎秋等,这些人的作品及生平,在大陆较少受到关注。台湾因经过日本50年的殖民时期,光复后,国民党撤退抵台,又一次经历大变动,历史渊源相当复杂,而历史意识常常反映在文学作品中。

20世纪80年代,香港涌现新一代的作家,如钟晓阳、辛其氏、董启章等,他们笔下的“香港书写”又呈现了一种新的面貌。

杨逵是台湾日据时代享负盛名的作家,他的政治背景复杂,曾参加抗日运动,遭日本当局逮捕,光复后,因言论触怒台湾当局,被判刑坐牢。他的生平与作品对当时的台湾读者有一定的影响。

宋仕振的论文比较特殊,他研究我的小说的翻译模式,主要聚焦在《台北人》的英译本上。这个英译本,由我本人、共同译者尹佩霞(PatiaYasin)以及编者——著名翻译家乔志高三人合作完成。这个译本花了五年工夫,一再润饰修改而成,修订稿原件存于加州大学圣塔芭芭拉分校图书馆白先勇特别馆藏中。宋仕振研究译本的修订稿,得以洞悉《台北人》的英译本是如何一步一步修改润饰而成的。

台湾《联合报》是影响力最大的一份报纸,其副刊历史悠久,在台湾文坛享有极高的声誉,曾经培养出为数甚众的台湾作家,联副的文学奖也是台湾文学界的标杆。

这七本博士论著,是“南京大学白先勇文化基金·博士文库”的第一批丛书,这批论著的出版希望能激励更多青年学者投身台港文学的研究事业。这项计划完全由南京大学中文系教授刘俊先生一手促成,特此致谢。

白先勇

二〇二二年四月五日

前　言

白先勇(1937—　)是台湾当代著名作家,其小说创作将中华传统文化底蕴与审美意识提升到一种新的境界。同时,白先勇跨区域、跨国度的文学创作以及由此产生的文学影响,也为海外华文文学乃至世界文学做出了一定的贡献。其代表性作品已被翻译成多种语言,如英语、法语、德语、日语等,在国内外产生了积极而持续的影响力。鉴于白先勇的文学成就、文学地位及其与华文文学的关系,其作品的翻译及传播是一个值得深入探讨的学术问题。

本书以白先勇的三部代表作即《台北人》《孽子》《纽约客》的英译为研究对象,以翻译模式为研究主题,借助英译底稿及其他相关资料,对上述三部代表作对应的三种不同翻译模式的缘起、操作过程、策略选择等以历史语境还原的形式进行动态的描述性研究。在此基础上就这三种翻译模式从翻译规范、翻译方向、整体优势性与局限性三个层面进行、了比较性的批评研究。在比较分析的基础上,笔者就中译英的理想翻译模式进行了尝试性构建。本书的主要观点和结论如下:

其一,《台北人》的英译是由作者白先勇、合译者叶佩霞与编辑高克毅共同完成的,属于合作自译+编辑模式。初稿是作者在母语译者叶佩霞的协助下完成的，但翻译的原则与策略以白先勇为主导。初稿以“信”为主，追求译文的完整性与准确性，辅之以适应性改写，体现了自译较他译具有的天然优势性。合译者叶佩霞则发挥了母语优势，整体上保证了译文的可读性。编辑高克毅则起到了质量把关的作用，提高了译文的精确性、地道性、审美性等。

其二，《孽子》的英译由葛浩文独立完成，属于汉学家的译者模式，体现了其个性化的翻译理念与风格。对因言语而异的表达方式译者倾向于直译，以保存原作的风格，如直译不能奏效则以创译补之。对因语言而异的表达方式则以意译为主，以迎合读者的审美期待。同时对文化所指与序言进行去学术化处理，体现了其从学术翻译模式到商业翻译模式的转型。此外，译者与作者的互动使得译文臻于至善。

其三，《纽约客》的英译以《台湾文学英译丛刊》(以下简称《丛刊》)为媒介，以汉学家与海外华人为主要译者，并由三位编辑对译文进行把关，属于译者-编辑的合作模式。《丛刊》要求译者以现代美加英语为根本，兼顾译文的学术性与教育价值。译文的修润在尊重译者风格的基础上，由英文编辑罗德仁、中文编辑杜国清以及文字编辑费雷各负其责共同完成，保证了译文的准确性、地道性、审美性与规范性。

其四，三种模式都遵循了道德规范，实现了译文的完整性与准确性。在语言层面上则以现代英语为主流规范，以保证译文的可读性，但在具体的表现形式上各有侧重。同时辅之以各种变格作为补充，以凸显审美效果。在文化所指层面上，《台北人》与《纽约客》的英译侧重于译出语文化规范。而《孽子》的英译体现了译入语规范与译出语规范的融合。规范的"异"与"同"为不同目标语读者使然,也体现了不同译者、编辑的诗学诉求与融合。

其五,《台北人》与《纽约客》的英译兼有译入与译出的性质,而《孽子》的英译属于单纯的译入。研究显示,译入与译出的区别性特征在于,译入译者在习语方面占据优势,但易受原文表层结构或字面语意的影响,致使译文出现不同程度的拘泥现象。译出译者在原文文本理解上占据优势,但习语能力不足,致使译文地道性不足。葛浩文在众多母语译者脱颖而出,归因于其丰富的翻译经验、娴熟的母语驾驭能力以及由此表现出的个性化的译者风格。

其六,《台北人》的合作自译+编辑模式实现了成员之间的优势互补,同时统一到作者的主体性之中,其局限性在于编辑偶有过度干预之嫌。葛译《孽子》彰显了译者的主体性,可以概括为三种意识,即"有我意识""普通读者意识",以及与作者的"互动意识",其局限性在于缺乏"文化脉络"意识。《纽约客》的译者-编辑的合作模式形成了较为完备的译文编辑机制,其局限性在于译者众多,风格难于统一。

基于三种模式的比较分析,本书尝试提出中译英的理想翻译模式,即作者—译者—编辑的合作模式。在这一模式中,译者为翻译主体。作者与编辑固然不可或缺,但起到的是协助而非替代作用。译者与作者的互动不仅能够共同提高译文的质量,同时有助于增强跨文化的传播效果;理想的译者应该是译入语为母语且具备良好文字素养与文学修养的学者型译者或双语作者;编辑则对译文的质量起到把关作用。这种翻译模式的成功与否取决于三者之间的优化组合与合作统一。

本书的意义在于,推进了翻译模式研究的广度与深度,拓宽了翻译过程的研究路径,延伸了译文编辑模式的研究空间。此外,对海峡两岸的翻译交流也起到了一定的促进作用。

目 录

第一章　绪论

本章拟对选题背景与以白先勇为个案研究的缘起进行概述，进而交代本书的研究意义、研究对象与研究内容、研究思路与研究方法、创新之处等基本信息，以明晰本书的整体框架。

第一节　选题缘起与研究意义

一、选题缘起

翻译作为交流文化、沟通思想的桥梁，对提高中国文学尤其是现当代文学在世界文坛的能见度起到根本性作用。特别是自莫言获诺贝尔文学奖以来，国内文学界、翻译界更是掀起了一股文学外译的研究热潮。“由谁来译”一时成为文学界、翻译界等各界人士讨论的焦点。如 2012 年由上海大学以及上海比较文学研究会举办的“从莫言获奖看中国文学如何走出去——作家、译者与评论家三家谈”的学术峰会，就集中讨论了译者模式与翻译策略两个主要问题。在学界，一种较为普遍的观点认为，能把中国文学译成英语并保持原著水准的，应当以西方汉学家为主导。西方汉学家的优势不言而喻，如驾驭母语的能力、熟稔目标语读者的审美期待，等等。从国际翻译惯例来看，译入母语也是通行的做法。有些学者甚至以葛浩文的翻译模式为蓝本，构建了中国文学外译理想的译者模式。但是母语为英语的译者也存在缺陷，即在翻译文化所指时经常会产生理解偏差，导致各种误译等问题。因此，文学界、翻译界一致认为比较理想的翻译模式是西方汉学家与中国学者的结合。但是至于这两者如何结合并没有实证性的论证，更遑论系统性的理论阐发。而且这些研究过于单一，主要集中于葛浩文、蓝诗玲、杜博妮、金介甫、白睿文等少数汉学家身上。

其实，文学的翻译模式有多种，除了汉学家模式之外，还有很多其他类型的译者模式和翻译模式。在中国文学走出去的过程中，这些不同的译者模式和翻译模式发挥了举足轻重的作用。目前文学外译研究的另外一个缺陷是，过于关注大陆文学的译介，视野偏于狭隘。我们不仅要关注大陆现当代文学的译介，也应关注台湾文学的译介。

由于特殊的历史际遇、人文环境与地理位置，台湾文学在传承中华传统文化的同时也显示出其特有的复杂性和多元化，这些独特之处丰富了中华文化的内涵。自 20 世纪 80 年代以来，大陆的台湾文学研究取得了有目共睹的成就。但是有关台湾文学的译介研究却显得较为单薄，这是当前文学、文化外译研究严重缺失的一环。因此，唯有将台湾文学的译介研究纳入到中华文化输出的范围之内，才能更清楚地定位中国文学在世界文学中的位置及其影响力。

有鉴于此，本书以白先勇代表性小说的翻译为研究对象，以其涉及的翻译模式为中心主题。选取原因如下：其一，白先勇的文学地位和声望。在当代台湾作家中，不论是在海峡两岸，还是其他各地的华人世界中，白先勇都是颇负盛名、非常受肯定的作家之一。他不仅在20世纪60年代创办了《现代文学》杂志，还进行了大量的现代派文学创作。虽为现代派作家的代表之一，但是其作品又具有浓重的中国文化底蕴。白先勇在创作中将古典叙事和现代技巧完美地结合起来，被论者称为最具传统的现代派。白先勇的文学成就也得到了国际的认可。其中，《台北人》曾入选《亚洲周刊》20世纪中文小说100强第7位，为在世作家之最高排名。哈佛大学教授韩南（Patrick Hanan）认为该书为"中国当代短篇小说之最高成就"（1982年版《台北人》英译本封面语）。《孽子》是中国现当代第一部正面描写同性恋的长篇小说。法国书评家雨果·马尔桑在法国第一大报《世界报》上，以几近全版之篇幅，评价白先勇的《孽子》为"将悲情研成金粉的歌剧"。《纽约客》是白先勇后期创作的代表作，其写作主题涉及同性恋、艾滋病等世界性问题，更具国际视野。因此，其文学活动、创作成就，是一个值得深入探讨的现象。其二，白先勇作品的外译涉及不同的翻译模式。如《台北人》的英译属于合作自译+编辑模式，由作者白先勇、合作译者叶佩霞以及英文编辑高克毅共同完成，经由大学出版社发行（印第安纳大学和香港中文大学）；《孽子》英译则出自著名汉学家葛浩文之手，属于汉学家的译者模式，由美国同志阳光出版社（Gay Sunshine Press）发行；而《纽约客》则主要是借助学术刊物《台湾文学英译丛刊》

出版的，采取的是译者－编辑的协作模式。比较这些翻译模式的优缺点，可以为文学、文化的外译提供有意义的参考。

概言之，白先勇杰出的文学成就、广泛的影响力，以及其作品翻译模式的多元化是本书研究的主要因素，而对其小说涉及的不同翻译模式的探讨对文学外译研究无疑具有重要的理论意义和学术意义。

二、研究意义

理论意义主要体现在两个方面，即翻译模式与翻译过程。本研究涉及的三种模式各不相同，各具特色，对它们全面而深入的研究可为未来的文学外译提供可资操作的启示，对理想翻译模式的构建提供一定的理论基础。同时，本书借助英译底稿、修改稿、定稿，以及笔者与作者、编辑之间的通信往来等一手资料，就三种翻译模式进行了动态性的研究，体现了翻译要素之间的互动关系。这些原始资料可以拓宽翻译过程的路径研究，加深翻译过程的认知研究。此外，白先勇作品的英译跨越不同的时期，对它的研究可为台湾文学的外译研究打开一扇窗户，以此与大陆文学的译介形成参照，增强两岸文学界与翻译界之间的交流。在文学、文化外译方面，两岸作家、译者的合作应当成为一种可行的趋势。我们应当以华文世界的宏观视角来看待文化的输出与传播，唯有如此才能施惠于整个华文圈的读者以及作者，也才能真正达到中华文化的输出，展现文化的软实力。

第二节 研究对象与研究问题

本书主要以白先勇的三部代表作《台北人》《孽子》《纽约客》的英译为研究对象，以涉及的三种翻译模式为研究主题，即《台北人》的合作自译+编辑模式、汉学家葛浩文英译《孽子》的译者模式，以及《纽约客》译者-编辑的合作模式。主要涉及如下五个问题：

第一，《台北人》的合作自译+编辑模式的研究。涉及的具体问题有：①作者白先勇与合译者叶佩霞在翻译初稿时是如何分工与合作的？遵循了何种原则并采取了哪些具体的翻译策略？②编辑高克毅是如何对初稿改进的？效果如何？③作者、合译者与编辑之间是如何实现优势互补与合作统一的？

第二，葛浩文英译《孽子》的译者模式研究。涉及的具体问题有：①葛浩文英译《孽子》的缘起何在？②译者遵循了何种翻译原则并采取了哪些翻译策略，由此体现了译者何种翻译理念与翻译风格？③葛浩文译者模式的主要特征是什么？

第三，《纽约客》的译者-编辑的合作模式研究。《纽约客》是借由《丛刊》进行译介的，采取的是译者-编辑的合作模式。涉及的问题有：①《丛刊》选聘译者的标准什么，编辑的职责是如何划分的？②编辑对译者在翻译规范上有何要求？③针对译文存在的问题，三位编辑是如何分工合作对译文进行修改的？

第四,三种翻译模式的比较性研究。涉及的具体问题有:①三种翻译模式遵循了哪些规范,这些规范对译者或编辑的策略选择起到何种制约或影响,这些规范体现了译者与编辑何种诗学诉求或融合?②三种模式既有单纯的译入,又有译入与译出的组合。那么母语译者与非母语译者的区别性特征是什么?③三种翻译模式各自的优势与局限在哪里?

第五,中译英理想翻译模式的构建。具体问题包括:①理想模式的构成应包括哪些主体要素?②这些主体要素应如何实现优化组合与合作统一?

第三节　研究思路与研究方法

本书研究思路如下:

首先,交代选题的社会文化背景,指出目前有关文学翻译模式研究的现状与存在的问题,交代选取以白先勇小说作为英译研究为对象的动因,并就白先勇小说的英译涉及三种不同的翻译模式进行界定。

其次,就《台北人》《孽子》《纽约客》的翻译模式进行描述性研究。涉及的三个章节其逻辑关系为平行关系,无主次之分。而每一章的描述性分析是按照翻译过程进行论述的,即按照不同翻译模式的缘起、组织方式、翻译策略、编辑效果等进行展开。

再次,在描写性研究的基础上,本书就这三种模式进行比较性的批评研究。主要涉及三方面的比较:翻译规范的比较、翻译方向的比较、三种模式各自优势性与缺陷性的比较。翻译规范是对翻译原则与策略的深度解析,翻译方向涉及译入与译出问题,涉及母语译者与非母语译者区别性特征的探讨;而优势性与缺陷性是整体上的比较分析。因此,这三种比较从微观到中观再到宏观,大致呈现一种递进关系。

最后,在三种翻译模式比较分析的基础之上结合其他相关理论,本书尝试提出中译外的理想模式。同时对本书存在的不足之处进行了简要的交代,并就未来的研究方向进行了展望。

本书采取的方法有:

一是文献法。本书所陈内容并非原文与译文之间的静态研究,而是侧重于译本生成的动态过程,即借助《台北人》《纽约客》的部分英译手稿以及笔者与作者白先勇、《丛刊》主编杜国清、英文编辑罗德仁之间的邮件往来等,就不同的翻译模式进行语境还原。

二是文本细读法。细读法本是英美新批评派惯用的文学批评方法,是一种细致的文本阅读方法。白先勇的文学创作特别注重语言的艺术性表现形式,因此文本细读能够深入语言细节的微妙之处及其巧妙的表现形式,以此作为比较原作和译作的基础,从而能够深入地洞察两种文字之间的播迁。

三是比较法。本书所使用的比较方法主要涉及三个层面的比较:《台北人》不同译本之间横向的比较、《台北人》不同版本之间纵向的比较、三种翻译模式的比较性研究。《台北人》系列英译之前,有些篇目已经得到不同程度的译介,这些译本之间的横向比较更能看清《台北人》翻译团队的诗学取向。而《台北人》不同版本之间的纵向比较则可见证作者追求完美的主体表现,以及“译无止境”的翻译理念。

四是定量与定性相结合的方法。定量法是对研究对象进行统计学意义上的数据分析,从而得出较为准确、科学的结论。本书主要涉及有关文化负载词注解的统计分析,探讨在处理文化元素时译者的文化取向和翻译策略。这里的定性研究主要是例证分析,针对其中的一个或若干篇章进行典型案例分析。

五是描述性与批评性相结合的方法。本书首先对三种翻译模式进行描述性研究,包括翻译模式的缘起、组织方式、策略选择、编辑效果等;在此基础上对三种模式进行批评性研究,如翻译规范的比较,翻译方向的比较,三种模式优势性与缺陷性的对比研究等。本书力求做到从描述性到批评性,从实证到理论,做到宏观勾勒与微观解剖相结合,文书分析与文化阐释相结合。

第四节　研究的创新点

本书的创新点主要体现在如下三个方面:

一是翻译过程的动态研究。本书基于大量的英译底稿,以及笔者与作者、编辑等之间的通信往来,对不同翻译模式的操作过程进行了动态性解读,克服了以往“只见结果,不见过程”的静态研究。旨在使译作的研究与历史语境相结合，在译作产生的历史过程中考察制约其生成的内外因素。

二是对译入与译出的区别性特征的重新认识，在一定程度上打破了传统上关于翻译方向认知的成见。译入与译出的区别在于，译出译者在原文文本理解上占据优势，但习语能力不足，致使译文地道性不足。译入译者在习语方面占据优势，但更易受原文表层结构或字面语意的影响，致使译文出现不同程度的拘泥现象，这与译入译者对原文的认知程度有着较大关联。

三是中译英的理想翻译模式的尝试性构建，即作者—译者—编辑的合作模式。在这一模式中，译者为翻译主体。作者与编辑固然不可或缺，但起到的是协助而非替代作用。译者与作者的互动不仅能够共同提高译文的质量，同时有助于增强跨文化的传播效果；理想的译者应该是译入语为母语且具备良好文字素养与文学修养的学者型译者或双语作者；编辑则对译文的质量起到把关作用。这种翻译模式的成功与否取决于三者之间的优化组合与合作统一。

第五节　研究内容与结构安排

第一章是绪论。交代了选题背景与研究意义、研究对象与研究问题、研究思路与研究方法、论文写作的整体框架、研究的创新点，以及本书使用的资料来源说明等基本问题。

第二章是文献综述。首先梳理了翻译模式的研究现状。根据组织方式，本书将翻译模式分为译者模式与合作翻译模式两大类，对国内外的相关研究进行简要的梳理并予以概要性的评述。其次，就白先勇作品的英译研究进行梳理，就研究的种类以及研究视角进行较为详细的解析。最后总结目前研究取得的成就及其不足之处，进而指出本书的核心问题与意义所在。

第三章是关于白先勇的文学创作及作品译介的评述。该章首先交代了白先勇的生平经历，以及这种经历对其文学创作的影响。进而将其文学创作分为五个阶段，即探索期、发展期、成熟期、拓展期以及后期。分析白先勇各个阶段的代表作及其创作背景，总结作品的艺术特质，概述了其作品在世界范围内的译介与传播情况，并归纳出其作品英译的三种不同的翻译模式。

第四章是《台北人》合作自译 + 编辑模式的研究。《台北人》是由作者白先勇、合作译者叶佩霞以及编辑高克毅合作完成的，属于合作自译 + 编辑模式。本部分以作品的英译手稿，以及笔者与白先勇之间的书信往来为材料基础，同时结合《台北人》不同的译本和版本，追溯了《台北人》英译的缘起与团队的构成，分析了白先勇与叶佩霞对译文初稿的构建及其策略选择，以及编辑高克毅从哪些层面对初稿进行了修改与润色，并探讨了团队成员之间的互动与协商。最后总结了这种翻译模式的意义所在。

第五章是汉学家葛浩文英译《孽子》的译者模式研究。该章追溯了葛浩文英译《孽子》的社会背景、缘起，分析了葛浩文翻译的整体原则如全译,以及具体的翻译策略如直译、重写、创造性翻译及去学术化等,进而就译者与作者的互动情况进行了分析,指出作者的介入对译文的修改所起到的建设性的作用。最后总结了葛浩文译者模式的主要特点及其背后的翻译理念。

第六章是《纽约客》的译者-编辑的合作模式的研究。该章首先介绍了《丛刊》创办的背景与宗旨,交代了其英译《纽约客》的缘起。进而交代了《纽约客》英译所涉及的译者与编辑,以及他们的身份背景及职责所在。其次,就《丛刊》的整体规范要求以及译者的遵守情况进行了介绍。最后结合由英文编辑提供的原始稿件就中英文编辑对《纽约客》译文的修改情况进行详尽的分析。

第七章是对三种翻译模式比较性的批评研究,并在比较分析的基础上提炼出中译英理想的翻译模式。首先从三个层面按照递进关系进行了比较:一是翻译规范的比较,主要从道德规范、语言规范与文化规范三个层面分析三种模式遵守与实现情况及其背后的制约因素;二是翻译方向即译入与译出的比较,母语译者与非母语译者的区别性特征;三是三种翻译模式整体上优势与缺陷的比较,在比较分析的基础上尝试性构建中译英的理想模式。

第八章是本书的结论部分,对本书进行了回顾性综述,进而就研究的主要结论进行归纳,指出其在本领域的价值和意义。同时交代了本书存在的问题,并就未来的研究方向提出一些可行性的建议。

第二章 文献综述

本书以翻译模式为主题,因此本章首先对有关翻译模式的研究进行梳理,其次是对白先勇作品英译的研究概述,以考察目前国内外相关研究的现状,总结存在的局限,在此基础上指出本书的核心问题及其意义所在。

第一节 翻译模式的研究综述

翻译模式,简单来讲,就是翻译的组织方式,可以由一人独立完成,即个人模式或译者模式,如自译、他译,而他译又可分为母语译者(即汉学家翻译)模式、本土译者模式以及双语译者模式;也可以是两人及以上的合作翻译模式。而合作翻译模式又存在不同的变种。考虑到本书的主题,本节主要从自译、译入与译出、合作翻译这三个层面进行综述。

一、译者模式

个人译者模式主要分为自译和他译两种情况，而他译又分为母语译者模式与本土译者模式，从翻译方向角度划分，又可分为译入模式与译出模式两种情况。

（一）自译

自译(self-translation)，是一种较为特殊的翻译模式，它指的是“翻译自己作品的行为或此种行为的结果”(Grutman，1998:17)。另外，根据作品是否独立完成，自译又可分为合作自译和独立自译两种情况。在西方，由于语言的近源性，文学自译活动较为频繁，因此有着悠久的历史。霍肯森等(Hokenson J. W. & M. Munson，2007)将西方的自译活动大体分为三个历史阶段，即中世纪及文艺复兴时期、19 世纪的近代时期、20 世纪以来的现代时期。而中国的自译活动相对较晚，始于现代文学时期，如张爱玲之自译《金锁记》，萧乾之自译短篇小说选集《蚕》(*the Spinners of Silk*)，等等。

目前有关自译的研究主要聚焦于自译的范畴与自译策略两个方面。关于自译是否属于翻译范畴，目前学界主要有两种基本的看法。第一种观点认为，不管自译中有多少创造成分，都属于翻译范畴。林克难(2005:47)在分析了萧乾的自译作品后，认为“增亦翻译，减亦翻译”，并指出这种翻译策略“开创了文学翻译的一条新路”。杨仕章

(2009:78)认为:文学自译虽然包含许多创造性成分,但仍然属于翻译范畴。另外一种观点认为,自译不是翻译,而是二度创作或是重写。自译中的创作是一种普遍的现象,中西皆然。国外对自译研究较早的有加拿大布莱恩·费奇(Brian Fitch)。费奇认为,他译与自译的区别在于前者为"再现文本"(reproduction of a product),而后者则是重复的"写作过程"(repetition of a process)(Fitch,1988:130)。基于此种发现,他认为自译并非严格的翻译。"由于译者具有更多的'创作潜能',其策略选择会更加自由,因此自译并非翻译。"(Fitch,1988:126)持此种观点的有博若尔(Beaujour,1995)、费德曼(Federman,1987)等学者。

自译之所以争议较多,无非集中在两个方面。其一,自译比他译具有更多创作自由的潜势,在一定程度上,自译其实并不是严格意义上的翻译。作者把自己的文章译成另外一种文字时,可以随心所欲、边译边改。此外,自译一般涉及的是译出问题,即从母语向另外一种语言转换。而国际通行的惯例是"译入",即从一种语言向母语转化。中文作家英文程度再高,毕竟不是英语母语人士,再加上作家独特的文字风格,在将作品翻译成英文后未必能够完美转换。其带来的问题就是译者过于拘泥,导致译文不够地道、流畅。回顾现代华语文学的历史,能够将自己的作品翻译成英文的作家,可以说屈指可数。刘绍铭在详细分析了张爱玲的自译作品之后,认为:"张爱玲的英文再好,在对口语和 idiom(习语)的运用上,始终吃亏。她到底不是个 native speaker of English(母语为英语者)。她的英文修养是一种 acquisition

（习得技能），是日后苦修得来的 bookish English（书本英语），不是出娘胎后就接触到的语言。”（刘绍铭，2007：118）其二，既然原作是作者自己的作品，自译者享有比他译更多的自由权，即不用亦步亦趋地顺从原文，面对原文中比较难以处理的语言表达，常常采取避重就轻或是改写的策略，如萧乾之自译短篇小说集《蚕》就属于这种情况。

自译研究的另外一个重点是自译的策略研究与理论构建。国内有关自译的策略研究主要以个案为主，如陈吉荣（2009）关于张爱玲的自译研究、林克难（2005）关于萧乾的自译研究、吴波（2004）关于白先勇的自译研究，等等。这些自译研究在研究结论上基本趋于一致，即与普通的他译比较，自译者的主体性更为彰显，如避重就轻，或者为了弥补原作之缺陷进行二度创作；策略更为灵活，如段落的调整，意义的重写等。而桑仲刚（2014）则对自译策略进行了系统而深入的分析，发现了自译中存在的普遍性规律。由上可见，关于自译的研究已经初具规模。对于自译的属性虽颇有争议，但是就自译的策略研究，其结论却基本趋于一致。

（二）译入与译出

简单来讲，译入就是译入母语，译出就是译出母语。前者在学界被称为正向翻译或顺译，后者被称为逆向翻译或逆译。为避免先入为主的成见，笔者这里采用“译入”与“译出”这一组更为中性的说法。目前的翻译研究主要集中于译入研究，译出研究相对较少。近年来，由于媒体的曝光与采访，许渊冲的译出行为受到较多的关注。但这仅是个案，不具普遍意义。从整体来看，译入研究占据绝对优势。

自2012年莫言获得诺贝尔文学奖以来，国内学者有关中国文学译介的讨论掀起了一股前所未有的研究热潮，由谁来译中国文学作品再次成为文学界、翻译界乃至文化界讨论的焦点。鲍晓英(2014:44)总结出目前三种较为常见的模式，即中国本土译介主体模式、海外华人译介主体模式、国外汉学家译介主体模式。但是由于能同时做到对母语和外语驾轻就熟的本土译者非常匮乏，加之葛浩文对莫言作品的成功译介，因此就影响力而言，能把中国现当代文学译成英语并保持较高水准的，还是西方汉学家。西方汉学家的优势不言而喻，如驾驭母语的能力、熟稔读者的阅读习惯、善于沟通出版机构与新闻媒体以及学术研究界的群体，等等。因此，文学界、翻译界在翻译模式上的观点基本一致，即认同汉学家译者模式或汉学家与中国学者相结合的翻译模式。

从翻译国际惯例来看，译出是通行的做法，也就是说，中国文学的外译应该由英语为母语的西方汉学家来承担。胡安江(2010:11)在对葛浩文仔细研究之后，提炼出汉学家翻译的理想模式，即中国历史、中文天赋、中学底蕴以及中国情谊。这四者的结合，无疑是汉学家选择中最理想的一种模式。这类研究侧重于对译入与译出的比较分析上。有理论层面的探讨，如潘文国的《译入与译出——试论中国译者从事汉籍英译的意义》(2004)；有文化传播层面的探讨，如胡德香的《对译入与译出的文化思考》(2006)；也有个案研究，如李越和王克非的《老舍作品英译中的译出、译入比较》(2012)；也有学者基于语料库在译入与译出风格差异层面的探讨，如黄立波的《译出还是译入：翻译方向探究——基于语料库的翻译问题考察》(2011)。此类研究虽然取得了一定的成就，但在理论阐发上不足，且偏于规定性。

其实，译入与译出行为又可分为两个层面：一是微观的个人层面，如母语译者与非母语译者；二是国家或机构的宏观层面，如《熊猫丛书》《中国文学》《毛泽东选集》的英译等均属此类。近年来，国内有些学者从机构、国家层面对译出行为进行了反思，代表性人物有谢天振、许钧、周领顺等。《译入与译出——谢天振学术论文暨序跋选》(2019)一书集中体现了谢天振关于译入与译出行为的反思，指出了译出与译入的根本区别，即"译入是建立在一个国家、一个民族内在的对异族他国文学、文化的强烈需要基础上的翻译行为，而译出在多数情况下则是一个国家、一个民族一厢情愿地向异族他国译介自己的文学和文化，对方对你的文学、文化不一定有强烈的需求"。针对国内的译出行为问题，谢提出了"时间差"与"语言差"两个概念，以此作为指导译出的基本原则。许钧(2015)与周领顺(2020)则针对学界对译出行为的偏见进行了反思，在一定程度上指出了译出行为的意义所在，认为译出与译入是十分复杂的现象，并呼吁加强译入与译出行为的理论探索与构建。

二、合作翻译模式

合作翻译，可以界定为由两名或两名以上人员合作进行的译事活动。张德让(1999)曾把合译归为四类：一是主译加润色的主配方式、二是口述加笔译的互存式、三是化整为零的承包式、四是大规模合作的立体式,并提出合作翻译的关键在于合一。至于如何实现这一目标,则并未详谈。近来又有学者在此基础上重新进行了划分,即口述加笔受模式、主译加辅译模式、集体分工协作模式、互联网互动交流合作模式。(房慧玲,2011:9)口述加笔受的模式可以追溯到古代的佛经翻译:一人口述,另外一人负责记录。这种模式虽然便捷,但往往有以讹传讹之嫌。这种模式在晚清著名翻译家林纾身上得到了淋漓尽致的发挥,并一时成为佳话,但对这种模式的诟病也是显而易见的,诸多学者认为那不是严格意义上的翻译,而是一种改写。主译加辅译的翻译模式,一般来讲主要在两人之间进行,其中一人为主译,另外一人进行辅助翻译,或对译文修改、润色,或几种角色兼而有之。互联网互动交流合作模式,是互联网时代一种新型的合作翻译模式。其实,合作翻译可以简单地划分为两种,即两人之间的合作翻译,以及三人及以上的集体翻译。

两人的合作翻译是较为常见的一种翻译模式,其主要形态表现为中西结合。诚然,也偶有中中结合或西西结合的方式,而每种形态又存在不同的变异。传统观念认为,两人合作翻译的理想状态为,一位为原语译者,另外一位是母语译者。这种合作翻译模式既保证了原文的忠实性,又保证了译文的地道性和流畅性。这种翻译模式在文学翻译中应用较广,如杨宪益夫妇之英译中国古典文学,陶忘机与夫人黄瑛姿之英译台湾文学,萧乾与文洁若之合作翻译《尤利西斯》,葛浩文夫妇之英译中国现当代文学等,堪称此种翻译模式的典范,这种翻译模式也备受译界学者推崇，此方面的研究也较多。

受此影响，英文刊物《中华人文》也采取了类似的翻译模式。许诗焱（2014）在《译者－编辑合作模式在中国文学外译中的实践》一文中详陈了《中华人文》的翻译模式。据其本人称，《中华人文》采取的译者－编辑模式主要是受到葛浩文夫妻模式的影响，他们各自拥有母语优势，能够彼此互补，既能做到全面理解原文的内涵，又能使英文表达流畅自然。《四世同堂》的英译也属于中西结合的方式，但又有所不同。作者老舍口授，浦爱德随即翻译为英语。浦爱德虽然母语为英语，但从小在中国长大，对山东方言、北京方言了然于胸。魏韶华和刘红涛（2011）对这种特殊的翻译模式与译者的身份之间的关系进行了深入探讨，指出了译者特殊的身份对译者策略选择的影响。合作自译又属于另外一种形态的合作翻译，但这种现象较为罕见，因此这方面的研究也较少。针对自译存在的问题，屠国元（2018：41）提出了合作自译的构想，并构建了两种不同的实现模式：现实模式和理想模式。所谓的现实模式，即由海外华人译者先行翻译，译者与作者保持互动与沟通，遇到疑难之处或创造性转化，可以随时商榷。在这一模式下，作者并不需要具备外语能力，这与国内大多数作家不精通外语的现实相契合。理想模式系指作品先由作家翻译，之后交由海外华人译者进行修润色。屠国元称这种模式为合作自译构想的最终形式。

三人以上的合作翻译通常称为集体翻译。在历史上，集体翻译是一种常见的翻译现象，古今中外莫不如此。从中国古代的佛经翻译到西方的《圣经》翻译，再到现当代市场化的集体分工合作乃至网络众包

(crowd sourcing),无论是在科技、政治,还是经济等领域,集体翻译在翻译实践中发挥着越来越重要的作用。集体分工的合作翻译模式古已有之。在佛经翻译早期,就开始了大规模的协作翻译活动。随着佛教在民间的广泛传播,统治者对佛经更加重视,佛经翻译开始从民间组织走向官方资助。集体分工的合作翻译模式依然存在,无论是在文学领域还是非文学领域。集体分工式的合作翻译是在保证质量的前提下,提高工作效率。王正的博士论文《合作翻译模式研究》(2005)对不同的集体翻译模式进行了不同层面的分析,具有开创意义。这种集体分工的翻译模式在政治文献的翻译中发挥了重要的作用,如巫和雄的《毛泽东选集的英译研究》(2014)侧重于对集体翻译个案的研究。该博士论文借助大量的原始数据,分析了其复杂的英译过程,如要经过初译、改稿、核稿、初定稿、外国专家通读、改稿、统一、集体讨论定稿、最后定稿等十几道工序,还原了《毛泽东选集》英译的历史语境。集体性合作在文学翻译中较为少见,但也不是没有,如法国经典文学作品《追忆似水年华》就是由包括许渊冲、周克希、许钧在内的15位译者合作翻译完成的。但是译文质量却遭到学界的诟病,因为译者众多,在文本的理解上难免存在不一致的地方,且译者风格殊异,缺乏连贯性。学者许钧也指出了其中存在的问题。近年来,随着互联网的普及与应用,众包翻译模式逐渐兴起,这种新型的翻译模式也得到了诸多学者的关注,如陈中小路、刘胜男的《众包翻译在中国——译言、虎扑、果壳等社区媒体网站的探索之路》(2011)以实证的方式,探索了不同网络众包翻译网站的历程以及面临的挑战。杨雄文的《网络翻译传播模式的著作权考察》(2014)则就众包翻译模式的侵权问题进行了较为全面的分析,并提出了适当放宽版权授权等提议。从目前的研究来看,陆艳的专著《网络众包翻译模式研究》(2014)对这一翻译模式的研究较为全面、深入。该作追溯了众包翻译模式的兴起、面临的挑战、未来发展的趋势,并从生态学的角度进行了理论思辨与设想。

三、研究现状与局限性

概言之,有关翻译模式的研究无论从数量还是质量上,都取得了显著的成就。目前关于自译的研究取得了丰硕的成果,且有若干本专著出版。汉学家的译者翻译模式是学界研究的热点,其成就是有目共睹的,而对合作翻译模式的探讨则更是花样繁多。学界越来越认识到,翻译在本质上是一种合作性行为,并一致认为中西结合是理想的翻译模式。

但有关翻译模式的研究也存在诸多问题与不足。主要表现在以下三方面:一是合作翻译缺乏动态性的研究。合作翻译的历史悠久,从古代的佛经翻译到现代的众包翻译模式,目前的文献均有涉及。但是就文学的合作翻译研究而言,还较为薄弱,缺乏翻译过程的动态性研究。虽然学界认识到翻译是一种合作翻译模式,但是如何实现合作中的统一却鲜有人研究。二是对译入与译出行为的研究未能跳出非此即彼的二元对立模式,对译出模式的成见较深。其实,无论是译入还是译出,都是一种客观存在,先入为主的偏见注定不能客观地认识翻译方向的本质区别,更遑论系统性的理论认识。三是有关译文编辑模式的研究较为少见,忽视了编辑之于译文质量把关的重要意义。由于文化背景的不同,中西编辑的权限存在较大差异,这种差异会使译文本以不同的面貌呈现。编辑是译作质量的把关者,采取何种编辑模式在一定程度上决定了译文质量的成色。这也是本书涉及的一个核心问题。

第二节　白先勇作品英译的研究综述

对白先勇及其作品的研究取得了较大的成就。相较而言,学界对其作品的英译研究则显得较为单薄,且主要集中在《台北人》与《孽子》的英译上。本节就白先勇作品的英译研究进行梳理,总结目前研究所取得的成就与不足。

一、《台北人》的英译研究

从自译的角度对《台北人》的英译进行研究占据主流,其他视角则显得相对零散一些,如社会学视角和文化视角。下面分别从自译视角和其他视角两个大的方面分析《台北人》英译的研究现状及其存在的问题。

（一）自译视角

从自译的视角来分析《台北人》的英译共计有十余篇论文（含期刊论文与硕士论文）。吴波（2004）以《冬夜》的两个译本论述了自译在文化负载词和原文意图的理解上的主观阐释和创造性。作者认为自译的任务远非忠实于原作和作者，而是要实现对原文的重构，从而实现原文与译文、原文化与译入语文化之间的对话和沟通。吴琳（2006）从自译定义出发，通过系统性的分析和研究，发现自译作家会对原作作出一些修改，采取一些他译较少采用的大胆译法，但不可否认的是，在翻译的过程中，其所担当的仍是译者的角色。同普通译者相比较，白先勇作为作者对原文有着更深刻透彻的了解和认识，因而会做出最为接近原文的阐释。自译不仅是翻译原作，更在于弥补原作之不足、澄清含糊不明之处，从而让自己的意图在译文中更加明确。陈吉荣和夏廷德（2010）则倾向于理论上的探讨。二者撰文从自译和他译的关系、创作语言和翻译语言的关系、作者和译者的辩证关系三个方面来阐释白先勇对翻译的历史性特质、普世性的白话观和对翻译过程的重视，从而对摄入性改写视域下的翻译理论研究做出了一定的贡献。代亚萍（2013）基于翻译的主体间性，研究了自译者和他译者之主体性的共性与差异。研究认为，自译者的主体性比他译者更加显著；前者更关注源文深层结构和整体意义，后者则更关注表层意义和独立意义；自译者在句法和词汇层面对源文本有明显的改动，他译者则相对保守，基本上遵从源文内容和句法结构。余荣琦（2014）主要从人物姓名和特色词语两个方面彰显了译者的倾向性选择和独到见解，体现了作为译者的白先勇对这些人名意象和特色词语内涵的深刻把握及其在译文中的巧妙呈现。

李红梅(2014)则以接受美学为切入点，从文本召唤、隐含读者、读者期待等层面对译文进行了分析研究，认为作者为考虑目标语读者的接受能力和审美趣味，采取了一系列的措施，如注释、增补等，以实现目标语读者与译文本的视域融合。杨琳(2015)认为白先勇的自译作品体现了作者享有对原作进行修改、调整、增添、删减等方面的自由，在译作中对原文做出精确化、具体化阐释的同时，又不拘泥于个别词句的得失，体现了一种整体上的忠实性。史慧(2016)的研究视角较为独特，她对文末出现的注释进行了详尽的归类和分析。从分析看出译者白先勇对民族文化的认同以及为维护传统文化而体现的自觉意识，从而凸显了白先勇自译与众不同的区别性策略，白先勇的自译丰富了中国现当代小说自译的操作形式及其文化使命内涵。胡湘雨(2017)通过译文本分析，发现作者使用了文本释义、保留原文形式等策略、方法，并创造性地使用了世界性白话这一翻译策略，在充分考虑译入语文化的同时，也凸显了源语文化元素，传递了原作的精神实质与文化内涵。卢梦婷和李凤萍(2018)从目的论出发，以白先勇的《台北人》自译本为语料基础进行研究，分析作者兼译者的白先勇通过多种翻译策略与方法将文化负载词准确地移植或转化到目的语文化语境之中，从而实现了目的论所谓的目的原则、连贯原则以及忠实原则。宋雪琪(2018)比较了两位华人译者即白先勇与张爱玲在自译过程中所表现出的再创造程度及其具体的表现形式,认为较强的双语水平使译者有更多的自主权和创造性。郑艳彤(2019)揭示了自译者在对其作品进行阐释的过程中所呈现出的特征以及为实现特定的翻译目的所采取的策略与方法。

(二)其他视角

从其他视角对《台北人》的英译进行研究的论文显得较为零散,主要有社会学视角、语用视角、文化视角、翻译过程的心理学视角、叙事与文体学视角、翻译策略等。

社会学视角。从社会学角度进行研究的主要有两篇学术论文。刘晓峰(2016)采用社会学核心概念之一的惯习,对白先勇译文的建构进行了分析。文章追溯了作者的创作惯习与翻译惯习的形成及其在翻译过程中的介入,从而印证了作者的种种惯习对《台北人》英译的结构化作用。宋仕振和王洪涛(2017)分别从惯习、资本和场域三个层面对《台北人》的英译及传播历程进行分析。该文分析了白先勇译者惯习的形成及其对翻译过程的介入,并探讨合译者叶佩霞与编辑高克毅各自的文化资本和社会资本对译文构建的影响。

语用学视角。王惠民(2015)从指示语、概念和文化负载词三个方面,从语用充实的角度进行分析,认为译文中语用充实的运用弥补了目的语读者的文化信息空缺,提高了译文的交际性和可接受度。

心理学视角。段敏(2016)基于跨学科的视角,通过广义心理学、认知心理学相关理论探讨了《台北人》的英译,分析其文本英译过程中展现的翻译心理，并论证了翻译心理对译文生成的重要性。

文化视角。谢璐（2018）从文化传播的角度，探讨了2000年版《台北人》中英对照版文化元素的翻译，认为译文采取注解的翻译策略在最大程度上保留了原文的文化内涵，促进了中国传统文化的传播，给目标语读者带来了阅读乐趣。

叙事与文体学视角。余理梁（2014）以叙述视角与叙述声音为出发点，从人物塑造与故事发展两个方面讨论了其叙述效果，认为作者灵活地操纵各种视角与声音来塑造人物或推动故事发展，如视角的转换、声音的融合等，大体上再现了叙述视角与叙述声音以及相应的叙述效果。叶巧莉（2005）以文学文体学作为研究的理论基础，同时结合汉英心理文化对比差异，对《台北人》的英译本中放逐主题的再现进行了探讨。《台北人》的放逐主题与思旧和思乡情怀、时空的交错、自我身份的迷失交织在一起，该主题主要通过作品中最突出的四个文体特征得以展现。

翻译策略。李妙晴（2009）根据翻译文化学派 Lefevere 的理论，从体裁、名字、双关语、句子结构等方面分析了《台北人》小说翻译中归化手法的运用使原作在某种程度上向译语文化偏离。此外，还有以人名称谓为研究对象的，如蒋林珊（2016）、谢璐（2011）、陈西和李霄翔（2016）。蒋林珊从互文性角度去看《台北人》的人名引喻翻译，谢璐通过梳理意象、语言、翻译及三者间的关系，对译者在处理人名时使用的翻译策略进行分析、归类。而谢璐则是从意象与象征的角度探讨人名隐喻在译文中的保留和再现。作者认为译者巧妙地运用了创造相近文化意象的方法来翻译原著中重要人物的名字，从而表达出人名所蕴含的象征意义及人物性格。陈西和李霄翔通过分析《台北人》自译本中人名的翻译策略以及翻译理念，认为自译更能体现作者人物命名的意图以及译者的翻译伦理观，可以启发他译，为文学作品的人名翻译提供更有价值的参考。

许钧（2001）对《台北人》英译的来龙去脉进行了梳理，是作者在参加由香港中文大学举办的《台北人》英译研讨会后的总结和思考。该文梳理了《台北人》翻译过程中碰到的种种困难及其解决方案，译者与编辑之间的互动、协商与妥协，因此更偏重于英译背景的系统交代，学术性较弱。

二、《孽子》的英译研究

《孽子》的英译是由当今著名华文文学翻译家葛浩文独立完成的，经由美国的一家同性恋出版社——同志阳光出版社出版发行。从翻译视角来看，目前的研究大致可以分为四种：叙事学与文体学角度、文化视角、创造性叛逆，以及后殖民视角。现将相关研究综述如下：

叙事学与文体学视角。韩正琼（2005）主要从文体学的角度对译文进行分析，侧重于对原文风格再现的探讨，如外表的描写、场景的渲染以及人物的对话等，指出了葛译的优势与不足。谢宏桥（2015）基于叙事学的角度，从叙事视角、话语模式和句式转换三个方面探讨葛浩文在整体上的忠实，同时在原作的基础之上对局部进行了变通处理，使译文更加明晰化。

文化视角。苏希馨(2013)的研究涉及两部长篇同性恋小说的翻译。该文主要以文体变异和文化负载词为切入口,从同性恋用语、文内加注等方面探索了译者灵活、流畅的翻译策略,分析了译者的文化偏向,以及背后的主客观原因。彦邦喜(2017)从同性恋亚文化和具有地域特色的中国文化入手,以同性恋者语言与具有地域特色的中国文化为主要研究对象,以翻译学、跨文化传播学为理论指导,借鉴霍尔在文化领域相关研究成果,分析了译者葛浩文既注重东方文化传播又兼具西方文化霸权的矛盾品性。

创造性叛逆视角。柳语新(2017)从创造性叛逆理论出发,探索了译者在词汇翻译过程中表现出的创造性叛逆,如节译、删除、整合等,并分析了这种翻译的积极与消极影响,验证了创造性叛逆理论对于《孽子》英译本的解释力,证实了文学翻译过程中创造性叛逆的必然性。陈婉秋(2013)从三个层面分析了译者创造性叛逆的体现,即在形式、内容以及音韵上的叛逆,并从语言与文化两个方面探讨译者创造性叛逆的因由,并对其采用的策略进行印证。

后殖民视角。王建(2016)以后殖民理论为依托,从"杂合"概念出发,分析了译本所体现出的后殖民主义思想以及因之而采取的相应策略:葛浩文受到霸权意识的影响,一方面,倾向于采取归化的翻译策略,以消除源语中的异质性;另一方面,对于中国文化元素主要采取异化的策略并且抵制英语的霸权文化。文章认为这种杂合翻译既能促进两种语言之间的交流,同时又可以抵制文化霸权,彰显了文化的他性。

三、研究现状与局限性

由上面的文献分析可见，白先勇小说的英译研究主要集中在《台北人》和《孽子》这两部作品上。前者的研究主要以自译视角为主，详陈了自译的个性化特征如翻译策略、译者的主体性等。其他视角则较为散乱，但也有新颖之处，如社会学视角以及心理学视角的解读。《孽子》的英译研究从数量来看不在少数，而且视角也较为多样，这为本论文的研究提供了一定的参考与借鉴。但是目前研究的局限性也是显而易见的，具体表现在以下方面：

其一，有关《纽约客》的英译研究以及早期小说的英译研究如《玉卿嫂》《金大奶奶》，到目前为止付之阙如。

其二，缺乏不同译本之间的对比研究。在《台北人》系统性英译之前，已经有一些零散的翻译，如余国藩及其学生翻译的《永远的尹雪艳》、朱立民翻译的《冬夜》和《花桥荣记》等。而且 1982 年印第安纳大学出版社出版的英文版《台北人》与 2000 年香港中文大学出版社出版的中英对照版《台北人》存在着诸多细节上的改动。目前的研究大都忽视了这一点，缺乏不同版本之间的纵向比较，以及不同译本之间的横向比较。

其三，以作者自译为视角的研究居多，却忽视了团队合作这样一个基本事实。到目前为止，尚无一篇关于团队合作模式的研究。在《台北人》的翻译过程中，合作译者叶佩霞和高克毅发挥了重要的作用。忽视了他们的存在，也就无法对译文本的生成作出全面而深刻的判断，得出的结论难免流于片面、肤浅。

其四，局限于单个作品的英译分析上，如《台北人》《孽子》。《孽子》是葛浩文比较满意的一部台湾文学译著。目前的研究虽有一定的成就，但缺乏翻译背景的深入探讨。综述性研究只有何珊的《白先勇小说的海外传播》(2018)一文，较为全面地梳理了白先勇小说在国外的译介与传播情况，但是具体且深入的整体性和系统性研究付之阙如。

第三节　小结

本章主要分别就翻译模式以及白先勇作品的英译研究进行了述评。目前的翻译研究取得的成就有目共睹，但是动态性研究不足，并未进行实践性论证。白先勇小说的英译研究整体上看较为零散。就数量而言，白先勇的小说翻译研究取得了一定的成就，但是也存在重要的缺陷，即缺乏动态性的研究和不同译文之间的对比分析，得出的结论缺乏说服力，而且《纽约客》的英译研究也付之阙如。这种研究的局限性在一定程度上启发了本论文的研究方向，即对白先勇小说的代表性作品《台北人》《孽子》以及《纽约客》进行系统而深入的研究。

第三章　白先勇的文学创作及作品译介评述

白先勇的文学创作始于20世纪50年代末期,正值其在台湾大学读书之时,其小说处女作《金大奶奶》曾发表在夏济安主编的《文学杂志》(1958年)上。自此以后,白先勇的文学创作从未间断过,时至今日。与此同时,他大部分的作品都得到了不同程度的译介,并在世界范围内产生了积极的影响。本章拟对白先勇的生平、创作历程进行概述,以期从整体上把握白先勇的文学创作及其特质,为此后的译作分析提供参照。同时对其作品的英译进行梳理,并就涉及的不同翻译模式进行界定。

第一节　白先勇生平简述

1937年7月11日,白先勇出生于广西南宁,正值全面抗战爆发之初。未满周岁之时,他便被家人送回故乡桂林。白先勇在十个兄弟姐妹当中排行第五,父亲为国民党高级将领白崇禧。六岁时,白先勇就读于桂林中山小学，七岁时因战事逃难至重庆，后因患有肺结核，被迫中断了学业，并被暂时隔离，因此白先勇的童年显得孤独且漫长。1946年，随家人前往南京，后暂居上海虹桥养病两年，并就读于徐家汇南阳模范小学。1948年离开上海，次年暂居汉口、广州，后赴香港。1950至1952年就读香港九龙小学，之后入英文学校喇沙书院（La Salle College）念初中。

1952年（15岁），白先勇赴台与家人团聚，并就读于台北"建国中学"。1956年在"建国中学"毕业后，由于怀揣参与兴建三峡大坝工程之梦想，白先勇以第一志愿考取台湾成功大学水利工程学系。学习一年水利之后，发现与其志趣不合，遂转学考取台湾大学外国文学系，改读英语语言文学。1958年，他在夏济安主编的《文学杂志》上发表了小说处女作《金大奶奶》，从此逐渐走上文学创作之路。夏济安是著名翻译家、文学评论家，被白先勇、欧阳子、王文兴、陈若曦、叶维廉等尊奉为自己的文学启蒙导师。1956年，夏济安与吴鲁芹、刘守宜等创办《文学杂志》并兼任主编，提携了众多后起之秀。1959年夏赴美之后，《文学杂志》主编易人，质量与品味骤然下降。白先勇、陈若曦等不满于此，遂生自己创办文学杂志的想法。于是在1961年，白先勇与台大同学欧阳子、陈若曦、王文兴等共同创办了《现代文学》杂志，介绍西方现代派作家及其作品，如卡夫卡、福克纳、乔伊斯等，并在该刊物上发表了《月梦》《玉卿嫂》《寂寞的十七岁》等多篇小说。在20世纪五六十年代的台湾，在国民党当局严加封杀大陆二三十年代文学的情况下，当西方现代主义思潮汹涌而来，许多台湾作家对彼时刻板的"战斗文学”极为不满,他们怀揣革新之热情,学习西方现代派文学,寻求新的创作内容与表现形式。其中由白先勇及其同学创办的《现代文学》译介了大量的现代派作品,产生了积极且广泛的影响,并为一批文坛新秀提供了一个展示文学才艺的舞台。1962 年白先勇于台湾大学毕业,按照台湾当局的要求参军服役。同年 12 月,其母马佩璋去世。守丧之后,1963 年白先勇赴美留学,在爱荷华作家工作室(Iowa Writer's Workshop)学习文学理论与创作研究。这一时期的学习对其小说创作技巧和艺术风格的成长产生了深远的影响。1965 年,白先勇以八则短篇小说获得爱荷华大学硕士学位。同年 9 月,白先勇开始了其在加州大学圣塔芭芭拉分校长达三十年的教学生涯,直至 1994 年从该校荣休。白先勇将其一生中最美好的年华贡献给了加州大学,而加州大学也为他提供了一个稳定的生活环境,使其能够在教学之余安心写作。《台北人》系列以及后来的《孽子》等作品正是在这种情况下相继完成的。

1994 年退休之后,白先勇便全身心地投入到防治艾滋病的公益活动和振兴昆曲的文化事业之中。白先勇痴迷昆曲,对其保存及传承不遗余力,并集合两岸三地一流的设计家,联手打造青春版《牡丹亭》,在大陆及港澳台地区进行巡回演出,受到极大的欢迎,被称为“中国文化史上的盛事”。2011 年,白先勇开始整理父亲白崇禧的传记资料,并于 2012 年出版了《父亲与民国:白崇禧将军身影集》,2014 年出版了《止痛疗伤:白崇禧将军与二二八》,纪录了二二八事件之后,蒋介石特派时任国防部部长的白崇禧赴台宣慰,处理善后之事。2014 年白先勇回到母校，在台湾大学开设《红楼梦》导读课程，解析《红楼梦》的艺术成就，并于2015年出版了鸿篇巨制《细说红楼梦》。现在白先勇仍然为昆曲的传承而奔波。

综观白先勇的一生，他始终与文学、文化、艺术连在一起。从对小说的创作到对昆曲的保护，再到晚年的历史书写，彰显了其艺术人生的非凡历程。而最为人称道的无疑还是他的文学创作。

第二节　白先勇的文学创作：启蒙、分期与特质

白先勇之所以走上文学之路，与几位启蒙老师有着莫大的关联。白先勇的创作始于20世纪50年代，正值其大学读书之时。自此以后，其文学创作从未间断过。但是其文学创作却经历了不同的历史分期，大致可以分为五个阶段，即探索期、发展期、成熟期、开拓期与晚期，且每一时期都有代表作产生。白先勇在漫长的文学创作中逐渐形成了独特的艺术风格。

一、文学的启蒙与契机

白先勇出身官宦之家，其父白崇禧曾官至中华民国国防部部长。他走向文学创作之路并非偶然，其文学之萌芽可以追溯到孩童时代。在《蓦然回首》一文中，白先勇回忆道："讲到我的小说启蒙老师，第一

个恐怕要算我们从前家里的厨子老央了。"(1999:24)老央善于讲故事,根据白先勇的说法就是"鼓儿词奇多"。白先勇患童子痨时,被迫与家人隔离,老央的"说书"便成为彼时白先勇最大的快乐与享受。自幼受这种说书的熏陶,上小学之时,白先勇有空便找闲书来看,如《啼笑因缘》《风萧萧》《三国》《水浒》《西游记》《红楼梦》等。老央说书给孤寂的白先勇带来了快乐,白先勇也因此埋下了喜好文学的种子。

第二位启蒙老师是中学时的李雅韵老师。"初三的那一年,我遇见了我的第二个启蒙老师,李雅韵老师。"(白先勇,1999:27)李雅韵教授古典文学,讲课时声情并茂,文采飞扬,为白先勇打开了中国古典文学之门。在李老师的鼓励下,他的一篇作文发表到当时的《野风》杂志上,此举对白先勇日后的文学创作是一种莫大的激励。此外,叶嘉莹、郑骞的诗词课也对他的文学修养助益良多。

第三位启蒙老师是夏济安老师,也是影响白先勇文学创作至深的一位。在成功大学读水利专业一年之后,白先勇发现与其志趣不和,遂重考台湾大学。考上台大外文系之后,因缘际遇,白先勇成为《文学杂志》主编夏济安先生的学生。在夏先生的提携之下,其小说处女作《金大奶奶》发表在当时著名的《文学杂志》上,此后还有《玉卿嫂》等作品陆续发表于其上。"夏先生只教了我一个学期,但他直接间接对我写作的影响是大的。当然最重要的是他对我初登台时的鼓励,但他对文字风格的分析也使我受益不少……"(白先勇,2009:127)这种影响不仅是精神层面上的,更有写作风格方面的,如冷静的文风等。

由此可见,白先勇走向文学道路离不开几位启蒙老师的熏陶与提携。此后，他通过不断的理论学习和写作实践，源源不断地创作出许多脍炙人口的文学作品。

二、文学创作的分期

白先勇的小说创作主要有三部短篇小说集和一部长篇小说，即《寂寞的十七岁》《台北人》《纽约客》和长篇小说《孽子》。有些作品并非一时完成的，而是断断续续经历了一个较为漫长的创作过程，如《纽约客》系列。如果按照时间划分的话，大体上可以分为探索期、发展期、成熟期、拓展期以及后期五个阶段。

1. 探索期

这里所谓的探索期，是指白先勇赴美留学前在台湾大学时创作的一系列短篇小说，时间跨度大致介于1958—1962年间，这一时期的作品主要有《金大奶奶》《我们看菊花去》《闷雷》《月梦》《玉卿嫂》《黑虹》《小阳春》《青春》《藏在裤袋里的手》《寂寞的十七岁》《那晚的月光》，共计11篇，这些作品先后发表在由夏济安主编的《文学杂志》与白先勇及其同学主编的《现代文学》杂志上，后来收录在《寂寞的十七岁》系列里。白先勇的早期作品主要是写其青少年时代的一些生活经历与感悟，带有一定的自传性、模仿性乃至幻想性等特点，现代主义色彩较浓，如善用意识流来描写人物的心理活动，用弗洛伊德的性心理学来分析人物肉体和精神上的挣扎，采用象征手法表现人物的内心世界。其中也偶有佳作，如《玉卿嫂》《金大奶奶》等，但从整体来看，在语言艺术和表现手法上都欠圆熟。

2. 发展期

这一时期主要指白先勇在留美期间创作的一系列短篇小说，以华人留学生在海外的生存境遇为中心主题，时间大致为 20 世纪 60 年代前中期。1963 年，白先勇在时任美国新闻处处长麦卡锡的帮助下赴美留学，进入爱荷华作家工作室（Iowa Writer's Workshop）学习文学理论和创作研究，并在 1965 年取得爱荷华大学硕士学位。这一时期的学习对其小说创作技巧的提升和艺术风格的形成具有深远的影响。爱荷华工作坊主张以创作替代论文获取硕士学位。这一时期白先勇发表的作品有《芝加哥之死》《上摩天楼去》《香港：一九六〇》《安乐乡的一日》《火岛之行》《谪仙记》《谪仙怨》《永远的尹雪艳》。这些小说的主题主要集中在对中国人海外命运的思考上。这些漂泊海外的中国留学生，作为弱势文化的承受者，在遭遇东西文化冲突时，有一种强烈的压迫感和无力感，面对西方强势文化的挤压，他们原先在中国时所具有的自信、地位，乃至尊严，逐渐丧失，终至成为没有灵魂甚至丧失生命的悲剧人物。这一时期白先勇的文学创作，无论是在艺术手法上还是思想深度上，都有了较大的提升。但是代表其创作高峰的无疑非短篇小说集《台北人》莫属。

3. 成熟期

《台北人》是白先勇的成名作，主要是其在加州大学圣塔芭芭拉分校工作期间完成的，时间跨度为 20 世纪 60 年代中后期及 70 年代初期。白先勇于1965年取得文学硕士学位之后，即进入加州大学圣塔芭芭拉分校执教。这一时期是白先勇创作的黄金时期，《台北人》便是在这个时期创作完成的。该小说集由14个短篇构成的，最早一篇《永远的尹雪艳》刊登在《现代文学》第24期（1965年5月）上，最后一篇《国葬》则发表于《现代文学》第43期（1971年5月）。首篇《永远的尹雪艳》是白先勇在爱荷华作家工作室攻读硕士学位期间创作的，其他13篇则是白先勇在加州大学圣塔芭芭拉工作时完成的。

完成《永远的尹雪艳》之后，作者并没有将《台北人》继续写下去，而是转向海外中国人系列，如《纽约客》系列中的《谪仙记》。早在爱荷华大学留学期间（1963—1965年），白先勇就发表了一些揭示海外中国人心态的作品，以此来展现对中国人海外命运的思考。但与此同时，白先勇的内心被另外一种精神世界所占据，即他自己曾经历的但却以父母那一辈为主要角色的那个灾难深重的年代。白先勇将《纽约客》的写作暂时搁置，继续书写《台北人》系列。对于这种转变，白先勇曾这样解释道："我想《台北人》对我比较重要一点。我觉得再不快写，那些人物、那些故事、那些已经慢慢消逝的中国人的生活方式，马上就要成为过去，一去不复返。"（白先勇，2009：294）《台北人》的写作与完成，表现了作家的功力与成熟。该系列短篇不仅形成了白先勇独特的艺术风格，奠定了其在台湾现代文坛上的地位，而且弥补了中国现代文学在民国历史书写上的空白。《台北人》的系列形象，丰富了中国现代文学的人物画廊。同时在艺术表现力上，体现了其融传统于现代的高度圆熟。

4. 开拓期

所谓开拓期,是指长篇小说《孽子》的创作。《孽子》是一部以同性恋为题材的长篇小说。创作始于 1971 年,1977 年开始连载,直到 1983 年才得以全文出版,前后跨越十余年之久。同性恋题材在白先勇的笔下并非第一次出现。在其早期的文学创作中,同性恋现象就或隐或显地存在着,如《月梦》《青春》《寂寞的十七岁》等。而《台北人》系列中的《孤恋花》和《满天里亮晶晶的星星》,体现出的同性恋意味更加浓厚,尤其是《满天里亮晶晶的星星》,可以说是《孽子》的雏形。在该短篇小说中,主要人物、情节以及青春鸟的黑暗王国——新公园,都已经出现。在白先勇的小说世界里,同性恋书写无疑是一个重要的母题,白先勇对同性恋题材的挖掘和拓展,经历了一个不断探索和深化的发展过程。其早期涉及的同性恋题材,思想深度和表现手法都欠圆熟,不足以从形而上的高度对同性恋这一社会现象进行考察和探索。这与当时的社会文化背景和其自身对同性恋的肤浅认识有着一定的关系。

1962 年白先勇赴美留学,迥异的生存环境和文化背景,以及相对开放的思想观念,赋予了他更为广阔的心灵空间来进一步思考同性恋现象以及与之相关的各种问题。西方社会在较为广泛的意义上理性地正视同性恋为人类社会的特殊现象,是在 1969 年标志着同性恋权利运动的“石墙事件”(Stone Riots)之后。这至少为白先勇以艺术性的形式正面表现同性恋世界提供了历史之契机和现实之可能。20 世纪 70 年代之后,西方社会对同性恋的逐渐接纳,也为白先勇以一种平和而理性的态度去审视同性恋现象在人类社会中的地位和处境,提供了有力的文化环境支撑。

《孽子》是白先勇唯一的一部长篇小说,而且选取的题材充满争议,因此可称为一次较为艰难的开拓。其开拓性主要表现在两个方面,即形式和主题。在中国现代文学史上,许多优秀的短篇小说家都始终未曾实现书写长篇小说的突破,如鲁迅、吴组缃、沈从文等。因此,在创作出《台北人》以及《纽约客》系列短篇之后,白先勇以《孽子》在长篇小说领域进行开拓,并取得较大的成功,虽然曾一度引发争议,但最终得到国内乃至国际评论家的认可,如法国书评家马尔桑就曾称赞其为"将悲情研成金粉的歌剧"。题材上的开拓同样值得肯定,虽然以同性恋为题材的小说古已有之,如《品花宝鉴》《金瓶梅》《红楼梦》,但给予正面描写的,《孽子》应该算是第一部。小说以第一人称为叙事视角,聚焦20世纪60年代台北新公园里一群被称为"青春鸟"的同性恋沦落少年,反映了60年代前后同性恋者族群被家庭、学校与社会、国家放逐的悲惨处境,呈现同性恋者身体与心灵双重流亡的困境,表现了作者对同性恋者的悲悯情怀和希冀自我救赎的意愿。

5. 后期

继《孽子》之后,白先勇还时断时续地书写着《纽约客》系列,且一直延续至今,因此可以称为后期创作。《纽约客》的创作时间跨度较大,从20世纪60年代最早的《谪仙记》到2015年最新的 *Silent Night*(《平安夜》),前后跨越了半个多世纪。《纽约客》系列中的故事大都以纽约为背景,写的是漂泊海外的中国人的生存状态和心理困境,当然后期的创作并不仅限于中国人。该系列的首篇《谪仙记》发表于

1965 年，正值白先勇留美求学期间(1963—1965 年)。第二篇《谪仙怨》则发表于 1969 年，与前者时隔 4 年。《夜曲》和《骨灰》则创作于 20 世纪七八十年代(分别为 1979 年和 1986 年)，这两篇涉及“文革”、战争、记忆等题材，是两篇政治意蕴较强的作品。*Danny Boy* 于 2001 年发表在《中外文学》上，*Tea for Two* 于 2003 年发表在《联合报》(副刊)上。此外，白先勇在 2015 年创作的短篇小说《平安夜》首次刊登在《联合报》上，后转载于 2016 年 1 月号《上海文学》杂志，并荣获第 11 届《上海文学》奖的短篇小说奖项。从主题来看，《平安夜》也是《纽约客》系列的延伸。半个多世纪以来，白先勇虽然并没有集中精力创作《纽约客》系列，使其长时间处于断断续续的创作状态之中，可是对它的构思却并没有停止过。这种看似漫长的间隔，却使白先勇的创作境界不断提升，视野也更为开阔。《纽约客》系列中的人物不再局限于中国，而是来自世界各地，因此《纽约客》系列在一定程度上具有了世界主义的色彩。但是不管来自何方，他们的生存处境并未发生根本性的改变。在纽约，他们只是过客或者是被边缘化的少数人而已。白先勇研究专家刘俊(2007a)认为《纽约客》的创作经历了“从国族立场到世界主义”的转变。所谓国族立场，指《纽约客》前 4 篇，即《谪仙记》《谪仙怨》《夜曲》《骨灰》；而世界主义指的是 *Tea for Two*、*Danny Boy*，以及后来的《平安夜》。综合来看，在《纽约客》中，白先勇展现的创作视野的确更加开阔，诚如刘俊所言，经历了从“国族立场到世界主义”的转变，但是其主题并未改变，仍然是对弱势群体的悲欢离合和命运曲折的关怀。

三、艺术特质

一位杰出的作家，其作品大都能自成一格，无论是语言文字、叙事风格，还是主题意蕴，都是作家区别于另外一位作家的艺术特质，即“构成一个作家在艺术上区别于其他任何作家的一项特征标记”。(刘俊，2009:53)这种艺术特质如同一个“胚胎基因”，在其身上可以生成诸如语言结构、意境营造、对话设计等具体的叙事特色。综观白先勇的作品可以发现，其艺术特质的形成主要有三个来源：中国文学传统的熏陶、西方现代派文学的学习和借鉴，以及个人特殊的人生经历。这三者共同影响着白先勇的文学创作，形成了其独特的艺术特质，这种艺术特质，主要体现在小说主题、叙事风格、语言文字三个方面。

(一)小说主题

白先勇曾在不同的场合多次强调文学的主题不外乎“生老病死，战争爱情”八个大字，关键是选取恰当的形式来表现恰当的内容。综观白先勇的作品不难发现，主要有两种主题贯穿始终，一是放逐主题，二是历史沧桑感与悲悯情怀。

放逐主题在白先勇的作品中一再出现，无论是《台北人》还是《孽子》，以及后来的《纽约客》，都体现了这种放逐意识。《台北人》虽然名为“台北人”，其实写的是大陆客，他们随国民政府来到台湾，却无法认同后来的生活,海峡对岸的故乡遂成为他们挥之不去的乡愁。白先勇在一篇评论性文章《流浪的中国人:台湾小说中的放逐主题》中流露出自己的这种感怀,因为他和小说人物都具有同样的心态:寄居在台湾的外省人,梦想有一天回到海峡对岸的故乡。《纽约客》则表现了流浪的华人离散海外、漂泊不定的心理状态。离散的中国人是他小说中常见的主题。这与白先勇离散作家的身份有着莫大的关联。白先勇的一生,可以说是典型的离散者的一生。他生于抗日战争时期,在颠沛流离之中他被带离了故土桂林,少年时期又随父辈离开大陆,成为台湾的外省人。大学毕业之后又离台赴美,客居异国,成为主流社会之外边缘族裔中的一员。因此,白先勇的这种离散经历,成为他创作的动因,也是其作品中反复出现的主题之一。即便是长篇小说《孽子》也兼具被迫放逐与自我放逐的意蕴。该小说写的是一群同性恋者被家庭、社会遗弃而被迫放逐和自我放逐的凄惨故事,他们为了达到自我救赎而进行不断的抗争和努力。

白先勇作品的第二个主题是历史的沧桑感与悲悯情怀。白先勇的作品主要写的是人生的痛苦以及由此引发的悲悯情怀。无论是早期的《玉卿嫂》,还是后来的《台北人》《孽子》以及《纽约客》,无不具有浓厚的悲剧色彩和历史沧桑感。台湾作家欧阳子写于20世纪70年代中期的《王谢堂前的燕子——〈台北人〉研析与索隐》是最早研究《台北人》的专著。在该专著中,她将《台北人》分为三个主题,即今昔之比、灵肉之争、生死之谜。继而采用“新批评”的方法,对《台北人》的14篇小说从不同角度层层剖析,将小说写实架构与象征内涵揭示出来。欧阳子深刻、精到的分析，得到专家学者包括白先勇本人的高度评价，成为白先勇研究的经典之作。《台北人》描绘了饱受悲欢离合的台湾移民群体的人生百态，再现了他们对故园的无限追忆和他们在夹缝中的生存困境、身份认同的危机意识，以及青年一代未知的命运。这些"台北人"不断地寻找现在与过去对话的可能性以及自我的精神诉求。正因为如此，这些漂流过海的大陆人不断地复制记忆中的故园。

现实中的两种生活形态，两种空间范畴的转换，两种人生际遇的交错，使他们在挣扎中或生存或毁灭。白先勇的这种历史沧桑感和悲悯情怀主要有两个根源：一是自己的人生经历，二是中国传统文学的熏染。白先勇曾说："我个人可以说是生于忧患，我出生是抗战那一年，童年时经过战乱，看到人事的兴衰，我想对我个人影响很大……目睹人世变换得那般迅速，令我产生了一种人生幻灭无常的感觉。"（白先勇，2009：542）一切都要随着时间的洪流而消逝。对时间流逝的不安与焦虑，不仅呈现在他所有的小说之中，甚至还贯穿他的整个一生。白先勇生长的年代，使其渐渐形成了历史的沧桑感。另外一个重要来源便是古典文学的熏陶。众所周知，白先勇痴迷于中国古典小说，如《三国演义》《红楼梦》等。中国古典小说的一个传统就是善于书写历史的兴衰和沧桑。"青山依旧在，几度夕阳红"所折射出的历史感叹对白先勇影响极大。中国文学传统向来具有厚重的历史感，而这一点对他的影响无疑是巨大的。在《台北人》中，我们发现这种历史感的倾注和沉潜，白先勇在理念上予以深切的认同。

(二)叙事风格

在大多数的台湾文学史著作中,一般把白先勇归于现代派,而且是其中杰出的代表。但这种称谓往往是加上限定词的,即“现代的传统作家”。夏志清对他曾这样评价道:“白先勇是当代中国短篇小说的奇才。这一代中国人特有的历史感和文化上的乡愁,一方面养成他尊重传统、保守的气质,而正统的西方文学训练和他对近代诸大家创作技巧的体会,又使他成为一个力创新境,充满现代文学精神品质的作家。”(转自白少帆,王玉斌,张恒春等,1987:432)这段话概括了白先勇的双重品质。这种双重品质,奠定了他的美学追求和艺术特色,即中国文学传统叙事和西方现代主义的结合。白先勇具备中西文学的双重修养,这不仅使他能够在两种文学之间进出自如,而且还能以一种高屋建瓴的眼光,对两种文学各自的优势和精妙之处进行吸收、综合,从而形成自己独特的艺术特色。因此,从根本上讲,白先勇的叙事是在中国文学传统的基础上对西方文学精神和技巧的一种融合。

1. 传统叙事技巧

白先勇受中国传统文学的影响极深,这从前面的论述中可以看出。这种影响是多方面的,具体到叙事方面,主要体现在两点:一是意象群的营造,二是对话结构的运用。

在白先勇的小说里,各种意象如月亮、服饰、色彩,甚至诗词歌赋总是反复出现,并贯穿白先勇创作过程的始终。这种对意象群的营造与白先勇本人喜爱古典文学有着莫大的关联。意象是中国古代文学审美理论中极为重要的审美范畴。在白先勇的小说中，可以发现由一连串的意象组成的意象群，如花草意象、服饰意象、色彩意象等。这些意象大都具有丰富而含蓄的象征意义，增加了作品的诗性色彩与艺术魅力。

白先勇小说中传统叙事的另外一个特点就是对话结构，即运用对话来表现人物的性格特征、内心世界，并推动故事情节的发展。在爱荷华作家工作坊学习期间，白先勇了解到叙事观点的重要性。其中，卢伯克(Percy Lubbock)的《小说技巧》对他影响极大。在这本书中，卢伯克提出了两种创作技巧：叙事法与戏剧法。前者注重分析，后者注重制造场景、运用对话。而戏剧法是中国古代小说叙事的特色之一。综合看来，白先勇的小说情节并不复杂，主要是靠对话来推动故事的发展。这种对话结构无论是在《台北人》《孽子》还是《纽约客》中，都有着充分的体现。作者借助对话来不断变化叙事视角，在对话中展现人物性格，推动故事情节的发展，进而以冷静而客观的方式表现主题意蕴。

2. 现代派叙事技巧

在白先勇早期的文学创作中，现代主义气息较浓，大量使用意识流、象征主义、心理描写等创作手法，如《玉卿嫂》《香港：一九六〇》《闷雷》等。白先勇受现代派的影响，主要是来源于当时由他及其同学创办的《现代文学》，但在后来的创作中渐趋回归传统。《现代文学》大量译介了西方现代派作家的作品，如卡夫卡的《审判》、乔伊斯的《都柏林人》、艾略特的《荒原》、汤玛斯曼的《威尼斯之死》、劳伦斯的

《儿子与情人》、卡缪的《异乡人》等。西方现代主义作品中叛逆的声音、哀伤的调子，迎合了成长于战后且正在彷徨摸索的青年学生。这些现代主义的经典之作使他们感同身受。白先勇在精神气质上继承了西方现代主义，在叙事上同样适当地进行了借鉴，如意识流、象征主义等。白先勇曾在美国求学期间研究意识流理论及主要代表作家作品，这在其创作中留下了明显的痕迹，《游园惊梦》《孽子》中的许多片段借助意识流来表现人物的欲望世界便是最好的证明。意识流手法的有机融入，不但丰富了白先勇建造自己小说艺术世界的手段，而且它本身也成为白先勇小说艺术的有机组成部分。此外，象征主义在白先勇的作品中也是无处不在。白先勇的小说以刻画人物和酝酿气氛为主。这种含蓄的文体风格便是借助意象或象征主义的手法来实现的，如工笔细描的场景描写以及人物刻画。作者善于描写没落贵族阶级的日常生活，通过对这些日常生活的细腻描写来表现人物的性格心理、人情世态、社会变迁，善于通过对人物的外貌、服饰的精细描写来刻画人物的性格以及其内心活动。需要指出的是，这种象征手法在中国古代文学里同样大量存在。因此，谈及他作品的象征手法和意象的选择时，就很难分清哪些是现代派的流脉，哪些受传统文学的影响。

在很多情况下，白先勇的文学创作是将中国传统叙事与西方现代小说技巧如性心理分析、意识流、象征主义等完美融合在一起的。这也是文学评论家称其为现代派的传统作家的重要原因。要言之，白先勇对西方文学技巧的借鉴，并没有从根本上改变白先勇创作的传统本色，而是一种以中国文学传统作为根本的引进与融合。

(三)语言文字

不只是叙事技巧,白先勇的小说语言也极具个性化,这种特色主要体现在以下三个方面。

其一,节奏感和音乐性的具备。在《谈小说批评的标准》一文中,白先勇归纳了小说评论的三条标准,其中第一条就是:作品的文字技巧及形式结构是否成功地表达出作品的内容主题。(白先勇,1999:45)其对语言文字的重视可见一斑。白先勇小说语言的节奏感极强,这主要来源于古典诗词和古典小说的熏陶和感染。中国文学语言传统的一个重要方面,在于它的音乐性以及节奏感。这种传统诗学对白先勇的语言影响极大。对中国古代文学语言节奏的深刻认识和对这种传统的有意识继承,使得白先勇的语言内在地具有了较强的节奏感。徐学(2001)从语言学的角度入手,认为以少总多的长句,自然成对的节奏以及气韵生动的内在节奏,构成了白先勇小说句法的民族气质和现代风格,突出地表现了白先勇小说语言艺术对现代汉语言文字的建设性贡献。

其二,各地方言的综合运用。读白先勇的小说,一个深刻的印象是方言的大量运用。在描述人物对话或心理描写时,白先勇喜欢使用方言俗语或个性化语言,使其符合人物的身份和性格特征。对于自己的语言白先勇曾这样说过:"我看我的文字的来源有两种,一方面是中国传统文学的陶冶,另一方面我看是方言,中国方言……我从小走过很多地方,我会说四川话、上海话、广东话,还会一点闽南语和湖南话……所以是南腔北调，一方面令文字丰富，写对话时，也可能占了些优势。”（白先勇，2009：335）方言俗语的大量介入无疑使白先勇的小说语言具有了灵动鲜活、丰富多彩的质地，同时也为白先勇的言语表达提供了一种特殊的艺术手段。需要指出的是，这种方言或俗语大都经过一定的加工处理，并非晦涩难懂。白先勇既能在语句的编排调遣上努力创新，又能充分利用人们接受的方言模式，从而丰富了小说语言的艺术表现力。

其三，古典语汇的融合。这里的古典语汇，指的是古典白话小说中常用、但在20世纪60年代已经不大使用的语言。白先勇对古典语汇的接纳、融通，依然是其个体形态中个性情感因素的折射。白先勇出身名望贵族，随着中国现代历史的剧烈转变，其家族命运也由盛转衰，这种深刻的历史变化和家族命运变化对他心灵上的震动无疑使他对作为过去的历史延续的古典语汇怀有一种本能的喜好。诚然，这种古典语汇与其作品中的特定人物不无关系，但心理世界和情感天地对古典语汇的天然喜好，则最终决定了白先勇对古典语汇的选择、吸收。它不仅契合了白先勇作品的题材和人物，同时也为小说的语言世界注入了更为丰富的元素。

高盛一（2010）以语言风格学理论为指导，对白先勇小说的语言风格进行了系统的论析与概括。他认为白先勇的语言风格在于“丰富”与“反复”，具体体现在：色彩词的大量运用；南腔北调，灵活运用方言、俗语；古今结合，大量用典；反复辞格高频使用。

综上可见，白先勇是一位传统的现代派作家，其对文学艺术的追求诠释了其所谓的“唯美主义者”。这种对美的追求,在生活中表现为对日常生活中美的敏感,对仪表风度的注重和对青春活力的欣赏;在创作中则表现为对精致、细腻、能体现美的文字、色彩、形象的不懈追求。“小说是一种艺术,文学是要当成一种宗教来信仰的,要有献身的精神。”(隐地,2009:158)白先勇在文学创作方面取得了骄人的成就,其作品在世界范围内也得到了不同程度的译介,并获得了积极的反响与评价。

第三节 白先勇小说译介评述

白先勇小说的译介始于20世纪60年代,从第一篇被英译的短篇小说《金大奶奶》起,截至2017年《台湾文学英译丛刊》推出的《白先勇专号》,前后跨越了半个多世纪。无论是早期的小说如《寂寞的十七岁》,还是后期的《纽约客》系列,都得到不同程度的译介,并在世界范围内产生了积极的影响。本节就其小说的外译进行简要的回顾,并就涉及的主要翻译模式予以界定。

一、白先勇小说的英译概述

白先勇小说的英译主要集中在短篇小说集《台北人》《纽约客》与长篇小说《孽子》上。这三部作品到目前为止已经悉数翻译完毕,但早期的小说也得到了不同程度的译介。

(一)早期小说的英译

早期小说是指《台北人》系列之前的一些短篇小说,主要是白先勇在台湾大学读书期间以及在爱荷华大学读研期间创作完成的。

白先勇的小说第一次被译成英语是在1961年,这一年他较为成熟的早期作品《金大奶奶》由殷张兰熙译成英文,并收入到其主编的文学选集《新声》(*New Voices*)里;1962年殷张兰熙又把白先勇早期的另一代表作《玉卿嫂》(*Jade Love*)译为英文,收入到由吴鲁芹编译的《中国新文学》(*New Chinese Writing*)里。这两则短篇小说的英译者殷张兰熙女士是台湾《笔会季刊》的首任主编。殷张兰熙是最早系统地译介台湾文学的女士,曾被称为台湾文学外译之母。这两部选集均由美新处资助,经其下属的台北遗产出版社(Taipei Heritage Press)出版发行。其中,美国新闻处处长理查德·麦卡锡发挥了重要的桥梁作用。麦卡锡毕业于美国爱荷华大学的"作家工作坊",曾攻读美国文学,因此对文学有着浓厚的兴趣。麦卡锡是学文学出身的,并曾有过长篇小说的创作经历,因此对文学有着较高的欣赏力。他的这种对文学的喜好,在实际生活中外化为同情年轻作家并资助其作品译介的社会行为。白先勇及其他年轻作家的作品的译介正是在麦卡锡的帮助下,得到美国新闻处的资助,并由台北遗产出版社出版的。后来在1982年,殷张兰熙在编译《寒梅:当代中国小说》(*Winter Plum: Contemporary Chinese Fiction*)时再次收录了《玉卿嫂》。此外,白先勇还自译了一些作品。这些作品是白先勇在攻读硕士学位期间创作的,因为校方要求提交英文版,于是白把这些作品翻译为英文,如《安乐乡的一日》《上摩天楼去》《芝加哥之死》《火岛之行》等。1965 年,白先勇从爱荷华大学毕业,由其自译的几篇小说则被保存在了该校图书馆供师生查阅、参考,但据其本人讲,这些小说改写的成分较大,并非严格意义上的翻译。

(二)短篇小说集《台北人》的英译

《台北人》的英译经历了一个先零散后系统的过程。在《台北人》系统翻译之前,其中的一些短篇已经得到不同程度的译介。

1975 年,《永远的尹雪艳》(*the Eternal Yin Hsueh-yen*)和《除夕》(*New Year's Eve*)被收录在《译丛》第五期(*Renditions No.* 5)上。前者由余国藩(Anthony C. Yu)及其学生凯瑟琳·柯丽德(Katherine Carlitz)合译而成,后者由葛黛娜(Diana Granat)独自翻译。余国藩曾在美国芝加哥大学巴克人文学担任讲座教授,他因将《西游记》(*Journey to the West*)全译为英文而饮誉西方汉学界。这两篇译文后来经过修改被收录在 1982 年印第安纳大学出版社出版的《台北人》英文版里。同年,朱立民翻译了《冬夜》(朱译书名为 *On Winter Evening*)和《花桥荣记》(*Jung's by the Blossom Bridge*)两篇,收录在由齐邦媛主编的《当代中国文学选集》(*An Anthology of Contemporary Chinese Literature*)里。朱立民系留美文学博士,台湾比较文学创始人之一,曾任台湾淡江大学文学院院长。1976 年,《冬夜》(该译本译名为 *Winter Nights*)由 John

Kwan-Terry 与 Stephen Lacey 合译而成，收录在由刘绍铭主编的《台湾小说选：1960—1970》（*Chinese Stories from Taiwan*：1960—1970）里。1980 年，《游园惊梦》（*Wandering in the Garden*，*Waking from a Dream*）由白先勇和叶佩霞合译，刊登在《译丛》第十四期（*Renditions No.* 14）上。

上述译本都是零散的翻译，《台北人》系统性的英译始于 1976 年，是由作者白先勇、同事叶佩霞与《译丛》创始人高克毅历时五年共同完成的，于 1982 年由印第安纳大学出版社出版。到目前为止，《台北人》的英译本共有三个版本，最早的一版即 1982 年印第安纳大学出版社版，英文标题为 *Wandering in the Garden*，*Waking from a Dream—Tales of Taipei Characters*。1982 年版的《台北人》英译本在美国高校颇受欢迎，曾发行十余年之久。但后来因为没有再版，上课时缺乏教材。后来香港中文大学出版社有意出版中英对照版，同时也是对读者对《台北人》英译的浓厚兴趣的一种回应。考虑到香港乃华人地区英文水准最高的区域，又因是中英两种文字并行排印，译文的精准度必将受到更为严格的审视，于是，在白先勇的提议下，该翻译团队再次合作，对 1982 年版的《台北人》英译本重新校订了一遍，其英文题目也从原来的 *Wandering in the Garden*，*Waking from a Dream*：*Tales of Taipei Characters* 还原为 *Taipei People*，旨在保存原来的反讽意味，同时还对不少细节进行了修订。关于《台北人》的再次修订，白先勇回忆道："高先生与叶佩霞对这本书的热情丝毫未减，我们把整个本子从头过滤一遍，做了若干修正，因为是中英对照，两种文字并排印行，更是一点都大意不得，有什么错一眼就看出来了。”（白先勇，2013:29）最新的版本是由广西师范大学出版社于2013年出版的，除了年号之外，其他未作修订。[①]

值得一提的是，1994年，《台北人》系列中的《满天里亮晶晶的星星》被选入由 Alberto Manguel 和 Craig Stephenson 编辑的《森林之另一边：同性恋短篇小说选集》（*In Another part of forest: an anthology of gay short fiction*）。1995年，《花桥荣记》被选入《世界喧哗：非西方世界的当代文学》（*Global voices: contemporary literature from the non-Western world*）。1995年，刘绍铭和葛浩文在《哥伦比亚大学现代中国文学选集》（*The Columbia of anthology of modern Chinese literature*）中收录了《冬夜》。2003年由王德威与齐邦媛编辑的《最后的黄埔：老兵与离散的故事》（*The Last of the Whampoa Breed: Stories of Chinese Diaspora*）收录了《台北人》中的《国葬》（*State Funeral*），由哥伦比亚大学出版社出版。

上述就是《台北人》英译的整体情况。由此可见，《台北人》得到了较为充分的译介，而影响力最大的无疑还是由作者本人与叶佩霞及高克毅共同完成的《台北人》系列英译。

（三）长篇小说《孽子》的英译

《孽子》是白先勇唯一的一部长篇小说。小说以主人公阿青为第一人称叙述视角，聚焦20世纪60年代台北新公园里一群被称为“青

① 前两个版本均采用的是民国纪年，2013年的简体版采取的是公元纪年。

春鸟”的同性恋沦落少年，生动地描述了他们被社会、家庭、亲人抛弃的痛苦曲折的心路历程和不为人知的生活。1986 年，虞戡平导演把小说《孽子》搬上银幕。当时的台湾尚处于戒严时期，民风保守，同志议题只能在社会最底层涌动，更遑论拍成电影。尤其是当时被冠以“20 世纪的黑死病”的艾滋病爆发未久，又与同性恋画上等号，被认为是对同性恋者的“天谴”。在影视作品中探讨同性恋话题时讳莫如深，电影中的同志情欲也只能点到为止。《孽子》中的同志情节经过层层剪辑，才得以以“限制级”片的名义上映。该片虽然阵容强大，但远没有取得预期效果。不过在美国纽约上映时，却获得了极大的成功。美国同志阳光出版社的负责人得知此事，主动联系了作者白先勇。白先勇在此情况下联系到了译者葛浩文，请求其翻译《孽子》。葛浩文历时一年将其翻译完毕，于 1990 年由同志阳光出版社出版。该译作为全译本，没有增删、改译等现象，较为完整地再现了作品的精神风貌和文体特色。译作在当时的美国非常受欢迎，除了原作的魅力，葛浩文精湛的翻译自然功不可没。1993 年，美国普林蒂斯霍尔出版社（Prentice Hall）重新出版了《孽子》的英译本。后来，香港中文大学的翻译研究中心有意出版一套现当代文学经典的译介作品，在作者白先勇的授权下，《孽子》英译本于 2017 年再次重印，个别地方有所修订。

（四）短篇小说集《纽约客》的英译

这里所谓的《纽约客》，是 2015 年由广西师范大学出版社出版的《纽约客》精选集，该选集共收录了 6 则短篇小说，分别为《谪仙记》

《谪仙怨》《夜曲》《骨灰》、*Danny Boy*、*Tea for Two*。《纽约客》系列的英译一如其创作,同样经历了近半个世纪的历程。在《丛刊》英译《纽约客》系列之前,已经有两则短篇被译成英文,即《谪仙记》和《骨灰》。1971 年,夏志清编译了《二十世纪中国小说选》(*Twentieth-century Chinese Stories*),其中收录的白先勇的《谪仙记》由夏志清和作者白先勇合作翻译而成,这也是白先勇"纽约客系列"的首篇。夏志清在译文前添加了一篇序言,大意是说:白先勇可以说是继张爱玲之后最杰出的短篇小说家,其小说最大的特色是将中国传统文学诗学与西方现代派完美地结合在一起,之所以选取《谪仙记》是因为该篇小说是《纽约客》系列中最具特色的一篇,等等。1980 年,白先勇和叶佩霞女士合作翻译的《夜曲》刊登在由殷张兰熙主持的《笔会季刊》夏季号上。剩余的几篇则被收录于杜国清教授主编的《台湾文学英译丛刊》(*Taiwan Literature: English Translation Series*)之《白先勇专号》(No. 40,2017)里,共计五篇,分别为 *Two for Two*、*Danny Boy*、《平安夜》《骨灰》《谪仙怨》。涉及的译者有葛浩文、林丽君、罗德仁、饶博荣、黄瑛姿。除此之外,该专辑还译介了白先勇的几篇学术性散文,即《社会意识与小说艺术——"五四"以来中国小说的几个问题》(*Social Consciousness and the Arts of Fiction—Problems with Chinese Fiction after May Fourth*)、《〈现代文学〉创立的时代背景及其精神风貌——写在〈现代文学〉重刊之前》(*The Historical Background to the Founding of "Modern Literature" and Its Spiritual Orientation—Foreword for the Reissue of "Modern Literature"*)、《小说与电影》(*Novels and Movies*)、《望帝春心的哀歌——读杜国清的〈心云集〉》(*Lament for Emperor Wang's Amorous Heart-on Reading Tu kuo-ching's "Clouds of the Heart"*)。这些散文性的评论文章对了解白先勇的创作思想及创作风格起到一种补充作用。到目前为止,《纽约客》系列收集到的七则短篇小说已经断断续续全部翻译完毕,不过其主体部分主要是经过《丛刊》进行译介的。

这就是白先勇小说英译的整体情况。由此看出,其代表性的文学创作基本得到了充分的译介,并且获得了一定的世界声誉。具体的翻译情况可参考文后的附录一。

二、其他语种的翻译概述

除了英译,白先勇的小说还被翻译成其他主流语言。因为不是研究的重点,这里只做简要的梳理。

《台北人》的译介:其他语种的《台北人》全译本主要有韩语和法语两种。1978 年,《台北人》系列由韩国知名汉学家许世旭翻译成韩文,由三省出版社出版。1997 年,法文版《台北人》由著名汉学家雷威安翻译,由法拉玛利雍(Flammarion)出版社出版。而零散的翻译则较为丰富一些。1997 年,《那片血一般红的杜鹃花》由 Vertaling Anne Sytske Keijser 译为荷兰文,收入 *Made in Taiwan* 选集里;1991 年,《金大班的最后一夜》由日本汉学家山口守译为日语,收入《台北物语》短篇小说选集里。1999 年,《花桥荣记》和《一把青》由 Alfonso Contanza 译为意大利文,发表于 *Encuentros en Cathay* No. 13;2001 年,《游园惊梦》被译为捷克语，收入 *Ranni Jasmin* 选集里。

1995 年，法文版《孽子》由著名汉学家雷威安翻译，由 Flammarion 出版社出版；同年，德文版《孽子》由 Bruno gmunder 出版社出版；2005 年，意大利文版《孽子》由 Maria Rita Masci 翻译，由 Einaudi 出版社出版；2006 年，荷兰版《孽子》由 Mark Leehouts 翻译，由 De Geus 出版社出版；2006 年，日文版《孽子》由陈正醍翻译，由株式会社国书刊行会出版。在众多译本中，影响最大的是雷威安的法译本。法译本的《孽子》在当时曾引起巨大的轰动。法国书评家雨果·马尔桑于 1995 年 3 月 24 日的法国第一大报《世界报》星期五的读书版上，以几乎全版的篇幅评价了白先勇的法译本《孽子》，赞誉这部小说是一出将"悲情研成金粉的歌剧"。

对白先勇早期的小说翻译也有一些。如 1987 年，法文版的《玉卿嫂》（法文版译名为《桂林的童年》）由孔昭宇、Francis Marche 合作翻译。1990 年，日文版《谪仙记》由德建书店出版。

这就是白先勇小说其他语种的翻译情况，因为语言方面的缺陷，再加上资料的匮乏，因此笔者很难对这些译作的质量和传播效果作出公允的评价。

三、白先勇小说英译模式的界定

由上面的概述可知，白先勇的代表性作品主要有四部，即《寂寞的十七岁》《台北人》《孽子》和《纽约客》。其中有全译本的是后三部，在国内外均有较大的反响,在世界文学的舞台上占有一席之地。白先勇早期的作品如《玉卿嫂》《金大奶奶》经由殷张兰熙翻译,但是影响力较小,因此本研究只关注其他三部经典作品的翻译。经分析发现,这三部作品涉及三种不同的翻译模式,大体可以归结如下:

一是合作自译+编辑模式。自译(self-translation)是较为特殊的一种翻译模式,它指的是“翻译自己作品的行为或此种行为的结果”(Grutman,1998:17)。这种现象在中外文学翻译史上普遍存在着,只是程度不同而已。根据翻译方向,自译可分为母语向第二语言自译和第二语言向母语自译这两种情况。另外,根据作品是否独立完成,自译又可分为合作自译(aided self-translation)和独立自译(independent self-translation)两种情况。对《台北人》的系统译介是作者白先勇在以英语为母语的合译者叶佩霞的协助下完成的,属于合作自译,同时还特意邀请了英文编辑高克毅对初稿进行全面的修改、润色,因此《台北人》的翻译从严格意义上来讲,可以定性为合作自译+编辑模式。

二是汉学家葛浩文的译者模式。《孽子》的英译是由中国现当代文学首席翻译家葛浩文完成的,属于汉学家的译者模式。所谓译者模式,其主要内容包括两点:第一,由谁来译的问题,涉及译者的身份和资质。是母语译者,非母语译者,还是双语者?是专业译者还是非专业译者?很显然,葛浩文属于母语译者,而且属于母语译者中的佼佼者。葛浩文因翻译莫言的作品并将其送到诺贝尔文学奖的最高舞台而在当今的中国翻译界、文学界、艺术界享有盛誉。第二,如何译的问题，涉及译者的策略选择与原则遵守等。这些原则、策略的背后则反映了译者的翻译思想、风格、诗学等。在长期的翻译实践中，葛浩文的翻译风格已经变得相对稳定，而且葛译《孽子》并没有受到诸如出版社外在压力的影响，其主体性得到充分的彰显和尊重。有关葛浩文的研究可谓铺天盖地，对其本人以及译作的研究几乎成为一门显学。但有关葛浩文译介台湾文学方面的研究却乏善可陈。因此，对葛译《孽子》的研究有助于弥补当前研究的不足。

三是译者－编辑的合作翻译模式。《纽约客》的主体部分主要是经由学术性期刊《台湾文学英译丛刊》进行译介的，涉及五位译者，他们分别是葛浩文、林丽君、黄瑛姿、饶博荣、罗德仁，每人负责一篇。其中，林丽君和黄瑛姿是海外华人，其他三位都是翻译经验丰富的汉学家。译文的修订工作则是由三位编辑共同承担的，他们分别是英文编辑罗德仁、主编杜国清、文字编辑费雷德。罗德仁是《丛刊》的英文编辑，主要负责译文初稿的修订工作。杜国清是《丛刊》的主编，负责翻译的选材、译者的选聘等工作。此外，他还负责译文修订稿的审阅，并就疑难问题与编辑或译者进行协商并进行最后的定夺。费雷德是《丛刊》的文字编辑，退休前曾任加拿大《多伦多星报》（*Toronto Star*）的资深编辑，其主要职责是在罗德仁与杜国清修订稿的基础上，在不对照中文原文的情况下，对译文再次润色，使之更加符合译入语规范。由此可见，《纽约客》的英译是译者与编辑共同努力的结果。因此，其翻译模式可以称为译者＋编辑的合作模式。

三种模式虽然组织方式不同，但却都取得了较大的成功。因此，对这些模式的研究有助于探索文学的外译模式，从而更好地服务于外学外译。

第四节 小结

本章综述了白先勇的文学创作及对代表性作品的译介情况，主要介绍了白先勇的生平，其走上文学道路的各种契机，文学创作的分期以及每个时期的创作特色、文学主题及艺术特质等。这一部分的概述对后面的译文文本分析起到直接或间接的作用。第二部分主要介绍了白先勇小说的英译和其他语种的译介。白先勇小说的译介跨度较大，从 20 世纪 60 年代开始，直到 2017 年才基本翻译完毕，但也由此看出其作品持续的国际影响力。在此基础上，本章界定了白先勇小说英译涉及的三种翻译模式，即《台北人》英译的合作自译 + 编辑模式，《孽子》英译的汉学家模式，以及《纽约客》英译的译者 - 编辑的合作翻译模式。在接下来的几章里，我们将重点分析这三种翻译模式的缘起、组织方式、译文效果，并从不同层面对这些翻译模式进行比较分析，为文学外译提供有意义的参考或启示。

第四章 《台北人》的英译：合作自译+编辑模式[①]

《台北人》的系统性英译是由作者白先勇、合译者叶佩霞与编辑高克毅共同完成的，于 1982 年由印第安纳大学出版社出版。2000 年，香港中文大学出版社又出版了繁体中文与英文对照版，译者和编辑再次合作，在原来的基础上重新校订了一遍，涉及较多细节的改动，题目也还原为 *Taipei People*。本章拟以 1982 年版《台北人》的英译底稿为基础，以 2000 年版为参照，同时结合笔者与白先勇的书信往来，分析作者白先勇与合译者叶佩霞对初稿的构建与策略选择，以及编辑高克毅对初稿的改进情况，旨在探讨团队成员之间是如何实现优势互补与合作统一的。

---

① 《台北人》的英译历时五年（1976—1981 年）完成。五年期间，翻译团队积累了大量的翻译手稿，作者白先勇将这些手稿及书信完整地保留了下来，退休之后交给了其所执教的加州大学圣塔芭芭拉分校的图书馆留存。因为研究需要，笔者联系到作者兼译者的白先勇并详陈了其对本研究的必要性和重要性。热忱、仁厚的白先生与图书馆馆长协商之后，将电子版的《台北人》英译底稿交给笔者。至于翻译中的细节问题，如当时讨论的情景、某些语词翻译的成因，都是白先勇通过电子邮件传递给笔者的。

第一节 合作自译+编辑的缘起与翻译团队的构成

《台北人》的英译是作者白先勇在合译者叶佩霞的协助下完成的，同时邀请了高克毅作为英文编辑对译文质量进行把关。本节旨在追溯这种合作自译+编辑模式的缘起，并简要地交代团队成员的背景信息。

一、合作自译+编辑的缘起

《台北人》的英译与当时的社会背景有一定的关联。20世纪70年代，汉学研究经过五六十年代的沉寂之后开始复苏。这一时期美国印第安纳大学有出版一系列中国文学作品英译的计划，其中美籍华人起到了很大的推介作用，如刘绍铭、李欧梵等。刘绍铭是印第安纳大学比较文学博士，与该校关系向来密切，后来印第安纳大学出版社于70年代末筹办出版“中国文学翻译丛书”（Chinese Literaturein Translation）时，刘绍铭、罗郁正（专长为古典中国文学）与李欧梵等担任编辑委员，其中刘、李两人在台大外文系学习期间曾与白先勇共同创办《现代文学》杂志，是相交数十年的好友。《台北人》的英译最初就是由这两位海外华人向印第安纳大学推荐的。《台北人》较高的文学水准及声誉，再加上刘绍铭和李欧梵的力荐，使其英译得以成行。同时入选该丛书的还有陈若曦的《尹县长》(*The Execution of Mayor Yin and Other Stories from the Great Proletarian Cultural Revolution*)、黄春明的《溺死一只老猫》(*The Drowning of an Old Cat and Other Stories*)、萧红的《生死场》与《呼兰河传》(*The Field of Life and Death*, *Tales of Hulan River: two novels*)等。但在谈及具体的翻译方案时,作者与印第安纳大学产生了一些矛盾。白先勇在回忆当时的情形时说:"印第安纳大学找到了些教授、讲师,也有学生,一个人负责一篇,分工合作,同时来翻译。我一看不行,这样做整个不对,所以我就接下来自己做,一做整整做了五年。"(白先勇,2000:292)白先勇对艺术有一种宗教般的虔诚,对这种化整为零的翻译方案自然不能苟同。白先勇虽然中英文俱佳,但他并未独自承担整个翻译工作。经笔者分析发现,主要有两种原因:一是受白先勇的英文水平所限;二是《台北人》的语言风格过于强烈,仅凭一己之力难以完成。

由于显赫的家庭背景,白先勇自小就受到良好的教育。"虽然白崇禧戎马倥偬,全家又值逃难时期,但家里还是请了一位美国女子教孩子们英文。"(刘俊,2009:13)后来,白先勇读初中时进入香港的教会学校喇沙学院(La Salle College)。该学校是由神甫创办的一所天主教会中学,自然十分注重英语教育。白先勇的英语也因此有了更大的长进,后来以英语满分的成绩考入台北"建国"中学。1957 年白先勇考入台湾大学的外文系,受教于名师英千里、曾约农、黎烈文、夏济安、朱利民,他们都是外文领域的顶尖人才,学养丰富、中西学俱佳。白先勇的英文水平也因此有了质的飞跃。大学毕业之后,白先勇便赴美留学，之后长期在美国的大学教书，曾用英文向美国学生讲解中国传统文学经典《红楼梦》。可以说，英语已经成为他常用语言之一。白先勇还曾把自己的一些短篇小说自译为英文，如《安乐乡的一日》《上摩天楼去》《芝加哥之死》《火岛之行》等。另外，他还创作过英文小说“*Hong Kong 1960*”（1965）（后自译为《香港：一九六〇》，于1964年刊登在《现代文学》上）。但是据他后来讲：“自己虽说译成了英语的，但不能是严格意义上的翻译，可以说是改写。”（许钧，2001：58）他甚至曾形容用英文创作“就好像左手写字”（白先勇，2013：21）。

此外，还与作品的独特风格有着莫大的关联。小说中的语言是融合了古典文学与中国各地方言的特别文字，而且字里行间蕴藏着诸多历史、文化所指，这对任何译者都是一大挑战。“在译文中再现语言的丰富性已非常困难，要使文中微妙的典故让英文读者理解也实属不易。因此，白先勇决定不自译《台北人》……”（Hsia，C. T.，1971：222）刘绍铭也表示：“任何翻译都不能公正地对待一种如此柔顺、充满象征、意象和暗示的语言。”①（Joseph S. M. Lau，1975：47）鉴于此种情况，白先勇于是找到了两位得力的合作者，即同事叶佩霞与编辑高克毅。

二、翻译团队的构成

白先勇基于对自己英文水平的认识，以及《台北人》的翻译难度，决

① 原文：No translation can do justice to a language so supple，so laden with symbolism，imagery，and allusiveness.

定不自译《台北人》,而是请来了两位得力干将,再加上作者本人,这样就形成了由三人构成的翻译团队。现将其他两位的基本情况介绍如下。

(一)合译者叶佩霞

白先勇找到的第一位帮手叶佩霞(1941—2017 年),是白先勇在美国加州大学圣塔芭芭拉分校的同事。其父亲赫勒尔德·罗森堡(Herald Rosenberg),是美国犹太裔著名艺术评论家,常为美国著名杂志《纽约客》(*New Yorker*)撰写艺术评论。叶佩霞出生于纽约,长期居住于东格林尼治村(East Greenwich Village)。受其父亲影响,叶佩霞自小勤奋好学,有语言天赋,熟悉多种语言,除日文、中文外,并晓法文、俄文、土耳其语等语言。叶佩霞大学就读美国著名的欧柏林音乐学院(Obelin Conservatory of Music),主修民俗音乐,后获博士学位,曾留学日本数年,专门研究日本艺妓吟唱,并曾嫁日裔丈夫,其日语流利。返美后执教加州大学圣塔芭芭拉分校音乐系数年,并旁听白先勇的中文课,其间又去台湾学习中文一段时间。叶佩霞长于翻译传统中、日民谣和土耳其诗歌。“受家庭熏陶,叶女士从小热爱文学及音乐。此外,叶女士酷爱莎士比亚,又长期住在下东区(Lower East Side),对于街头巷尾的俚语,耳熟能详,所以其英文也能雅俗兼并。”(白先勇,2013:20)《台北人》中涉及的诗词戏文以及大量的方言、俗语,正是叶女士的用武之地。(译毕《台北人》之后,叶佩霞又去学了波斯文、土耳其文等。不幸的是,叶女士于 2017 年去世。)白先勇身兼二职,集作者、译者于一身,再加上才学过人的合译者,翻译应该没有问题。之所以将高克毅请来担任主编，是为了使译文更趋臻善。

（二）英文编辑高克毅

高克毅（1912—2008 年），祖籍江苏江宁，是著名的文学翻译家、香港中文大学《译丛》前主编，以及双语作家。1912 年高克毅出生于美国密歇根州，三岁随家人返回中国，接受中国传统私塾教育，攻读四书五经及其他儒家经典著作。从燕京大学毕业后，他返回美国，在密苏里大学获得新闻学硕士，后又获得哥伦比亚大学国际关系硕士。此后久居纽约、旧金山、华盛顿等地。20 世纪 30 年代，高克毅曾任《上海学生英文报》《大陆报》《中国评论周刊》美国特约通讯员。抗日战争时期，高克毅又任职于纽约中华新闻社，后历任旧金山《华美周报》主笔、华盛顿美国之音编辑。退休之后，在好友宋淇的盛邀之下加入香港中文大学成立不久的翻译研究中心。高克毅在该研究中心任职后不久，即于 1973 年与宋淇发起创办《译丛》中英翻译学专业性期刊，并担任英文编辑多年。除了做编辑工作之外，高克毅还是英文写作高手，其发表的英文著作有：*You Americans*（《你们美国人》）、*Cathay by the Bay*（《湾区华夏》）等，与林语堂等知名海外华人编译了 *Chinese Wit & Humor*（《中国幽默文选》）等。此外，高克毅还是美语俗语专家，一生痴迷于通俗美语研究，并出版了一系列专著，如《言犹在耳》《听其言也》《总而言之》《一言难尽：我的双语生涯》《最新通俗美语词典》。高克毅还是著名翻译家，曾翻译过《大亨小传》（*The Great Gatsby*）、《长夜漫漫路迢迢》（*Long Day's Journey into the Night*）、《天使，望故乡》

(*Look Homeward*, *Angel*)等文学名著。白先勇曾对高克毅的英文这样评价:"乔志高(即高克毅)先生,这个人英文是一流的,那比美国人的英文还要地道。"(白先勇,2009:293)刘绍铭也认为:"乔志高(即高克毅)中英文俱佳,因为他从小在中英文两种语境长大,中文和英文都是他的母语。"(单德兴,2016:157)可见,其英文水准是得到大家认可的。因此,由其来担任《台北人》翻译的英文编辑称得上是理想人选。《台北人》的英译计划从20世纪70年代中期就已启动,经过团队成员历时五年的精雕细琢与精诚合作,终将《台北人》的翻译艺术成就推向新的高峰。

第二节　初稿的翻译——基于底稿的考察

《台北人》的英译初稿是由作者白先勇与合译者叶佩霞合作完成的。既然有合作,自然就有分工。那么作者与叶佩霞是如何合作翻译初稿的?他们采取了哪些基本的翻译策略?笔者就此咨询了作者白先勇。他是这样回复的:

> 我跟叶佩霞总是两人一起商量合译的。我们逐字逐句地讨论,我把一些中文文字上"意在言外"微妙的地方特别解释给她听,往往先由我把一句直译出来,她再润饰。有时有些字句她举出几种译法,由我斟酌挑选。我们下很大工夫,

每次工作时间都在四小时以上，有时工作到深更半夜，叶佩霞跟我都是非常执着认真的人，加上高克毅的精雕细琢，我们前后花了五年时间。

根据白先勇的回复得知，因为作者在原文理解上的优势，且有自译的经历，因此先由其逐句翻译过来，然后再由叶佩霞修改。其中较为棘手的地方，也会交由叶佩霞单独处理，如《台北人》中涉及的诗词歌赋等。因此，《台北人》的英译初稿是他们密切配合、共同协商的结果。

一、白先勇的主导作用

《台北人》的英译虽然是由白先勇和叶佩霞共同努力的结果，但是在总体的翻译原则和具体的翻译策略上仍以作者为主导。笔者根据与作者白先勇之间的来往邮件，以及本人对翻译手稿的研读发现，初稿在文本层面主要以“信”为主，同时兼顾适应性改写；在文化所指层面则倾向于深度翻译。

（一）以“信”为主：追求译文的完整性与准确性

这里所谓的“信”，主要是指追求“译文的完整性与准确性”。白先勇在给笔者的邮件中这样说道：“我和叶佩霞的初稿我们有一个原则就是第一步做到‘信’，绝不偷懒取巧，把原稿完全译出，所以是一个很扎实的初稿，至于‘达’跟‘雅’就等高先生润色过再斟酌。”将原文的信息全部译出，不避难，不取巧，这是初稿遵循的根本原则。如：

例 1. 桌上、椅上、榻榻米上，七横八竖，堆满了一本本旧洋装书，有的脱了线，有的发了毛，许多本却脱落得身首异处。（《冬夜》，白先勇，2017：195）

译文 1：**Books were chaotically strewn about** the desk, chairs, and tatami mats. These were books in hard covers once, but the binding had come off some, mold hadeaten into others. (Pai Hsien yung, 1975a:259)

译文 2：**On the chairs, on the tables, on the tatami, everywhere, strewn every inch way, were books** that had once had hard covers, but now the bindings had come off some, others were frayed and mouldy, many were so battered that they looked **like so many dismembered corpse lying there.** (Pai Hsien yung, 1982:172 – 173)

译文 1 出自台湾学者朱立民之手，内容有一定的整合，句式也有较大调整。译文 2 出自白先勇及叶佩霞，无论是信息内容还是句式结构，基本都和原文保持一致。原文中的逻辑主语为“书”，正常情况下应当置于句首，现在被后置，而状语“桌上、椅上、榻榻米上”则被前景化，其目的在于强调“书”的凌乱程度，给人无处不在的感觉。译文 1 把原文还原为正常句式，将“书”置于句首，“Books were chaotically strewn about...”有损原文强调的信息中心，且有浓缩之嫌。译文 2 则保留了这种结构：“On the chairs, on the tables, on the tatami, everywhere, strewn every inch way, were books...”该译法凸显了“书”给人的凌乱之感。其中“七横八竖”的译文“everywhere, strewn every inch way”较译文 1 也更为贴切、生动，即便是最后的“身首异处”也在译文中“like so many dismembered corpses lying there”得以保留。

白先勇与叶佩霞采取的“以信为主”的原则，其前提在于不随意增加、删改或压缩，再如：

例 2.“宋家阿姊，‘人无千日好，花无百日红’，谁又能保得住一辈子享荣华，受富贵呢？”（《永远的尹雪艳》，白先勇，2017：7）

译文 1：“As the saying goes，‘**flowers don’t last forever，neither do people.**’Whoever heard of anyone being happy and prosperous a whole lifetime?”（Pai Hsien-yung，1975b：93）

译文 2：“As the saying goes，‘**people don’t stay healthy and wealthy for a thousand days；flowers don’t stay red for a hundred days**.’Whoever heard of anyone being happy and prosperous a whole lifetime?”

译文 3：“As the saying goes，‘**people do not stay in favor a thousand days；flowers do not stay in bloom a hundred days**.’Nobody can count on being happy and prosperous a whole lifetime.”（Pai Hsien-yung，1982：7）

译文 1 出自凯瑟琳·柯利德（Katherine Carlitz）及余国藩之手，曾刊登在《译丛》1975 年秋季号上，译文 2 是白先勇对译文 1 的改动，译文 3 是修改后的定稿。前两个版本最大的区别在于“人无千日好，花无百日红”的翻译上。柯利德将其翻译为“flowers don’t last forever，neither do people”，从语义上来看没有不妥。但是白先勇对此译文并不满意,因其未能保留“人无千日好”,也因而失去了原文的节奏感。于是,白先勇将其修改为“people don't stay healthy and wealthy for a thousand days;flowers don't stay red for a hundred day”。修改后的译文较原译更加完整,但在贴近原文的同时也显得有些拘泥。因为“stay healthy and wealthy”过于累赘,而“stay red”在译入语中也难以接受。后来编辑分别将其改为“stay in favor”和“stay in bloom”,不仅语义通达,而且对仗工整,再现了原文的形式美和节奏感,较初译更加生动。

“佩霞与我定下一个原则,翻译三律‘信达雅’我们先求做到‘信’,那就是不避难不取巧,把原文老老实实逐句译出来——这已是了不得的头一关。”(白先勇,2013:22)以“信”为主,保证了译文的完整性和准确性,能够在最大程度上保存原文独特的风味与表达方式,但是也存在诸多拘泥之处。后来在编辑的修订之下,初稿逐渐完善。至于译文的修改情况,我们将在后面进行详细的分析。

(二)适应性改写:凸显审美效果

为了保证译文的完整性与准确性,译者采取了以信为主的翻译策略,但有时为了凸显特定的审美效果,也会根据具体的语境进行细节上的改写。如:

例3.为了讨喜气,尹雪艳破例地在右鬓簪上一朵酒杯大血红的郁金香。(《永远的尹雪艳》,白先勇,2017:11)

译文1:To attract good luck she for once wore a **scarlet tulip**-the size of a wine-cup at her right temple.(Pai Hsien-yung,1975b:94)

译文 2：To attract good fortune, she for once wore a **bloodred camellia-the size of a wine-cup at her right temple.** (Pai Hsien-yung, 1982:10)

译文 1 出自柯利德及余国藩，他们将"郁金香"翻译为"tulip"，而在译文 2 中，白先勇将其改为"camellia"。从字面意义上来看，译文 1 似乎更正确。但在白先勇给笔者的信中得知，这样做是出于一种音韵上的考虑。这里的"郁金香"三个字既具有音韵美，又含有特定的象征意。"郁"表明主人的神态，"金"代表色泽，而"香"代表了气息，可是翻译成英文却是"tulip"，不但是个双音节，而且语气急促，绝无"郁金香"三字引发的美感。商量之后，译者白先勇决定改译为"camellia"，虽未能保留"郁金香"的意蕴，但比起"tulip"更富于节奏感。例 3 的改写是为了追求音韵与节奏的美感，换言之，"郁金香"是一种象征符号，其所指并不重要。译文之所以采用"camellia"是为了取得节奏上的相似性。在某些情况下，白先勇还对原文表层意义进行了适当的改写，例如：

例 4. "柱国，你真会开玩笑。"余教授一面抚摸着他那光秃的头顶，不胜唏嘘地笑道。（白先勇，2017：201）

译文 1："Chu-kuo, you really know how to play up a joke." Professor Yu **sighedwith a smile** as he felt his bald crown. (Chi Pang-yuan, 1975a:268)

译文 2："Ah, Chu-kuo, you really know how to poke fun at a guy!" Professor Yu ran his hand over his bald head; **a nostalgic smile appeared on his face.** ①

① 后来，高克毅将 poke fun at a guy 改为了 make a joke.

译文 1 出自朱立民之手，译文 2 是白先勇与叶佩霞的合作。对比发现，两种译文的区别在于对“不胜唏嘘地笑道”的处理上。表面看来，朱译似乎更准确。其实，译文 2 是白先勇是对原文意图深层解读之后的转化。文中的吴柱国在美国教书时向学生谈起五四闹学潮之事，而当时的学生领袖之一即为余钦磊余教授。因为自己当年的热血与奔放，余教授收获了爱情。谈起此事，余不胜唏嘘，这句话实则是对往昔的一种怀旧与眷恋。因此，白先勇将其译为“nostalgic smile”更契合人物彼时的心境。

白先勇采取的适应性改写，并非是对原文随意的改动或是歪曲，恰恰相反，是为了更好地反映原作的意图，取得审美层面的忠实，也由此折射出自译较他译具有的天然优势。

（三）深度翻译

《台北人》具有浓重的文化乡愁意识与历史沧桑感，因此涉及的文化、历史元素较多，对文中具有特定含义的历史或文化元素，译者采取了深度翻译，即“在译作中添加释义和注解等辅助信息，将翻译文本置于深厚的原语语言和文化语境之中”（Appiah，1993：817）。这种翻译方法能够使读者回到翻译文本所产生时的时代背景，更深层次地理解作品的社会背景和源语文化。为此采取的形式有序言、评注、脚注等。为方便起见，现将有关注释统计如下。（见表 4.1）

表4.1 《台北人》文末注解统计及占比一览表①

出处	注解内容	数量	英译字数	注释字数	注释比(‰)
《一把青》	师娘、民国二十七年、旗袍	3	8325	65	7.8
《金大班的最后一夜》	大班、台币	2	6146	118	19.2
《那片血一般红的杜鹃花》	杜鹃、胡琴	2	4986	107	21.5
《思旧赋》	头七	1	3416	80	23.4
《梁父吟》	梁父吟、副官、展堂、饕餮、辛亥革命、同盟会、桃园三结义	7	5573	577	100
《孤恋花》	无	0	8345	0	0
《秋思》	无	0	2352	0	0
《满天里亮晶晶的星星》	《申报》	1	2698	20	7.4
《游园惊梦》	昆曲、副官、笙、蓝田玉、青衣、师娘、《贵妃醉酒》、胡琴、吃醋、"黑头"、秦绍山	11	10373	799	77
《冬夜》	胡同、北大、孔家店、赵家楼、换我青岛、台大、台币	7	6401	143	22.34
《国葬》	铁军、焦赞和孟良、铁军司令、江东父老	5	4165	293	69.9

① 表4.1部分参照了史慧的《白先勇自译区别性策略研究》一文，但进行了较大的改进，特此说明。

这些注解涉及方方面面的内容，共计 87 处。需要说明的是，这里删掉了《永远的尹雪艳》《除夕》与《花桥荣记》这三篇，因为这三篇已经有他人翻译过并添加了注解。我们对《台北人》各篇作品英文文本正文字数及其注释进行量化统计，数据统计基于文字处理程序的字数统计功能。为直观起见，以千分比进行计算。数据显示，注释比例前五位依次为《梁父吟》(100‰)、《游园惊梦》(77‰)、《国葬》(69.9‰)、《思旧赋》(23.4‰)、《那片血一般红的杜鹃花》(21.5‰)等。注释比例越高，表示加注篇幅越大。这种加注主要分为两种，即引言和脚注。

1. 引言

白先勇与叶佩霞对《台北人》涉及的文化、历史元素进行了大量的注解，其中之一就是采取引言的方式，即在译文前进行相关的说明，如《那片血一般红的杜鹃花》《梁父吟》《游园惊梦》。

(1)《那片血一般红的杜鹃花》

译者将标题翻译为"*A Sea of Blood-red Azaleas*"，与原文标题较为吻合。英文"azaleas"也有杜鹃花之意。但不同的是，中文的杜鹃还可指一种鸟类，以及与之有关的一则历史典故。译者对此进行了加注：

According to Chinese mythology, in ancient times TuYu, the king of Shu, had a love affair with the wife of one of his ministers. Ashamed, he fled his kingdom and turned into a tu-chuan, a cuckoo. The cuckoo is said to sing unceasingly through the spring for his tragic love, until he spits blood, which is transformed into tu-chuan flowers, or azaleas. The Chinese literary tradition also maintains that the singing of the cuckoo evokes homesickness in the exile. (Pai Hsien-yung, 1982:65)

注解提到了在中国神话中蜀国皇帝杜宇化为杜鹃以及杜鹃啼血的故事。译者不仅解释了“杜鹃”一词的双重含义,还点明了其中蕴含的思乡之情,而乡愁正是小说的主题所在。《那片血一般红的杜鹃花》讲述了渡海来台的一名老兵王雄,在大户人家当了一名男仆,后因思乡情切而自杀的故事。王雄的自杀悲剧与回归无望的怀乡哀愁,有着不可分离的关系。小说以传统文化形象杜鹃为标题,奠定了小说的悲剧基调。译者采用注解的方式,既保留了传统的文化元素,又诠释了其在文中的双重寓意。

(2)《梁父吟》

在英译《梁父吟》时,作者同样采取了引言的方式。白先勇以“梁父吟”为标题是有着深刻寓意的,而这种寓意对于不谙中国文化的美语读者来说,是很难体会到的,因此译者进行了加注。注解如下:

The dirge of Liangfu is the title of a burial song in the Music Bureau collection of the Han Dynasty, named after Liang-fu, a mountain near Mount Tai in present day Shantung Province. The song is associated with Chu-ke Liang, the brilliant military

> strategist and heroic prime minister of Shu Han during the Three Kingdoms period, who dedicated his life to the restoration of the House of Han but died without achieving his goal. Centuries later, the great Tang Dynasty poet Tu Fu, an ardent admirer of Chu-ge Liang, wrote his own "Dirge of Liang Fu," called "Climbing the Tower"...

注解大意:"《梁父吟》挽歌是汉代乐府诗中的一首葬歌,以今天山东省泰山附近的梁父山命名。这首葬歌常与三国时期蜀汉的杰出军事家和丞相诸葛亮联系在一起,他毕生致力于汉室的恢复但却至死未能实现这一愿望。几个世纪后,伟大的唐代诗人杜甫,诸葛亮的热心崇拜者,创作出自己的'梁父吟',名为《登楼》……"作者白先勇借助这首诗除了表达历史寓意之外,还表现了主人公朴公历经劫难后的一种深沉的沧桑感,正如诗文"锦江春色来天地,玉垒浮云变古今"所暗示的那样。

(3)《游园惊梦》

在《游园惊梦》的译文前面,译者白先勇同样添加了一则较长的引言,这则引言主要是对中国传统戏曲昆曲的介绍。《游园惊梦》是《台北人》中的名篇,而小说标题源自牡丹亭中的第十节《游园·惊梦》。在译文前面,译者对昆曲进行了较为详尽的介绍(引言长达799字,因为太长,这里不便引用)。该注解首先了追溯了昆曲的起源——因源自江苏昆山而得此名。昆曲最早可以追溯到明朝中期,是中国最古老的艺术形式之一。译者还交代了昆曲的艺术特质,如将音乐、舞蹈、诗词融为一体等。昆曲是一种极为高雅的艺术,历来为文人墨客所欣赏。注解最后交代了《牡丹亭》的主题内容及其与小说《游园惊梦》的互涉关系。《游园惊梦》看似描写钱夫人个人身世的浮沉,实则暗含了中国传统文化昆曲的式微。

这三则引言关乎到小说的主题呈现,而涉及的文化元素又极具中国传统文化特色,译者花费如此多的篇幅来介绍,固然有对目的语读者的考虑,但更是对传统文化的敬重。

2. 脚注

除了引言,脚注是译者在处理文化元素时采取的主要注解方式,这些脚注为目的语读者提供了必要的社会文化背景。如:

例 5. 连初七还没做完,桂喜和小王便先勾搭着偷跑了。(《思旧赋》,白先勇,2017:95)

译文:Why, the First Seven wasn't even over yet when that Casssia and Little Wang done run off together. (Pai Hsien-yung, 1982:82)

脚注:The Buddhist funeral service lasts forty-nine days. During the first forty-nine days after death, the soul is undergoing a period of transition before reincarnation, a period of judgment which determines the next state of the deceased. Sutras are chanted for the dead every seventh day of this period, seven times until the Seventh Seventh day. It is the family's obligation to observe the proper rites to help the soul overcome the perils of judgment and transition.

这里的“初七”,一般又称为“头七”,是中国传统的丧葬习俗。从死者离世之日算起,丧家每隔七天就要举行一次烧纸祭奠活动,共7次,俗谓“烧七”。其中,“三七”“五七”最为重要,一般亲朋好友也要前来祭奠。这是传统习俗“头七”的文化内涵,而原文中提到“头七”并不是要强调其文化内涵,而是其“重要意义”。“头七”还没过,两个仆人便私奔了,这俨然是对主人的大不敬。译者对此进行了注解,其大意如下:“在死后的四十九天之内,灵魂在转世前要经历了一个过渡时期,这是一个判决时期,决定死者下一个生存状态。在此期间,每隔七天就会为死者吟唱经文,一共七次。家人须严格遵守正确的仪式,以助死者灵魂克服判决的种种危情。”译者通过注解的方式,既诠释了其文化内涵,又于无形之中凸显了其在叙述者心中的重要性。

有时中国特有的文化元素在英语中没有对等表达方式时,译者也会采取音译加注解的方式。如:

例6.“别的没什么,师娘,倒是在外国攒了几百块美金回来。”郭轸说道。(《一把青》,白先勇,2017:20)

译文:“Oh,nothing special,Shih-niang. I just saved up a few hundred dollars,that's all.”(Pai Hsien-yung,1982:18)

文中有一个对老师的爱人的传统称谓“师娘”。译者将其音译,并添加了脚注。注解如下:

Literally“teacher-mother”,shih-niang is a term of affection and esteem used by students to address the wife of their teacher.

The commonly used term for teacher islao-shih(old or venerable teacher).

大意是说：直译的话，师娘可以翻译为“teacher-mother”，是学生对老师爱人带有亲切感和敬意的一种尊称。

经过对《台北人》英译本文末文化元素注解进行定量和定性的分析可以看出，引言与脚注在功能上与正文内容相呼应，有助于英语读者更好地理解文本背后所蕴含的文化意义。白先勇在给笔者的邮件中说道：“《台北人》的英译主要是针对美国大学生的，因此加注是为了提供必要的背景信息。当然，正如您所说，也有中华文化本位的下意识在里面。”文中的大量注解有助于目标语读者更好地理解文本，同时也体现了白先勇的文化本位意识。

二、合译者叶佩霞的协助作用

合译者叶佩霞对协助作者白先勇完成初稿发挥了重要作用。白先勇翻译完一部分便交由叶佩霞进行修订，或彼此商讨。较难的地方则交由叶佩霞直接处理，如诗词戏文的翻译。叶佩霞的协助是全方位的。这里仅以人物语言、修辞、诗词歌赋的翻译为例予以说明。

（一）人物语言翻译的改进

白先勇小说中的人物来自大陆的不同省份，南腔北调是其主要特色，其表现之一就是个性化的人物语言。因此，熟悉美国方言、俚语的叶佩霞便发挥了其特长。如：

例 7. 娘个冬采！金大班走进化妆室把手皮包豁啷一声摔到了化妆台上，一屁股便坐在一面大化妆镜前，狠狠地啐了一口。好个没见过世面的赤佬！左一个夜巴黎，右一个夜巴黎。说起来不好听，百乐门里那间厕所只怕比夜巴黎的舞池还宽敞些呢，童得怀那副嘴脸在百乐门掏粪未必有他的份。（《金大班的最后一夜》，白先勇，2017：60）

译文：Up his mother's！ She flung her bag onto the dressing table as soon as she entered the room. Spitting a curse, she parked her ass on the chair in front of the large mirror. **What a cheap creep**！ Nuits de Paris this, Nuits de Paris that. It may not sound polite, but I'm afraid even **the john** at the Paramount took up more room than the Nuits de Paris dance floor！ **Why, anybody with a mug like Tung's** couldn't get a job cleaning toilet bowls at the Paramount.（Pai Hsien-yung, 1982：51）

译文是叶佩霞在白先勇初译的基础上修改而成的。这是一段描写金大班内心活动的文字，方言、俗语甚至污秽语言兼而有之，从中可以看出金大班耿直、泼辣的性格特征。这也给翻译带来了巨大的挑战。但细读发现，译文非常完整，几乎没有任何的遗漏。即便如“娘个冬采”“好个没见过世面的赤佬”“嘴脸”等抗译性较强的表达也悉数译出。“娘个冬采”，属于上海俗语，是句粗话。初稿仿拟了英语俚语“Up' yours”，只不过将后面的“yours”改为“his mother's”。“赤佬”一词属于吴语方言，源于我国古代的一种黥面刑罚。封建统治者为防止囚犯和军中士卒逃跑，在其脸上刺上记号或文字并涂以朱砂，侮辱性地称他们为“赤佬”。后来泛指坏人、坏东西。初稿将“好个没见过世面的赤佬”译为“what a cheap creep”。“creep”在英文中有“鬼怪”之意，“cheap”有卑鄙之意，合在一起可指“卑鄙小人”。“那副嘴脸”的译文“mug”，不仅指“马克杯”，还有“嘴脸、怪相”之意，这与金大班对童经理的厌恶口误较吻合。只是“左一个夜巴黎，右一个夜巴黎”的初译“Nuits de Paris this，Nuits de Paris that”有些生硬，高克毅后来将其修改为“Nuits de Paris，Nuits de Paris indeed”，更显地道一些，因为“indeed”置于句末还可以表示强调之意。

有时，对人物语言的翻译是叶佩霞在白先勇的提示下完成的，如《思旧赋》中两位老妪之间的对话。《思旧赋》中有两位老仆人，即罗伯娘和顺恩嫂。她们都曾为显赫一时的李家服侍多年。如今李家已是家道中落，破败不堪。两人多年后再次相见，不禁感慨万千，而她们的对话也是充满了浓浓的怀旧思绪。叶佩霞最初翻译她们的对话时用的是标准英语，白先勇感觉调子不对，于是对其讲道：“《思旧赋》里的罗伯娘，跟《飘》里的妈咪、福克纳《喧哗与骚动》中的迪尔西，这些美国南方黑人嬷嬷有几分类似。”（白先勇，2013：24）在白先勇的启发下，叶佩霞大胆采用了美国南方黑人方言来表现人物的怀旧与忠贞之情，取得了较为理想的效果，也得到了作者白先勇的认可。部分译文如下：

表 4.2 《思旧赋》中对人物语言的翻译(部分)

原文	译文
老了,不中用了,身体不争气。(白先勇,2017:92)	I ain't no use no more; this old body just won't hold up no more... (Pai Hsien-yung, 1982:79)
我都梦见夫人,她站在那些牡丹花里。(同上:94)	I been dreaming about Madame; she stood right in those peonies there. (ibid., 81)
桂喜和小王溜了不打紧,可就坑死了我这个老太婆。(同上:96)	It ain't only that Cassia and Little Wang run off, but they done cast this old woman into the pit. (ibid., 82)
"他们家的祖坟,风水不好。"(白先勇,同上:99)	"This here family, and their ancestral graveyard. The Wind and Water moved against them." (ibid., 85)

由表 4.2 可以看出,两位老仆人的对话被译为美国南方黑人英语,主要体现在两个层面,即词汇和句法。前者如"ain't"。"ain't",相当于"am not""are not""is not""has not"等的缩写,一般认为没有受过教育的人才使用,但也常出现在普通大众之口,如"say it ain't so"(告诉我这不是真的)。句法层面,则较为复杂一点,大体总结如下:其一,双重否定(乃至多重否定)表示肯定。如:"I ain't no use no more; this old body just won't hold up no more..."换成标准英语,即"I am no use any more; this old body just won't hold up any more..."其二,"done + v 过去分词"表示完成时。如"they done cast"表示一种完成时,相当于"they have cast"。美国南方方言的使用,除了能表现人物的身份地位,还能表现主仆关系之深,令人回想起旧日时光。《思旧赋》的主题之一便是怀旧,即对美好往昔的追忆,同时表现了两位仆人对李家的

忠贞之情。因此，美国南方方言是表现这种主题的最佳媒介。

（二）修辞翻译的提升

《台北人》中涉及的修辞种类较为繁多，如比喻、双关、比拟、移就等，这些修辞大都新颖独特，丰富了作品的内涵，增强了作品的文学性。然而在很多情况下，修辞中的形象很难在译文中保留，因此需要创造性转化。白先勇在翻译时灵活性稍欠，叶佩霞进行了大胆的改进。这里以出场率较高的比喻和抗译性较强的双关语为例。

1. 比喻

比喻的使用在《台北人》中较为频繁，而且大都新颖独特。比喻借助像似性将不同的事物联系起来，使之形象化，在延长读者认知的过程中，自然增加了文本的文学性。比喻，虽然是人类认识事物的一种共有方式，是人类认知和思维的有效工具，但由于文化与思维等方面的差异，翻译时形象的去留需要兼顾各种因素。如：

例 8. 好不容易，把这个乡下土豆儿脱胎换骨，调理得水葱似的，眼看着就要大红大紫起来了。（白先勇，2017:66）

白译：Believe me it hadn't been easy to **turn a hayseed into a green-house plant** from the core out; you could see with your own eyes she was just to bloom gloriously.

叶改：Believe me, it hadn't been easy to turn **this hayseed into a fetching dance hall flower**, you could see she was just about to bloom. (Pai Hsien-yung, 1982:56)

原文把舞女的形象变化形容为从“土豆”到“水葱”的转变，“土豆”自然又土又不好看，而“水葱”给人一种清秀的印象。白先勇的译文是“turn a hayseed into a green-house plant”。可以看出，白译以“hayseed”取代了土豆。“hayseed”本质为干草，但也可指乡巴佬，如“she insisted that she would not marry off to a hayseed”，而用“green-house plant”（温室里的植物）取代水葱，似乎不够生动。因为从“干草”到“温室里的植物”这种形象的转变吸引力不强。叶佩霞将原译中的“green-house plant”改为“fetching dance hall flower”（迷人的交际花），从“干草”到“交际花”的转变不可谓不大，而且与后面的“just about to bloom”（即将绽放）形成呼应，因此更加形象。

2. 双关语

双关语也是《台北人》中常见修辞之一。双关语是对语言运用的偏离，能够提高表达效果，并且具有表里双层意义。双关语是修辞翻译中的难点，往往顾此失彼。作为译者的白先勇也难以幸免，如：

例 9. 朱青咬着牙恨道：“两个小挨刀的，诓了大姊的鸡汤，居然还吃起大姊的豆腐来！”

“大姊的豆腐自然是留给我们吃的了。”姓刘的和姓王的齐声笑道。（白先勇，2017：36）

白译：She swore between her teeth, she shook her finger at Liu and Wang. “First you cop my chicken broth and then **you have the nerve to ask me for honey.**”

“**Who else is Big Sister's honey for but us**?” Liu and Wang broke out laughing at the same time.

叶改：She swore between her teeth, shaking her finger at Liu and Wang. "First you cop my chicken broth, now you cop my chicken broth, now **you have the nerve to get fresh with me!**"

"**Aren't Big Sister's chickens all fresh killed**? Liu and Wang broke out laughing at the same time."(Pai Hsien-yung,1982:32)

原文的双关在于第二个"吃豆腐"上。第一个"吃豆腐"是"占便宜"之意，第二个"豆腐"是刘和王是顺接女主人的话而来，看起来取其表面意义，实则不怀好意，表现了两个老男人的狡黠和猥琐。初稿为了表现这层双关意，将两个豆腐均替换为"honey"（蜜之意），实际上并未体现两位男客狡黠的一面。叶佩霞将其改为"fresh"，因为"fresh"在英文中有调戏之意，如"get fresh"。而后面"all fresh killed"中的"fresh"有新鲜之意，与前面的"get fresh"构成呼应，在译入语中形成了语义大致相仿的双关语，达到了理想效果。

限于篇幅，我们只对个别比喻、双关的译文修改进行了分析。白先勇在初译中由于过于保守，未能将修辞效果在译文中体现出来。叶佩霞弥补了白译的缺陷，取得了与原文大致相同的审美效果。

（三）诗词戏文的创译

前面提到，叶佩霞的专长在于对诗歌、民谣的翻译，《台北人》中涉及的诸多诗词戏文正是其用武之地。这些唱词大都出自古典名著，如《牡丹亭》《西厢记》等。这些穿插的戏曲往往起到"以戏点题"的作用，即利用戏曲穿插，来推展小说故事情节，加强小说主题命意。白先勇继承了这种叙事技巧，并予以创新，将不同的音乐形式包括进来，形成了戏曲互文，增强了主题意蕴。白先勇一般将小说中的诗词歌赋交由叶佩霞处理，但会对后者进行不同程度的启示或解说，如《游园惊梦》中唱词的翻译。白先勇回忆道："为了制造气氛，我们一边译，一边听梅兰芳的昆曲《游园惊梦》，佩霞经过音乐训练的耳朵，听几遍《皂罗袍》也就会哼了……她译出的这几段戏文，颇有点伊丽莎白时代英语的味道，汤显祖的《牡丹亭》成书于十六世纪，所以倒也不算时代错乱。"（白先勇，2013：24）叶佩霞根据昆曲的特色，并结合自己的解读，进行了大胆的创译。如：

例 10. 原来姹紫嫣红开遍/似这般都付与断井残垣/良辰美景奈何天/便赏心乐事谁家院。（《游园惊梦》，白先勇，2017：184）

译文：The glorious purple(s)①

The enchantingred(s)

Once everywhere in bloom

Alas that these must yield

To broken wells

And crumbling walls

This joyous time

This fairest scene

① 手稿显示，"s"是叶佩霞后来添加上去的，目的是为了和后面的尾韵相呼应。

Yet Heaven grants me not
Then in whose gardens do hearts
By happiness delighted
Still rejoice(Pai Hsien-yung,1982:164)

这段唱词出自《牡丹亭》里的《惊梦》。大意是杜丽娘只身来到园中,但见花开得如此美艳,却只有破壁残垣来欣赏。美丽的青春容颜无人爱恋,空留遗憾。杜丽娘借此表达了个人青春的蹉跎。在小说《游园惊梦》中,这段唱词将钱夫人拉回到了自己的过去——随着时间的流逝,青春不再。丈夫去世,荣华富贵和高贵的将军夫人的身份也随之而去,情人又移情别恋,其感情世界被彻底抽空。因此,这段唱词对于钱夫人是一段警句,让其感觉到世事的无常与时间的轮回:今日的钱夫人或许就是明日的窦夫人。考虑到昆曲唱词"声若游丝、一唱三叹"这一节奏缓慢的特点,叶佩霞采取了分行和跨行的处理方式,并注重词语的节奏和色彩,以/s/音开头或结尾的词居多。如"joyous,fairest,rejoice,purples,reds,happiness"等等,连在一起给人一种"咝咝"的轻柔之感,与昆曲的缠绵形成回应。需要指出的是,叶佩霞通过添加"s"使得颜色词"purple,red"变为名词复数,这样做显然是出于音韵上的考虑。叶佩霞认为,汤显祖和莎士比亚属于同时代的人。因此,利用莎士比亚时代的文体风格来翻译《牡丹亭》中的唱词比较契合原意。因此,叶佩霞在词法和句式上也采取了较为古雅的表达方式,如"fairest scene"(美景),"grants me not"(不成全我),"hearts/By happiness delighted/Still rejoice",从而与主人公对往事的感怀思绪相呼应。

除了戏文,《台北人》还镶嵌着诸多古今诗词。这些诗词的翻译同样印证了叶佩霞的专长。如:

例 11.“他们几个送来的挽联,挂在灵堂里,我倒看了。王钦之的挽联还嵌了两句‘出师未捷身先死,中原父老望旌旗’。”(《梁父吟》,白先勇,2017:108)

译文:“I did notice the memorial scrolls which they presented hanging in the funeral hall. Wang Chin-chih's scroll even worked in the couplet: 'That thou shouldst have died ere **Victory** did crown thine **Expedition**! Still do the homeland **Fathers** and **Elders** all long for the **Sight** of thy **Banners**.'”①

“出师未捷身先死”语出杜甫之《蜀相》,后半句是“长使英雄泪满襟”。“中原父老望旌旗”语出元代赵孟頫之《岳鄂王墓》,前半句是“南渡君臣轻社稷”。在《梁父吟》中,王钦之借用这两句古诗作为挽联送给孟养,表达了一种历史沧桑感和悲壮心境。为了体现这种沧桑感和悲壮,译者叶佩霞采用了古英文语词及句法,如“thou, shouldst, ere, thine, thy”,句式结构如“victory did crown thine expedition”,这种古体英文的使用旨在营造一种庄严肃穆的氛围,进而体现了人物的沧桑心境。

此外,有些诗词的翻译经历了反复修改的过程。在 2000 年香港中文大学出中英对照版时,叶佩霞就某些不甚满意的诗词翻译进行了不同程度的重译,其中包括杜甫的《登楼》、王翰的《凉州词》等。叶佩

① 后来高克毅出于规范的考虑,将黑体部分(笔者加)的大写改为小写。

霞根据英诗的韵律进行修订，旨在反映原诗的气势，再现原诗营造的氛围。受篇幅所限，这里仅以《凉州词》为例，分析叶佩霞是如何在原译的基础上进行改进的。

例 12. 葡萄美酒夜光杯，欲饮琵琶马上催，醉卧沙场君莫笑，古来征战几人回。(《梁父吟》，白先勇，2017:111)

1982 年版译文：A fine grape wine
A night-shining cup of jade
As I'm about to drink
On horseback the p'i-p'a
Sounds an urgent recall
If I lie drunk on the battlefield,
Since ancient times, pray
How many soldiers
Have returned alive?

2000 年版译文：A fine grape wine in the cup of jade
that gleams in the night!
I long to drink-the horsemen charge,
Spurred onward by the lute.
Should I lie drunk on the battlefield,
Sir, do not mock me.
Since ancient times, how many have returned
Of those who went off to fight?
(白先勇，2000:135)

原译不拘诗行,汉诗4行,英译9行,而且没有尾韵,为自由诗体。改译为8行,偶行缩进,是为了对应原诗的四行,旨在表现原诗的气势,改译无尾韵,同样为自由体。在原译中,“葡萄美酒”一句为并列关系:“A fine grape wine/A night-shining cup of jade”,在改译中却变成了偏正关系,即“A fine grape wine in the cup of jade/That gleams in the night”(在夜晚发光的/玉杯里面的精美葡萄酒),这正是原诗的本意。因此,改译更为精确。“琵琶马上催”,原译:“on horseback the p'i-p'a/sounds an urgent call”(在马背上,琵琶响起了紧急的号角),琵琶在马背上弹奏,不太合乎常理。改译后的译文“the horsemen charge/Spurred onward by the lute”(骑兵冲锋陷阵/受到琵琶之声的鼓舞)自然要合理得多。而且,将“琵琶”意译为“lute”,比之音译为“p'i-p'a”读起来更为顺畅。“醉卧沙场”原译:“if I lie drunk on the battle field”,改译将“if”换成了“should”(竟然),语气上更贴近原文。“君莫笑”在原译中没有译出,改译“sir, do not mock me”,乃直译出之。最后一句“古来征战几人回”的原译为直译,句意正确但较为平淡。改译后采取了倒装结构,正常句式应该为“since ancient times, how many of those who went off to fight have returned”,倒装结构突出了征战者的有去无回,使得语义有了更多回味的余地。总而言之,改译除了极个别地方,都较原译有明显的改进。

诚然,诗词戏文的翻译还不止这些,但是也由此看出叶佩霞“雅”的功夫。在白先勇的提示下,叶佩霞发挥了自己的特长,使诗词戏文的翻译得到了较为完善的处理。结合人物语言的翻译,叶佩霞的确如白先勇所言，能够做到“雅俗兼顾”。

白先勇与叶佩霞以不遗漏的方式将原文逐句翻译出来，在一定程度上保存了原文的风格和韵味。同时，由于白先勇身兼作者与译者两种身份，因此能够抓住原文深层次的主题旨趣并在译文中进行细节上的改写。这些改写虽然表面看来有悖于原文，但是却取得了审美意义上的忠实。而深度翻译一方面是出于对目标语的考虑，同时也体现了译者的文化本位意识。总之，白先勇在叶佩霞的帮助下实现了《台北人》的全译，这是一个很扎实的初稿。

第三节　编辑高克毅对译文初稿的修订

白先勇与叶佩霞翻译完初稿之后，便将其交给编辑高克毅润色。从底稿来看，高克毅对译文的修改涉及方方面面的内容。如果白先勇认为修改有不甚妥当之处，也会合理“上诉”。在面对分歧时，他们通常借助信件、电话等方式进行解决。高克毅在编后记里表达了自己的编辑原则：“协助译文在语气上和字面上不但自然而且精确，使它既是可读的英文又同时忠于原文。”（白先勇，2017：274－275）针对初稿存在的主要问题，高克毅进行了精细的改进，其中包括：打磨文中粗糙的文字，改进过于忠于原文的表达，消除使用不当的美国语言“大熔炉”里的词汇，等等。高克毅对初稿的修订提高了译文的精确性、地道性、审美性，同时矫正了民族色彩较浓语言随意使用的不当倾向。

一、精确性

白先勇和叶佩霞在翻译时有时过于贴近原文，难免出现拘泥字面意义之处，表面看来非常准确，实则未必。如：

例 13. 点来点去，不过是些家常菜，想多榨他们几滴油水，竟比老牛推磨还要吃力。(《花桥荣记》，白先勇，2017:132)

初稿：They order a little bit of this and a little bit of that, but it's no big deal, just **everyday home-cooking.** You have to work harder than an old ox turning a millstone to squeeze any extra fat out of a bunch like that.

高修：They order a little bit of this and a little bit of that, but never anything fancy, just **plain run-of-the-mill fare**. You have to work harder than an old ox turning a millstone to squeeze any extra fat out a bunch like that. (Pai Hsien-yung, 1982:116)

初稿读来地道而流畅，似乎并无不妥。但高克毅认为问题出在"家常菜"的翻译上。在他看来，白先勇和叶佩霞将其译为"home-cooking"，语义色彩不对。高克毅在注解中这样写道，"home-cooking"具有美好的联想意义，用在这里不合适。"[①]于是将"home-cooking"改为"run-of-the-mill fare"(普通饭菜之意)，同时在其前面加上"fancy"(昂贵之意)形成对照。根据上下文语境，老板娘所谓的家常菜系指便

① 英文原文：Home-cooking has favorite connotation, not apt here.

宜的饭菜，因为榨取不到多少油水。“home-cooking”表面来看也可理解为“家常菜”，但却是居家而做，给人一种温馨的感觉。因此语义色彩不同，故用在这里并不准确。

此外，人物语言中大量委婉语的存在也构成了翻译的难点。译者由于分寸的掌握不当，导致有些译文在语气或色彩上过犹不及。如：

例 14.“林小姐，你说老实话，万大使夫人跟我，**到底谁经得看些**？”华夫人斜倚在她卧房中一张高靠背红丝绒的沙发上，对年轻的美容师林小姐问道。（《秋思》，白先勇，2017：148）

初稿："Now, Miss Lin," Madame Hua asked the young beautician, tell me the truth; be frank; which of us is the **perennial**, Madame Wan, the Ambassador's lady or I?" she was reclining on a high-backed red velvet Chaise-Longue in her boudoir.

修订稿：Now, Miss Lin, tell me the truth. Between Ambassador Wan's Lady and me, **which of us wears her years better**?" Madame Hua was reclining on a red velvet Chaise Longue in her boudoir when she put this question to the young beautician. (Pai Hsien-yung, 1982: 131)

这是华夫人对林小姐的询问，实际上表现了对自己容貌的自恋。华夫人和万大夫人都是上了年纪的人，“谁经得起看些”言外之意是谁更加不显老，语气较为委婉。初译“perennial”有“常青、不老”之意，但偏于文雅。高克毅修改后的译文“which of us wear her years better”，则弥补了这一缺陷。因为“wear”一词有耐磨之意，而“wear one's year better”自然指“某人经得起岁月的洗礼”，再现了原文的含蓄色彩，译文因而更加精确、口语化。

《台北人》中的人物涵盖了台北市各个社会阶层，从将军到教授，从仆人到舞女，等等，其称谓也是五花八门。但有些人物称谓的翻译由于过于直译，导致语义色彩失真。如：

例 15. “你大哥呢，现在不过是荣民医院厨房里的买办。这种人军队里叫什么？伙夫头！”（《岁除》，白先勇，2017:45）

译文 1：“As for me, I'm only a kitchen purvey or at the Veterans Hospital. A-what do they call it in the Army? Chief Army Cook!”（Pai Hsien-yung, 1982:39）

译文 2：“As for me, I'm only a purchasing agent for the kitchen at the Veterans Hospital. A-what do they call it in the Army? **Mess Sergeant**!”（Pai Hsien-yung, 2000, 90）

“伙夫”，旧时指在机关、学校或军队里挑水做饭的人。“伙夫头”自然指的是厨房里的一把手。故事中的主人公赖鸣声以“伙夫头”自称显然有自嘲之意。在 1982 年的英译版中，译者白先勇与叶佩霞将其译为“Chief Army Cook”，但这个词语给人一种“高尚”之感，并无自嘲的意味，因“chief”有“领导，首领，酋长，上司”等之意，如“CEO”（首席执行官），“police chief”（警察局局长），“chief architect”（首席设计师）。在 2000 年香港中文大学出《台北人》中英对照版时，高克毅将其改为“Mess Sergeant”。“mess”可以指部队里的餐厅，如“mess hall”，而“sergeant”是军队里较低的一种职衔，在中文里一般称作“中士”，职位仅高于“下士”（corporal）。考虑到“赖鸣声”是行伍出身，因此“Mess

Sergeant”在语义色彩上较“chief army cook”更接近“伙夫头”的含义。

文学作品的翻译要想做到精确并非易事，尤其是在处理原文中特有的表达方式时。由以上修改例证可见，经过编辑的修改，译文的确更加精确而生动。

二、地道性

高克毅的修改还体现在句式的调整与意义的重写上。其目的在于使译文更加符合译入语规范，提高译文的地道性或可读性。

（一）句式的调整

笔者根据研读发现，句式结构是高克毅重点修改的内容之一。白先勇与叶佩霞翻译初稿时，有时拘泥于原文结构，虽然句意通达，但地道性或流畅性稍欠。如：

例 16. 当他从美国回归，跑到我南京的家里，冲着我倏地敬个军礼，叫我一声师娘时，我着实吃他唬了一跳。（《一把青》，白先勇，2017：20）

初稿：But when he got back from America and came rushing over to our home in Nanking and gave me a salute and called me“School Mother!”I was stunned.

高修：It really gave me a surprise the day he got back from America and came rushing over to our home in Nanking and saluted me and called me“Shi-Niang”. (Pai Hsien-yung, 1982: 18)

初稿与原文无论在结构上还是字面意义上都基本对应，如以“when”开头的句式，但这种句式在译文中有“头重脚轻”之嫌。在英文中，信息重心一般置于句首。鉴于此种情况，高克毅将“我着实吃他唬了一跳”前置，并调整为“It really gave me a surprise”句式。修改后的译文比较符合译入语的表达规范，同时也取得了句子的平衡。这种拘泥于原文句式结构的现象在初稿中不同程度地存在着。高克毅通常会大幅度地进行调整，或者添加一些必要的连接词或短语，使之更加流畅。再如：

例 17.“像你后头那个周太太吧，他已经嫁了四次了。她现在这个丈夫和她前头那三个原来都是一个小队里的人。一个死了托一个，这么轮下来的。她那些丈夫原先又都是好朋友，对她也算周到了。”（《一把青》，白先勇，2017：26）

初稿：“Take Mrs. Chou, for example, the lady who **lives behind you** she's been married four times. Her present husband and the three before him were all in the same squadron. One died and the next took over. One by one, in turn. Her husbands **were all good friends to begin with**, so they were all very nice to her, mind you.”

高修：“Take Mrs. Chou for example, the lady who lives **in back of you**. She's been married four times. Her present husband and the three before him were in the same squadron-they **were all good friends to begin with.** When one died the next took over, and so on, one by one. **Sort of an understanding**, you see, so that there was always someone to take care ofher.”(Pai Hsien-yung, 1982:23)

这是小郭的师母对小郭的新婚爱人朱青讲述空军家眷的一些婚姻状况，为的是开导她以免其胡思乱想，因为新婚爱人小郭因战事飞往前线。白先勇与叶佩霞基本是按照原文的行文逻辑进行翻译的，几乎没有任何的改动。但在修改稿中，高克毅进行了一些调整，如把"她那些丈夫原先又都是好朋友"的译文"they were all good friends to begin with"提前，并通过添加"sort of an understanding"（形成一种默契），使句与句之间的衔接更加连贯。这样，修改后的译文无论在句式上还是语义上都更加符合英文的表达方式，也更加流畅而自然。不过稍有不足的是，高克毅将"你后头"的原译"lives behind you"改为"in back of you"的做法欠妥，因为在英语中"in back of you"这样的表达方式非常少见，不易被英美读者接受。

在常规句式的修改上，高克毅倾向于采取英文中常见的表达句式，对翻译初稿进行较为大胆的调整，使之更加符合英语的表达习惯。但在特殊句式的修改上，高克毅则较为慎重。文学作品的文学性之一在于，句式的反常规性。这种反常规性，延长了读者的认知过程，造成一种陌生化效果。就句子层面而言，就是要经常变动语序，以便突出某一信息。白先勇善于运用各种句式，如反复、排比、偶散结合、长句等，且各种句式都有不同的表现旨趣。其中，长句是常见句式之一。但是《台北人》中的长句读起来并没有累赘或臃肿之感，因其体现了"以简驭繁，以少总多"（徐学，2001：12）的汉语精神。之所以采用长句，与叙述者表达的特定目的有关。而它们的翻译也就成为难点之一，因为既要考虑到原文的整体结构，又要兼顾译文的自然和流畅。如：

例 18. 在四川那种闭塞的地方，煎熬了那些年数，骤然回返那六朝金粉的京都，到处的古迹，到处的繁华，一派帝王气象，把我们的眼睛都看花了。(《一把青》，白先勇，2017:19)

初稿：After going through all that misery for so many years in the hinterlands in an out-of-the-way spot like Szechwan, before we knew it, there we were, back in the Capital of the Six Dynasties of Gold Dust, everywhere ruins of antiquity, everywhere ancient splendors, so full of imperial grandeur; we went around looking at everything, dazzled.

高修：To think that after enduring all that misery for so many years in a backward province like Szechan, we should suddenly return to the "Painted Capital" of Six Dynasties fame! Everywhere we were greeted by relics of ancient splendors and the hustle and bustle of the triumphant moment; everywhere there was an atmosphere of imperial grandeur; our eyes were continually dazzled. (Pai Hsien-yung, 1982:17)

原文是由很多短句构成的一个长句，通过层层推进形成一种层级结构。其间的衔接与连贯，可以采用"主述位"结构进行分析。主位(Theme，简称为 T)和述位(Rheme，简称为 R)是实义切分法的两个概念，主位通常是句子的第一个成分，是交际的出发点，表示已知信息。述位指主位以外的其余部分，它对主位作出叙述、描写和说明，往往包含新信息。根据 Danes(1970)提出的"主位推进"(thematic progression)模式，可以看清句子内在的逻辑和衔接。对于主述位衔接模式，国内学者有不同的分类，黄衍(1985)分为七种，徐盛桓(1982)分为四种，胡壮麟（1994）分为三种。本文取三分法。根据对译文的分析，我们发现，译者采取的模式是：R1→T2，即将前句述位中的述位 R1 发展为一个新的主位 T2。换言之，译者将“六朝金粉的京都”看作了新的主位。按照这样的划分进行翻译，我们发现译文有些生硬，且语义连贯不够。其译文主体结构是这样的：After going through→we were，back in the Capital→everywhere... everywhere... →we went around looking at everything。不难发现，译文之所以连贯性不强，是因为两个“we”中间被两个“everywhere”分开了。其实，原句有一个潜在的主语一直没有出现，那就是“我们”。如果在“到处的古迹”之前加上“目之所及”，这其中的主述位推进情况就很清楚了，即 T1→T2 模式。鉴于此，编辑高克毅就初稿进行了一些微调，分析译文后不难发现，高克毅采取的推进模式为 T1→T2 模式：To think that→we should suddenly return to→we were greeted by→our eyes。修改后的译文始终以“we”衔接各个分句，因此较初稿更加紧密而自然，给人一气呵成的感觉，也因此更好地表现了“我们”猛然回到南京之后的恍惚感与惊喜之情。

在句式修改上，编辑高克毅进行了区别对待。对于常规句式的修改，高克毅倾向于遵从译入语表达规范，改动性较大。而对于具有特定意义的特殊句式则持慎重态度，只是适当地局部调整，在尊重译入语表达规范的同时，也竭力保持原文句式的基本架构。

（二）意义的重写

初稿拘泥原文之处不仅体现在句式层面，同样也体现在意义层

面,由此造成部分译文语义不畅或地道性欠缺,对此高克毅采进行了大胆的重写。如:

例 19. 好像生怕别人不知道万大使要外放日本了似的,连走步路,筛壶茶,也那么弯腰驼背,打躬作揖,周身都放了东洋婆的腔调儿。(白先勇,2017:153)

初稿:As if she's terrified people won't know Ambassador Wan has just been assigned to Japan. Even when she walks, even when she pours tea from a pot, **she has to bend over and hunch her shoulders, bowing up and down, hands clasped; I vow, her whole body practically gives off the Japanese wench.**

高修:As if she's terrified people won't know Ambassador Wan has just been assigned to Japan. Even when she walks, even when she pours tea, she has to bend over and hunch her shoulders. **Bowing and scraping, looking every inch the Nipponese wench.** (Pai Hsien-yung, 1982:135)

这是一段对华夫人内心活动的描写,可以看出其对万达夫人的不屑。白先勇与叶佩霞以不遗漏的方式将其全部译出,几乎与原文完全对应。在修改稿中,高克毅本着简洁的原则进行了重写,如去掉了"from a pot"。而最后一句的"打躬作揖,周身都放了东洋婆的腔调儿"从原译的 17 个单词删减至 9 个单词,如将"打躬作揖"改为英文中更为常见的"bowing and scraping",而"周身都放了"也从原来的直译"give off"改译为"looking every inch"这一更为地道的表达方式。

重写是高克毅改进初稿的主要策略之一,在本着经济原则的同时，也使得译文更加流畅、自然。再如：

例 20.“是了”，我笑道：“你师娘跟着你老师在空军里混了十来年，什么还没见过？不知多少人从我这里学了乖去呢。朱青又不笨，你等我来慢慢开导她。”（白先勇，2017：24）

初稿：“All right，all right，”I laughed，“Your School mama’s already been following your teacher around for a dozen years，or more in the Air Force. You tell me what I haven’t seen？ I don’t know how many people have gotten tips from me. Verdancy’scertainly no fool；just you wish，I’ll open her eyes，little by little.”

高修：“All right，all right，”I laughed. “Your Shih-niang has been with your Lao-shih all these years；I guess there’s nothing in the Air Force I haven’t seen. I don’t know how many Air Force wives have learned the ropes from me. Verdancy’s not dumb. You just leave it to me，and I’ll set her straight-all in good time.”（Pai Hsien-yung，1982：21）

小郭去前方执行任务，但又割舍不下新婚爱人，怕她一时想不开，便嘱托师母照顾。上面这段文字便是师母的允诺。初稿的翻译基本紧扣原文，译文读来稍显生硬，如“你等我来慢慢开导她”的译文“I’ll open her eyes，little by little”。高克毅进行了多处修改，如将“什么还没见过”的译文“You tell me what I haven’t seen？”改为“I guess there’s nothing in the Air Force I haven’t seen”，语气显得更委婉、客气一些。此外，“学了乖去”也从原译“gotten the tips”改为“learn the ropes”，从语义上来讲，后者更能表现人物处于乱世时的应变能力。“You just leave it to me"的添加使得语句衔接更加连贯而自然。"set some one straight"有"纠正某人错误想法"之意,这与文中的"开导"相契合,而且这里的"慢慢地"是一个时间概念,因此"all in good time"(适时地)不仅地道,而且精确。

高克毅的修订兼有句式的调整与意义重写的性质,这种情况在修订稿中也不在少数,如:

例 21. 打北伐那年起,他背了暖水壶跟着他,从广州打到了山海关,几十年间,什么大风大险,都还不是秦义方陪着他度过去的?服侍了他几十年,他却对他说:"秦义方,这是为你好。"(白先勇,2017:216)

初稿:Ever since the year of the Northern Expedition, when he followed the General with his thermos on his back from Canton, fighting all the way up to the Shanghai pass, **for so many decades through danger and through storm**, who but Chin'i-fang was the one who always stood by him? Well, after all those years he served him, all he got was "Chin'i-fang, it's for your own good!"

修改稿:Ever since the year of the Northern Expedition, when he followed the General with a thermos bottle on his back, **fighting their way from Canton in the south to Shanhaikwan in the north**, all those many years, who was it but Chin'i-fang who had stood by him **through hell and high water**? To think after all those years of loyal personal service **he should have dismissed him** with the words "Chin'i-fang, it's for your own good!" (Pai Hsien-yung, 1982:191)

这是对秦副官内心活动的一段描述，体现了秦在战时对将军的忠贞，以及战后被遣返回家的哀怨。在初稿中，白先勇及合作译者紧扣原文，意义也较为清楚。但在表现力上似乎不及原文。高克毅在句式和措辞上均进行了微调。如“从广州打到了山海关”改译为“fighting their way from Canton in the south to Shanhaikwan in the north”，较原译更为清晰。“for so many decades”也改为“all those many years”，因为在高看来，“decades”一词偏于典雅，出自教育程度较低的秦义方之口并不自然。“大风大险”的原译“through danger and through storm”是一种直译，高克毅将其改为英文中地道的“through hell and high water”。最后一句的初译本来无可厚非，但高克毅通过调整句式“to think that”，“he should have dismissed him”，不仅语义连贯，而且更能表现秦义方的委屈和不满。

但有时高克毅的译文修改，也有值得商榷之处。换言之，其修改也有过度干预之嫌。如：

例22.“从前逃难的时候，只顾逃命，什么事都懵懵懂懂的，也不知黑天白日。”（白先勇，2017：67）

初稿：“When we were **fleeing the civil war**, **our only concern was to save our lives**; **anything else was just small beer**; the days and nights could turn themselves upside down for all we cared.”

高修：“When we were **refugees from the Civil War**, our only concern was to come out alive; **we hardly had time to think of anything else**; the days and nights could turn themselves upside down for al lwe cared.”（Pai Hsien-yung，2000：30）

在初稿中，译者将“逃难”译为“flee the civil war”，可谓贴切而形象。高克毅将其改为“refugees from the Civil War”。其实，这里的动词更能反映逃难时的情景。此外，“只顾逃命，什么事都懵懵懂懂的”的初稿“our only concern was to save our lives; anything else was just small beer”也较为契合原意。而编辑高克毅改后的“we hardly had time to think of anything else”，是较为中性的一种表达方式。诚然，这两种译文均可接受，但相较而言，初稿似乎更加生动。

译文的地道性是高克毅修改过程中关注的重点。经上面的例证分析不难发现，修改后的译文无论是在句式还是在语义表达上都基本实现了这一点。

三、文体风格

《台北人》的叙事手法，融合了传统古典叙事与西方现代派叙事，其中较为突出的有象征主义和对话结构。象征主义在《台北人》中可以说无处不在，对话结构在推动故事情节发展的过程中也发挥了极为重要的作用。如何表现这些象征主义以及人物个性化的语言直接关系到原文风格在译文中的呈现。本部分我们分析初稿中人物语言与象征主义翻译存在的不足，以及编辑是如何改进的。

（一）个人语型

《台北人》系列塑造了众多个性鲜明的人物形象，有上层社会的将军、贵妇人、大学教授，也有下层社会的仆人、舞女、老兵等。这些人物形象主要是借助个性化的人物语言实现的，即个人语型(即 idiolect，有时也称个人方言)。这些个性化的语言，对于刻画不同的人物形象起到关键的作用。如语气语调，字里行间的含蓄、夸张和褒贬，乃至谈话和行文的节奏和神韵，甚至各种文化背景等。但在初稿中，由于译者个别地方选词不当，未能使人物性格在译文中充分地表现出来。如：

例 23. 朴公摆了摆手止住雷委员道："他倒真是做过了一番事业的。不过你老师发迹得早，少年得志，自然有他许多骄纵的地方，不合时宜。这个不能怨天尤人……"(《梁父吟》，白先勇，2017：107－108)

初稿：In fact, he had a magnificent career, all right. But your teacher made his mark early; he distinguished himself at such a young age, naturally he did things with a **somewhat cocky air** that simply didn't suit the times. **You can't blame Heaven or man**...

高修："In fact, he had a magnificent career. The thing is, your teacher made his mark early—as a result, **he was sometimes guilty of overweening pride**, which simply wasn't the way to get along. For this you can't **lay the blame on Heaven or man**... (Pai Hsien-yung, 1982: 95)

朴公是一位退役的儒将，其学养和身份决定了其语言的文雅与含蓄，如"一番事业""发迹得早""骄纵""怨天尤人"等。译者白先勇和叶佩霞在初稿中，竭力在译文中寻求符合人物身份的表达方式，如"magnificent career""made his mark early"。但有些地方的处理不甚妥当，如"骄纵"译为"cocky"，在语义上与"骄纵"并无较大差异，但失之于粗俗。编辑高克毅将其改为"guilty of overweening pride"这一稍微复杂但却文雅的说法。"guilty of"可以表示"有……过失"之意,属于较为正式的表达。"overweening"在英文中有"自负"之意,较"cocky"显得含蓄而文雅,也更符合人物的身份。此外,高克毅还将"怨天尤人"从原译"blame Heaven or man"改为"lay blame on Heaven or on man",也是出于同样的考虑,因为在结构上"lay blame on"较单纯的"blame"更为正式,突出了言说者持重的语气,在整体上保持了人物语言风格的一致性。

而与朴公形成鲜明对比的是一些社会下层人士,其语言也较为粗俗,且不乏方言、俗语。白先勇采取的直译有时可以奏效,但是有时则行不通。如:

例 24. 别说你们这对宝器,再换两个厉害的来,我一样有本事教你们输得当了裤子才准离开这儿呢。(《一把青》,白先勇,2017:35)

初稿:Bring on two **bonafide tough cookies for reinforcement, let alone two precious articles** like you, I'll take the whole lot of you to the cleaners, none of you is leaving this place till you hock your pants.

高修:Chinup, Verdancy sneered. **Never mind you two jokers. You can bring on two of your real tough cookies for backup**, and I'll take the lot of you to the cleaners. So help me, I'll see that none of you leaves this place till you hock your pants! (Pai Hsien-yung, 1982:31)

这段文字以粗俗的语言,生动地表现了女主人公朱青泼辣的形象。初稿紧扣原文以捕捉人物的声调与口吻,如"I'll take the whole lot of you to the cleaners”,但有些语词的选用过于正式或典雅,如“厉害的”的译文“bonafide touch cookies”。译者采取“bonafide”很明显是为了强调原文的“真正的”,但该词源自法语,偏于文雅。同理,“reinforcement”也显得过于正式。高克毅分别将其改为“real”和“backup”这种简洁、口语化的用语。此外,“宝器”的直译也显得生硬。“宝器”属于四川方言,原指稀有珍贵之物,后来被四川及重庆地区的民众用来形容人神经兮兮的样子,类似活宝之意。在四川方言中,称呼一个人为宝器,可以表现出两个人的亲昵关系。白先勇将其直译为“precious article”,但遗憾的是,其在英文中缺少“调侃”的意味,故高克毅将其改为英文中更为常见的“joker”(滑稽角色)。此外,“so help me”(我敢断言)的添加则进一步表现了人物傲慢、得意的神气。

白先勇曾感叹道:“翻译文学我觉得语调准确的掌握是第一件要事,语调语气不对,译文容易荒腔走板,原著的韵味,丧失殆尽。”(白先勇,213:22)个性化人物语言的翻译,首要的任务是要符合人物的人份和地位,或文雅,或粗俗,或豪放,进而在译入语中寻求最佳关联的表达方式。从分析来看,《台北人》中个性化人物语言的翻译,在编辑的精心修改下,有了较大的提升。

(二)象征主义

除了对话结构,象征主义在《台北人》中也是主要的叙事手法。其表现之一便是借助繁丰的场景描写将人物置于虚幻的时空里,以此来凸显“今不如昔”的意蕴。但译文初稿由于选词不当,未能将这种主题充分显现出来。如：

例25. 厅堂异常宽大，呈凸字形，是个中西合璧的款式。左半边置着一堂软垫沙发，右半边置着一堂紫檀硬木桌椅，中间地板上却隔着一张两寸厚刷着二龙戏珠的大地毯。沙发两长四短，对开围着，黑绒底子洒满了醉红的海棠叶儿，中间一张长方矮几上摆了一只两尺高天青细磁胆瓶，瓶里冒着一大蓬金骨红肉的龙须菊。右半边八张紫檀椅子团团围着一张嵌纹石桌面的八仙桌。桌子上早布满了各式的糖盒茶具。(《游园惊梦》，白先勇，2017:168)

初稿：The room was enormous, a rectangle broken by a small alcove, a blend of the Chinese and the Western. On the left-hand side was a set of soft-cushioned sofas and armchairs; on the right, red sandalwood tables and chairs; in between lay a huge two ink thick rugs painting **two dragons fighting for a pearl**. The two long sofas and four armchairs faced each other in a circle, drunken-red begonia leaves strewn over their black velvet background; inside the circle on a low rectangular table stood a two-foot-high skyblue porcelain gall-bladder vase. **From the vases sprang forth a bunch of Gold Bone and Red Flesh Dragon-Beard chrysanthemums.** On the right was an Eight-Immortals table with an inlaid marble top and eight red sandalwood chairs; on the table, all sorts of **candy trays** and tea-things.

高修：It was an enormous room with an alcove, furnished in a blend of Chinese and Western style. On the left-hand side were grouped armchairs and sofas with soft cushions; on the right, tables and chairs of red sandalwood; in between, the floor was covered with a thick carpet depicting **two dragons vying for a pearl**. The two large sofas and four armchairs, all covered in black velvet with a design of wine-red begonia leaves, faced each other in a circle. Inside the circle on a low rectangular table stood a tall gall-bladder vase of fine blue porcelain; **from the vase sprang forth a bunch of Dragon-beard chrysanthemums, their red petals veined in gold.** To the right, surrounded by eight sandalwood chairs, was an Eight-Immortals table with a marble top, laden with all sorts of **bonbonieres and tea things**. (Pai Hsien-yung, 1982: 150)

这是窦夫人居室场景的一部分,这里马上要进行一场戏剧(昆曲)演出。作者以繁丰的叙事手法,细腻地刻画了室内场景的古雅与奢华,高档的古朴家具,瓷器,装饰品无处不在。这种描写是有着深刻象征意义的。“他们把自己隔离在文化腐朽的坟墓里……因为对于这部小说而言,实际上发生的背景不是20世纪40年代的南京,而是20世纪60年代的中国台湾。”(Christopher, 1992: 163)由此可见,作者意欲营造一种氛围,让故事中的人物生活于昔日虚华的幻影里。译文初稿基本上再现了原文的细腻与繁丰,没有任何细节上的遗漏。只是在某些词语乃至句子的表达上稍有欠缺,即文雅、古朴不够。这从修改后的译文即可看出(黑体部分)。

首先对“二龙戏珠”的翻译,白先勇和叶佩霞将其译为“two dragons fighting for pearls”。这里的“fight”对应的是“戏”,但给人一种喧嚣之感，高克毅将其改为了“vie”，该词源自法语“envieer”，发音柔和，语义雅致。其次将“醉红”从原来的“drunken-red”改为“wine-red”，前者让人想起醉汉的形象，显得俗气，而后者则是让人感到一种高雅之“红”。此外，“金骨红肉的龙须菊”最初的译文“red flesh”偏于肉欲。改译后的“veined in gold”（金色的纹理）则显得雅致。最后，“各式糖盒”初稿译为“candy trays”，在语义上并无不妥。而改后的“bonbonnieres”更显古朴、高雅。该词为法语单词，指“盛放糖果的精致的小盒或碟盘”，在日常生活中并不常用，用在这里显然是为了配合场景的渲染。总之，改后的译文保存了原文所渲染的虚华幻影，突出了今不如昔的象征意义。

四、审美性

高克毅对译文的修改，还体现在审美效果上。这种提升同样涉及多方面的内容，这里仅以《台北人》中的人名以及意象翻译的修订为例。

（一）人名翻译的改进

由于深受《红楼梦》的影响，作者白先勇在为其小说人物命名上颇下功力。《台北人》中许多人物的姓名不仅仅是一种指代符号，更重要的是其蕴含的象征意义和审美价值。因此，在译文中如何表现这些寓意便显得尤为重要。“我们译《台北人》的人名，伤透脑筋，何时意译，何时拼音，煞费思量。”（白先勇，2013：26）高克毅基于审美效果对关键的人名进行了重译或修订。为直观起见，现将主要人名翻译的修改情况列表如下：

表4.3 《台北人》中主要人名翻译的修订

出处	中文名	英文名（初稿）	修改稿
《永远的尹雪艳》	尹雪艳	Snowbright	Snow Beauty, Yin Hsueh-yen
《金大班的最后一夜》	金兆丽	Chin Chaoli	Jolie Chin
《满天里亮晶晶的星星》	朱焰	Crimson Flame	Chu yen, Crimson Flame
《游园惊梦》	月月红	Monthly Rose	Red-red Rose

由表4.3可见,《台北人》中人名的翻译采取了音意兼顾、意译、音译以及音译与意译相结合四种模式。音义兼顾是人名翻译的最高理想形式,但这种情况往往可遇不可求。不过也偶有凑巧之时,如《金大班的最后一夜》中女主人公"金兆丽"的翻译。"金兆丽"是台北市"夜巴黎"的一名舞女,外表艳丽,性格爽朗,所谓"名如其人"。起初,白先勇与合译者苦于找不到合适的字眼来翻译,只好暂时音译为"Chin Chaoli",并写信求助于高克毅。高克毅经过一番斟酌,将金兆丽译为"Jolie"。该词是一个法语单词,兼有"美丽"(pretty)与"欢快"之意(英文中的 jolly 即源自于此)。因此,无论是在发音还是在语义上,"Jolie"都和"兆丽"十分接近。同时,金大班任职的舞厅"夜巴黎"则被译为"Nuits de Paris",不但与"Jolie"这个法文名前后呼应,对于英文读者而言同样具有异国情调。"金兆丽"的翻译可谓音意兼顾的典范。

如音意不能兼顾,则只能退而求其次,采取意译的方式,如《游园惊梦》中的“月月红”的翻译。“月月红”是主人公钱夫人的妹妹,为人轻佻。“月月红”本是一种蔷薇科植物,随开随谢,给人一种浮花浪蕊的感觉,因此这个名字是对人物品性的一种隐喻。但是这个名字的翻译却让他们颇费周章,因为“月月红”有个叠词在里面。他们查遍了几乎所有的蔷薇科辞典,但仍然难觅一个大致对应的译名。无奈之下,译者只好将其译为“Monthly Rose”,并同时邮寄给高克毅,征求他的意见(译者白先勇修改时一般用黑色笔,编辑高克毅用的是铅笔,笔者注)。在修改稿中,高克毅将“月月红”译为“Red-red Rose”。该译名既照顾到了“月月红”的叠韵,意义也大致相符,而且与彭斯的诗“a Red Red rose”形成一种互文,更易被英文读者接受。

其实,人名的翻译远比上述情况更为复杂。在《台北人》中,大多数人名具有一定的寓意,但如果人名出现的频率较高,是否要全部采取译意的方式呢?这里以《永远的尹雪艳》中的主人公“尹雪艳”的翻译予以说明。“尹雪艳”是作者精心刻画的一个人物形象,欧阳子(2014:38)曾称其为“冰雪化成的精灵,心硬如铁,性冷如冰”,因此这个人名是有其深刻象征意义的。余国藩及其学生首次将《永远的尹雪艳》译为英文,并刊登在《译丛》(No. 5)上,其英文标题为“the Eternal Yin Hsueh-yen”。白先勇对这个人名的音译自然不能苟同,于是将“尹雪艳”改为“Snowbright Yin”。白先勇及其合译者通篇采用了“Snowbright Yin”这一译法,共计70处。编辑高克毅对这样的处理方式,给出了自己的看法。在给白先勇的信中,他这样写道:

我想想 Snowbright Yin 这个译法，不太理想。《红楼梦》里面丫鬟的名字译法是统创一格，而且是不带姓的，如把名（译意），姓（译音）放在一起，总不免有点不伦不类。我数了数 *Renditions* 的译本（即余国藩的译本，笔者注），全篇 Yin Hsueh-yen 连名带姓出现了 67 次之多（还有三次 Hsueh-yen），如全代以 Snowbright Yin 恐怕很刺耳。象征意义，在字面上和重复的次数上如此 obvious 也不够 subtle。还有一层，Snowbright Yin 是一个杜撰词，有点令人想起喷肥皂粉广告之类的商标和辞章，以之译雪艳，在意义上也不十分妥帖。故或可以采取这种办法：多半的时候仍保留 Yin Hsueh-yen，在读者脑中 finally establish 这是一个中国女人的姓名；再把雪艳两字译作 Snow Beauty，在整个故事中我看可以有十七、八个地方用 Snow Beauty 替代 Yin Hsueh-yen，这样不但减少了 W－E（威妥玛拼音，笔者注）的次数，而且可以互相诠释，音义两全。第一次出现最重要，可用在全文 first paragraph 的倒数第二句：But however the affairs of men fluctuated，Yin Hsueh-yen remained forever Yin Hsueh-yen，the Snow Beauty of Shanghai fame。这种译文中加注的技巧往往是需要的。故事下文何处用 Snow Beauty，以后我可以再注出来（连同其他进一步的修正地方）。题目可以改为："The Eternal Snow Beauty"。

按：Snow 是很 ephemeral 的东西，如法国诗人 Francois Villon 的名句中所说，"these are the snows of yesteryear"，现在

把“Snow Beauty”称为“eternal”，不但蕴含象征，而且有耐人寻味的meaning。你觉得好不好？①

在这封回信中，我们有两点发现。其一，高克毅不赞成将“尹雪艳”译为“Snowbright Yin”，因为这是一个杜撰词，且容易引起负面的联想。他认为，“Snow Beauty”更能反映其象征意义，因为“Eternal”与“Snow Beauty”之间存在一种语义张力，反讽性更强。其二，高克毅反对把“尹雪艳”全部意译，因为“尹雪艳”在文中出现的频率较高（共70次），如果照单全部译出，不但译文显得臃肿，而且其象征意义也将受损，用其本人的话就是不够“subtle”（微妙）。译者白先勇与叶佩霞接受了高克毅的建议，即根据特定的语境或表达的需要采取了音译、意译相结合的方式。根据笔者的统计，共有22处采取了“Snow Beauty”的译法。经分析发现，在描述尹雪艳之美貌，或体现其对他人的诱惑力时，大多采取意译的方式，

在给白先勇的另外一封信中，高克毅进一步表示，“我对翻译一个人名的含义是持谨慎的态度的，因为我们不能对所有的名字都做到这一点，（意译）虽然有时很有帮助，但往往会导致混乱（confusion）和过度夸张（over exaggeration）”②。《台北人》中的名字，虽然大都具有一

① 这是高克毅写给白先勇的信，原文中英文夹杂，笔者抄录于此。

② 原文：You know, I'm always leery of translating the meaning of person's name, because we cannot do it uniformly with all the names; also, while sometime helpful, it often leads to confusion and over-exaggeration.

定的寓意，但这种寓意往往是隐性的，如"尹雪艳""朱焰"等。一旦将它们译为英文"Snow Beauty"和"Crimson Flame"就变成显性了。如果在一则短篇小说里"Snow Beauty"连续出现70次，其象征意义必将大打折扣，给人的印象应该就是高克毅所谓的"过度夸张"(over exaggeration)，审美效果自然要差一些。但是完全音译又好像索然无味。基于此，编辑根据具体的语境或出于特定表现目的的需要，采取音译、意译相结合的方式，这样既可以降低因频率带来的臃肿感，又可以使象征意时隐时现，不至于过分显眼，因而具有较强的艺术效果。

（二）意象翻译的重构

《台北人》中的意象大都具有特定的象征意义，关乎情节的发展乃至主题的呈现。欧阳子曾这样评价道："《台北人》充满含义，充满意象，这里一闪，那里一烁，像满天里亮晶晶的星星……"(欧阳子，2014：4)白先勇虽为"局内人"，但是在处理这些意象时也有走眼时，而作为"局外人"的高克毅往往会有出其不意的发现。这里以《满天里亮晶晶的星星》的初译与修改为例予以说明。

白先勇最初将该标题翻译为"***a sky full of blazing stars***"，但高克毅认为这个翻译不太恰当，遂改为"***a sky full of bright, twinkling stars***"，并在信中对这种修改进行了如下说明：

> "Blazing stars"当然是不正确的译法。它的形象代表着"炽热的"，"燃烧般的"，如短语"in a blaze of glory"中的

> "blaze"(荣耀之光),甚至有一位名为"Blaze Star"的脱衣舞娘。我猜测,你之所以将其翻译为"Blazing Star"是为了回应原文"炽热的、情色的"氛围。但是我对这种象征主义有不同的解读:故事中提到的教主每次讲他的人生故事时,总是"等到满天的星星,一颗一颗渐渐暗淡下去的时候……这在我看来,天上发生的事情与人间发生的事情恰好形成了鲜明的对比:过去的荣耀与理想与今日的荒淫、颓废。或者如欧阳子所说是"灵与肉"之间的比较。后者在文中的意象就是"淫邪的月亮,像一个大肉球。"如果这是文中寓意的话,我认为应该赋予天上的星星以坚硬、清洁、宝石般的特质,以便与人间的污浊形成对比。而且,这个新的标题"*A Sky full of Bright, Twinkling Stars*"令人想到儿童歌谣"Twinkle, Twinkle Stars",暗示了在幽灵充斥的世界里的一种纯真。腐败中有纯真,或者天真中暗含腐败,这在亨利·詹姆斯中的小说里再三出现的主题,如小说《螺丝在拧紧》(*the Turn of the Screw*)。[①]

《满天里亮晶晶的星星》以同性恋为主题,其中采用了多种具有特定意义的文学意象。同性恋者在白天蛰伏起来,到了夜晚才开始出场寻求发泄。因此白先勇借助夜景的渲染来表现人物的情欲,如"淫邪的月亮"。为了配合这种场景氛围,白先勇及叶佩霞将标题翻译为

① 原文为英文,这是笔者的自译,不过稍有删节。

"blazing stars"，以凸显人物内心膨胀的情欲。但高克毅则有不同的解读，认为天上可以代表纯真，而人间则代表污浊，由此形成了一种反差，也给人一种信心和力量。这种理解有其合情合理的一面，似乎更具深意，修改后的译文效果自然更佳。白先勇作为作者理应对原文中的象征主义有着更为深刻的认识，但高克毅的解读的确有其新意，而且言之成理。也由此看出，作为第三方的编辑能够发作者之未发，从而对译文起到积极的构建作用。

五、"过分"语言的矫正

在初稿中，为了达到一种表现效果，译者也会使用一些美语色彩较浓的语言或者前卫的时尚语言，即白先勇所谓的"过分"语言。高克毅认为，这些表达方式有喧宾夺主之嫌，或与语境不符，于是对它们进行了适当的置换。

（一）美语色彩较浓的语言

白先勇与叶佩霞为了审美效果的需要，也会借助一些美语色彩较浓的语言。高克毅认为不妥，遂逐一进行了矫正。如：

例 26. 人家校长告到我们总部来了，成个什么体统？一个飞行员这么轻狂，**我要重重地处罚他！**（《一把青》，白先勇，2017:23）

初稿：The principal himself reported it to our headquarters—now I ask you, what the hell kind of idiotic behavior is this? My pilot to carry on like a lunatic—so help me **I'm going to throw a book at him**!

高修: The principal himself reported it to our headquarters—now I ask you, what kind of impression does it create for the outfit? One of my pilots carrying on like a lunatic—**I'll have to punish him—but good**! (Pai Hsien-yung, 1982: 20)

初稿与修改稿最大的不同体现在"重重地惩罚他"这句话的处理上。白先勇及叶佩霞采用的是美语习语"throw a book at him"。该成语意指严厉惩罚那些违法乱纪之人,原本属于法律用语,白先勇与叶佩霞想借此表现"重重地"的强烈语气。高克毅认为该成语美语色彩过浓,在当时的情景下出自中国人之口并不自然,于是将其改为"punish him—but good"这种中性但却非常地道的表达方式。这里的"but good"在英文中有"severely, thoroughly"之意,是美语中口语化的表达方式,与文中的"重重地"的语气较为吻合。

在高克毅看来,民族色彩较浓的词语在人物语言的翻译中应尽量少用,因为听起来不自然,给人以错位之感。再如:

例 27. 容县、正宁,那些角落头跑出来的,一个个龇牙咧嘴,满嘴夹七夹八的土话,我看总带着些苗人种。哪里拼得上我们桂林人。(白先勇,2017:134)

初稿:Not like people from those little holes like Jungsien and Wunning, bucktoothed clodhoppers every last one of them; why, all they can do is talk you a **mouthful of gobbledygook**; if you ask me, they've all got a wild Miao tribesman in their family tree somewhere.

高修：You see people from little holes like Jungsien and Wuning, bucktoothed clodhoppers with their jaw-breaking **native jabber**-many of them have got a wild Miao tribesman in their family tree somewhere. (Pai Hsien-yung, 1982: 118)

这是对《花桥荣记》中老板娘的一段心理刻画，粗俗语言较多，如"一个个龇牙咧嘴，满嘴夹七夹八的土话"等，表现了老板娘对来自"容县、正宁"人的鄙视、对桂林老乡的赞美。译文前半部分采用的是"bucktoothed clodhoppers"，对应的是"獠牙裸露的乡巴佬"，可谓十分恰当。译文后半部分用的是则是民族色彩较浓的"a mouthful of gobbledygook"。"gobbledygook"本是英文中杜撰的一个词语，其首创者是德克萨斯州的一位名为马弗里克(Maverick)的政客。第二次世界大战之时，此人在华盛顿历任要职，最恨政府机关里啰里啰唆和纠缠不清的官腔文章。为此他杜撰了这样一个名词来嘲讽这种文字作风，并将其定义为：语言或文字中所有喜欢用大字眼、拉丁源流的词汇、意义含混的抽象名词和半瓶醋的专门术语，或者绕圈子、装腔作势、咬文嚼字，都是犯了"高不低咯克的毛病"。(乔志高，2001：271)由此看来，"gobbledygook"与政治有关，本指无法理喻的官文或官话，用在这里语义色彩不符。在修改稿中，高克毅将其改为"jabber"，即"叽里呱啦说话"之意，与原文口吻较为契合。

关于民族色彩较浓语言的使用，高克毅在修订《金大班的最后一夜》中的"我的娘"的译文时进行了较为详细的解释。叶佩霞将金大班的感叹词"我的娘"译为"Mamma mia"，该词源自意大利语，"mamma”代表“mom”,“mia”代表“mine”,因此这个词翻译为中文就是“我的娘,我的妈”的意思。而且,在意语中本身就表示“感叹、惊讶”之意。但高克毅认为不妥,遂将其改为“Mother of Mercy”。对此他是这样解释的:“这里若用 mamma mia 真是再传神没有了。但是我们不得不割爱,而另挑一个同样合用但却喜剧性稍差的译法 mother of mercy。因为 mamma mia 一词,读起来其种族色彩和语义交错的效果实在太教读者眼花缭乱……”(白先勇,2017:275)

在给白先勇的信中,高克毅进一步解释道:“因之前我曾经表示过,直接运用美国俚语,很难讨好,dialect 更不必说。如效果不好,不但 Indiana(指的是印第安纳大学出版社,笔者注)那边的人会拒收,一般美国读者也会莫名其妙。”

通常情况下,高克毅并不赞同用英语中的方言、俚语或时髦语言来翻译人物语言。他的建议是:采取具有普世意义的习语或俗语,或中性但却地道的表达方式。但也有例外,如在处理《思旧赋》中的人物语言时,白先勇与叶佩霞采取了美国南方黑人英语,高克毅对此表示支持,认为这种做法收到了理想的审美效果。由此也可看出其灵活、宽容的一面。

(二)“前卫”语言

这里所谓的“前卫”语言,系指时尚的流行语言。叶佩霞与白先勇在译文中融入了一些时尚语词,表面看来很地道,但高克毅认为这与人物身份或社会背景不符,如:

例 28. “你再住下去，恐怕你的老胃病又要吃犯了呢。”余教授在吴柱国对面坐下来，笑道。

“**可不是**？我已经吃不消了！”(《冬夜》，白先勇，2017:197)

初稿：“At this rate, if you stay longer, I'm afraid you eat your way back to your old stomach trouble,” said Professor Yu, smiling in turn. He sat down opposite Wu Chu-guo.

“**You can say that again**! I can't take it any more as it is...”

高修：... “**You are absolutely right**! I can't take it any more as it is...”(Pai Hsien-yung, 1982: 175)

“可不是”即“正是”之意，属于口语表达，初译为“You can say that again”，该习语在 70 年代的美国青少年之间刚刚流行，意义与“可不是”相仿。高克毅是美语俗语专家，对此自然耳熟能详。他在修改意见中这样回复道：“‘You can say that again’，是美国青少年间流行的一种俏皮性回答，用在一名中国老教授身上不太合适。”即是说，这句话出自一位年老的教授之口与其身份不符。需要指出的是，他们翻译《台北人》时是在 20 世纪 70 年代末 80 年代初，距今已有四十年。笔者就这个表达方式咨询了几位不同年龄阶段的美国朋友，他们的意见基本一致，即“You can say that again”虽然仍然在用，但已经不在青少年之间流行，而是中老年人的专属了。也就是说，今天一位长者说出“You can say that again”反倒是合乎身份。再如：

例 29. “老板娘又拿**我来开胃了**，”朱青说道，“快点用心打牌吧，回头输脱了底，又该你来闹着熬通宵了。”(《一把青》，白先勇，2017:37)

初稿:"Now, Boss-lady, **you're putting me on again**." Said Verdancy Chu, "You'd better keep your eye on your game..."

修改稿:"Now, Boss-lady, **you're pulling my leg**." Said Verdancy Chu, "You'd better keep your eye on your game..."(Pai Hsien-yung, 1982: 33)

拿某人"来开胃"是地方性方言,即"寻开心"。初稿译为"you're putting me on again",在英文中,"put sb. on"有"戏谑他人"之意。但高克毅却将其改译为"you're pulling my leg"。其给出的理由是:这个表达过于时尚。相比之下,后者则显得厚重些。高克毅之所以做出这样的选择,盖因《台北人》以怀旧为基调,过于时尚的表达可能会冲淡主题。

经上述分析,我们发现高克毅修改初稿时所采取的策略有:删减初稿中繁冗的信息,使译文更加简洁、流畅;调整句式,使之更加符合目标语的表达方式;个别语词的创造性翻译,体现了审美层面的忠实;将美语色彩较浓的表达方式替换为中性但却地道的表达方式;等等。白先勇曾感叹道:"我们的初翻译稿只能算是一个相当粗糙的坯胎,这个粗坯胎要送到我们的主编高先生那里,仔细加工,上釉打彩,才能由达入雅。"(白先勇,2013:23)

第四节 作者、合译者与编辑的互动

初稿经过编辑高克毅修改之后的确增色不少。但在有些译文的处理上,仍然不可避免地存在争议。在此情况下,团队成员之间大都采取通信、电话等交流方式进行协商。这里以小说标题、个别语词的翻译为例,分析他们之间是如何互动与协商并最终解决问题的。

一、标题翻译的协商

这里的标题翻译既涉及总标题《台北人》,又涉及各短篇小说的分标题。由于各种因素的影响和制约,这些标题的翻译并非一蹴而就,而是经历了一个反复协商的过程。

(一)对总标题《台北人》的翻译

《台北人》最初的英译并非我们现在看到的 *Taipei People*,而是 *Wandering in the Garden, Waking from a Dream*:*Tales of Taipei Characters*。这个译文是编辑高克毅和作者白先勇合作协商的结果。高克毅在接受金圣华采访时说道:"英文可说为 *Taipei People*,但小说内容并不是写台湾本省人,而是写大陆在 1949 年以后迁往台湾的许多人物和故事,故用 *Taipei People* 并不合适。其次是读者的问题,许多年来美国人对台湾并不熟悉，而且多少有点成见，我就避免用这个题目。刚好集子里原先有个版本叫《游园惊梦》，译成 *Wandering in the Garden, Waking from a Dream*，较有诗意。”（乔志高，2013：306）根据高克毅的陈述，我们得知英文标题的由来，基于两个原因。其一，故事中的主人公大都为大陆客，译为 *Taipei People* 恐怕名不副实；其二，20 世纪 70 年代的美国对台湾几乎一无所知，不若采取一个与小说主题更契合的标题。白先勇对此也谈过：“印第安纳大学出版的《台北人》英译本，主要对象是英美人士，多数是对中国文化文学有兴趣的美国大学生，对《台北人》中的人物身份不一定弄得清楚，为了避免误解，我们便选了其中一篇篇名作为书名：*Wandering in the Garden, Waking from a Dream: Tales of Taipei Characters*。”（白先勇，2013：28）需要注意的是，这时白先勇在正文标题之外又加了一个副标题 *Tales of Taipei Characters*。“*Wandering in the Garden, Waking from a Dream*”虽然较有诗意，但未能反应出小说的主题内容。于是白先勇便想到这样一个副标题，并征求高克毅的意见。高克毅在信中这样回复道：“这个标题我感觉还不错，多少让人想起米切纳的小说集《南太平洋故事》（*Tales of South Pacific*）。”[①]《南太平洋故事》是詹姆斯·A. 米切纳（James A. Michener）的代表作，后来改编为音乐剧和电影《南太平洋》，在 20 世纪五六十年代的美国广为传颂。雅好音乐、电影的白先勇对此应该耳

① 原文：*Tales of Taipei* Characters is fine with me-somewhat reminiscent of Michener's *Tales of the South Pacific*!

熟能详,想到这样一个副标题是很自然的一件事。

由上可见,书名的翻译是作者与英文编辑合译的结果,主要是基于当时的普通美国读者不熟悉台湾这一事实,诚然也有吸引目的语读者的考虑。等到2000年香港中文大学出版社出版中英文对照版时,白先勇则提议将原来的标题改为 *Taipei People*,因为社会文化背景从美国转移到香港,不存在理解上的偏差。同时也是为了保存标题原有的反讽意味。故事中的人物大都是随国民政府渡海来台的大陆人,虽身在台湾,但心系大陆,难以认同现在的处境,由此形成了认知上的反差。

标题《台北人》的英译体现了作者与编辑之间的互动与协商,并见证了不同的社会文化背景对翻译策略的制约和影响。

(二)小标题《思旧赋》的翻译

除了总标题《台北人》之外,该系列中还有一些是直接以诗词作为小说标题的,如《梁父吟》《思旧赋》等。这些小标题因为涉及历史、文化所指,其翻译同样经历了一个反复修改与磋商的过程。这里以《思旧赋》的翻译为例。

《思旧赋》本是魏晋时期文学家向秀创作的一篇赋,是作者为追思好友嵇康和吕安所作。作者以"旷野之萧条""旧居""空庐之景"等物景,寄托着物是人非的悲凉。三人本来志同道合,后来因社会际遇不同而命运迥然。嵇康、吕安二人因不满司马氏的残暴统治,不肯涉入仕途而遭迫害致死。向秀畏祸,不得已参加州郡征召,从洛阳归途中路过嵇康旧居之时，伤怀旧友，写下此赋。白先勇将其作为小说标题虽然不是怀念朋友，却也同样怀着“思旧”的情感。小说《思旧赋》是《台北人》全集中最富诗意的一篇，讲的是一位年迈的老女仆顺恩嫂，拖着病体从台南赶到台北，回到旧时主人李官长家探访的情形。昔日的李家曾是名门贵族，如今已是物是人非、衰败不堪。叙述者对于这个贵族家庭以及由这个家庭所影射的中国传统文化、社会体系的没落与瓦解，怀着无尽的悼念之情。因此，这两篇《思旧赋》有着共同的特点：怀旧与伤感。两者之间也因此构成了一种互文性（intertextuality），即“任何文本都是引用引文的镶嵌品，任何文本都是从对另外一个文本的吸收和转化而得来”（Kristeva，1969：146）。所不同的是，小说《思旧赋》更侧重于对过去的怀念，对传统文化式微的伤感。白先勇及合译者叶佩霞最初将标题《思旧赋》译为“*Lamentations for Bygone days*”，语义较为直白。高克毅在修改稿中这样写道：

> 这个标题过于明显，能否想一个更好的来？“*Bygone Days Revisited*”如何？“思旧赋”有两重含义：故事讲的是一位老仆人重访旧时主人之家，同时也回到了旧日时光……或许“A Visit to Bygone Days”更好些，尽管未必是一种直译。[①]

① 原文：This title is too obvious. Can we think of a better one? How about “Bygone Days Revisited”? The word “revisited” here has a double implication. The story is all about an old servant revisiting the old house, while her thinking actually wandered back to the bygone days... perhaps even better, and not so entirely literally, to just say: A Visit to Bygone Days.

高克毅建议的译文"*A Visit to Bygone Days*"，较初译"*Lamentations for Bygone Days*"更为含蓄而切题。不过，在最终定稿时，译者并没有完全采纳这两种译文，而是采取了"*Ode to Bygone Days*"这样一个富有诗意的标题。根据笔者与白先勇的通信得知，这个译法是由叶佩霞想到的。"赋"在我国古代是一种雅致的文体，讲究文采、韵律，兼具诗歌和散文性质。小说《思旧赋》自然不能像过去的"赋"那样讲究韵律，却也是《台北人》全集中最富诗意的一篇。译者叶佩霞感到"visit"不足以表现"赋"的内涵，因此将其改为"Ode"。"Ode"在西方本指一种抒情性的赞歌，又因为雪莱的西风颂"*Ode to the West Wind* "而家喻户晓，因此采用这个词显得古雅，富有诗意，与"赋"在审美效果上也较为相称。因此，英文标题"*Ode to Bygone Days*"在译文中又形成了另外一种互文。

二、个别语词翻译的争论

除了标题等的翻译之外，在很多细节上如个别语词的翻译，也都是三方反复争论的结果。如：

例 30. 提起我们花桥荣记，那块招牌是**响当当的**。（白先勇，2017：131）

初稿：Talk about our Glory's by Blossom Bridge-now there was a shop **with a name to beat the band with.**

高修：Talk about our Glory's by Blossom Bridge-now there was a shop **with a name that was on everyone's lips.**

定稿:Talk about our Glory's by Blossom Bridge-now there was a shop **with a name that was to conjure with.** (Pai Hsien-yung, 1982: 115)

在中文里,"响当当"有"声名远扬,有口皆碑"之意。文中系指名为"花桥荣记"的米粉店,由此透漏出叙述者即女老板的自豪感。在初稿中,译者白先勇将其翻译为"beat the band",表面看来,似乎与原文非常对应。在英文中,"beat the band"有"显眼、出众,非常、猛烈"之意,但一般跟在动词之后起到状语的作用,如"He's selling computers to beat the band since he started advertising"(自从打出广告之后,他的计算机一直卖得很火)。高克毅意识到了这个问题,遂将其改为"on everyone's lips",该习语有口口相传之意。但白先勇并没有采纳高克毅的建议。我们看到,最终的译文是"a name to conjure with"。经笔者向作者白先勇核实,这一译法来自叶佩霞。该成语表示"具有魔力的名字"。在某种意义上讲,这个译文较高克毅推荐的表达方式更接近"响当当"的含义。高克毅最终也接受了这个译文。

作为译文编辑,高克毅难免会根据自己的解读或喜好来修改初稿。但是有些修改未必符合白先勇的审美期待。好在高克毅能够坦然接受作者与合译者的"挑战",只要他们言之有理。再如:

例 31. 他欠我的饭钱,我向他儿子讨,还遭那个挨刀的狠狠抢白了一顿。(《花桥荣记》,白先勇,2017:133)

译文 1:I asked his son to take care of the old man's unpaid bills; **all I got from the nasty brat was a lot of abuse and insults.** (Pai Hsien-yung, 1975: 93)

译文 2：As for the food money he still owed me, I tried asking his son for it, **but all I got out of that gallows-bird was mean back-talk.**

译文 3：As for the food money he still owed me, I tried asking his son for it, **but all I got out of that gallows-bird was a good dressing down.**

译文 4：As for the food money he still owed me, I tried asking his son for it, **but all I got out of that gallows-bird was a big helping of mean back-talk**. (Pai Hsien-yung, 1982：117)

译文 1 出自台湾知名学者朱立民之手，译文 2 出自白先勇和叶佩霞。两相对比便可看出，无论在句式上，还是语义表达上，白与叶的译文更贴近原文，尤其是方言“挨刀的”与“抢白”的翻译。“挨刀的”旧时指的是在法场受刀斩首的死囚，后来演变为骂人缺德该死为“挨刀的”，译文 1 将其翻译为“nasty brat”（令人讨厌的卑鄙小人）很明显是一种改译。“gallows-bird”指应受绞刑之人，是对“该死之人”的一种诅咒。因此，后者更靠近原意。“狠狠的抢白了一顿”在译文 1 中被处理为“a lot of abuse and insults”，原文方言的韵味丧失殆尽。而译文 2 则基本保留了原文的说法。“抢白”是广西桂林一带的方言，意指“指责或奚落”。在初稿中，白先勇将其译为“mean back-talk”。文中的“我”前去讨债，“理”在自己一方，却遭到“奚落”。但是在译文 3 中高克毅却改为“a good dressing down”。虽然地道，但“dressing-down”（训斥）一词显得过于严厉了，未能突出人物反倒一耙的无赖形象。后来，白先勇和叶佩霞坚持己见，并在“mean back-talk”前面加了“a big helping of"。"a big helping of"本形容物质的分量,这里是对"狠狠的一顿"的仿拟,既保留了原文的语言特色,又保证了其在译文中具有一定的可读性。这个译文最终获得高克毅的认可。

在1982年英文版的《台北人》中,有些修辞的翻译效果并未显示出来,但奈何当时想不出更好的译文,只好作罢。在2000年的修订版中,这种缺憾在三方的再次合作下,终于得以补偿。如:

例32. "干爹,快打起精神多和两盘。回头赢了余经理及董事长他们的钱,**我来吃你的红!** "(《永远的尹雪艳》,白先勇,2017:18)

译文1:"Godpa, brace yourself and win a few more hands. By and by you win from Mr. Yu and Mr. Chou, **I'll come share your lucky money!** "(Pai Hsien-yung, 1975:96)

译文2:"Godpa, brace yourself and win a few more hands. By and by you win from Mr. Yu and Mr. Chou, **I'll come have a taste of your lucky red gold!**"

译文3:(1982年版):"Godpapa, brace yourself and win a few more hands. By and by, when you win from Mr. Yu and Mi. Chou, **I'll come share some of your lucky money.** "(Pai Hsien-yung,1982: 16)

译文4:(2000年版):"Come on, Godpapa, brace up and win a few more hands. By and by, when you've won from Manager Yu and Chairman Chou, **I'll come for my cut.** "(Pai Hsien-yung, 2000: 34)

原文最为关键的一句是"我来吃你的红",柯利德的译文是"I'll come share your lucky money",从字面意义上来看也不算错,但是这句话另有所指。欧阳子认为："这句双关语，真是一针见血。"（2014:43）小说中的"尹雪艳"是一个近乎幽灵的形象，所谓吃你的"红"，自然就有"要你命"之意。因此，这里的"红"更是一种隐喻。但若将"红"直接译为"money"，则显得过于直白，缺乏内涵。于是译者干脆直译为"red gold"。高克毅在回复时这样质问道："我来吃你的红，应作何解？如果意思是占你的光，则这样译'I'll come have some of your luck rub off on me！'也许要好些。'taste your lucky red gold'直译意义不明。"尽管高克毅提出的修改更加地道些，但这两个译文大家都觉得不够精炼，修辞效果没有出来，又一时想不出更好的译文来。白先勇及叶佩霞最后只好保留了最初的译文，只不过稍加修改而已，由此产生了译文3。2000年香港中文大学出《台北人》中英对照版时，团队成员对此进行了改进，于是我们看到了最终版的译文4。从译文4可以看出，"我来吃你的红"最终定为"I'll come for my cut"。据白先勇给笔者的信中得知，这一改动是高克毅的主意。"cut"兼有"切、割"和"份额"之意，正好大致回应了原文的一语双关。同时，"I'll come for my cut"无论从句式上，还是语气上，相较其他译文，都更符合原文意蕴。

小说集总标题《台北人》的翻译，既体现了作者与编辑之间的互动，又见证了不同的社会文化背景对翻译策略的影响。小标题《思旧赋》的翻译则体现了翻译团队之间的集思广益。至于一些翻译细节的讨论，更见证了翻译团队对译文臻于至善的追求，也反映了译无止境的真谛。但也由此看出，有时白先勇与叶佩霞也并非完全按照编辑的意见照单全收。在合作翻译过程中，难免会产生一些理解上的偏差或争议。在此种情况下，他们总是采取协商的方式来处理问题，直至想出各方均满意的解决方案。

第五节　小结

本章以英译手稿为基础，以《台北人》的其他译文或版本进行对比参照，就《台北人》的翻译模式及其翻译过程进行了动态的研究。通过翻译过程的分析可以看出，这个团队是在平等、协商的基础之上，以作者兼译者的白先勇为中心，实现了优势互补与合作统一。由于作品的风格过于强烈，再加上非母语译者，仅凭一己之力无法完成。白先勇正是基于这样的认识才请来了两位帮手协助翻译。作者的参与能够直接越过原文，且能抓住原作的精华或微妙之处进行创造性转化，英语为母语的合作译者则保证了译文的可读性和流畅性；而编辑高克毅也在译文的精确性、地道性、文体风格、审美效果等方面发挥了重要的作用。2000 年《台北人》中英对照版的修订反映了团队对译事的虔诚和执著，同时也说明了译无止境的真谛。文学作品的翻译，世世代代都可能有新的译本出现。不过有一定成绩的旧译本总会在其所处的时代发挥不可忽视的社会影响。《台北人》的英译本也必将在其翻译史上占有一席之地。

第五章 《孽子》的英译：汉学家葛浩文的译者模式

《孽子》的英译是由著名华文翻译家葛浩文独立完成的,体现了其个性化的译者模式。译者模式主要包含两方面的内容:一是由“谁来译”的问题,涉及译者的身份与资质;二是“如何译”的问题,涉及译者的原则与策略选择,以及由此折射出译者的翻译理念。本章旨在通过分析葛浩文英译《孽子》的缘起、其所遵循的原则,以及采取的主要策略与方法,探讨其背后的翻译理念与翻译风格,进而总结出其个人翻译模式的主要特征。

第一节 《孽子》英译的社会文化背景与葛译缘起

1986 年电影版《孽子》在纽约上映,一时好评如潮。而美国同志阳光出版社的负责人注意到了这一现象,于是主动找到作者白先勇商谈英译《孽子》事宜。白先勇经过再三考虑决定邀请当时声名鹊起的译者葛浩文来承担翻译任务。同志阳光出版社选取英译《孽子》,既与该出版社的宗旨有关,也与当时的社会背景有关。而葛译缘起则是作者白先勇的主动请求，诚然与其个人对白先勇作品的欣赏也不无关系。

一、《孽子》英译的社会文化背景

《孽子》的英译是由同志阳光出版社发起并负责出版发行的，因此有必要对该出版社进行简要的交代。

同志阳光出版社是一家非赢利性的小众出版社，由美国作家、编辑温斯顿·莱兰德（Winston Leyland）于1975年创办，专门出售同性恋文学作品。温斯顿出生于英格兰，是著名的同性恋作家、编辑和出版人。1952年，随父母举家搬迁到美国罗得岛州的普罗维登斯。在上大学两年之后，转入马萨诸塞州米尔顿的圣哥伦布学会神学院。1966年，他被任命为神职人员。此后温斯顿外出学习，并在加州大学洛杉矶分校获得了中世纪历史硕士学位。在这段时间里，温斯顿与天主教神职人员发生冲突。他因受到贝里根神父（Berrigan）和托马斯·默顿（Thomas Merton）的著作和行为的影响，在弥撒期间大谈美国在越南战争的不道德行为，引起了洛杉矶教区保守的红衣主教的愤怒，并迫使其所属的教会组织将其驱逐出境。1969年初，温斯顿居住在好莱坞并担任《洛杉矶时报》的校对员。然而他被加利福尼亚州北部的魅力风光深深吸引，遂决定于1970年秋天搬到伯克利。此时，美国的同性恋解放运动爆发。在此情况下，温斯顿加入到新兴的《同志阳光小报》（*Gay Sunshine Tabloid*），该报于1970年8月首次出版发行，并提供当地和全国同性恋运动的新闻。1971年因经营不善而解散，出版随之中断。温斯顿接管了该报刊并使之起死回生，这就是后来1973年出现的同性恋阳光杂志，它旨在为新兴的同性恋文学和艺术表现形式提供新的出路。1975年，温斯顿决定以更为永久的书籍形式出版同性恋文学，随即在旧金山成立了同志阳光出版社。自1975年起，同志阳光出版社已经走过四十余年的历程，现在已经成为美国历史上最悠久、最具影响力的连续出版各种同性恋材料的书屋，主要出版各国有关同性恋的文学作品，也出版佛教文献中有关同性恋的故事。自然也对中国最新出版的同性恋文学感兴趣。同志阳光出版社之所以选中《孽子》，除了作品本身的影响力，还与当时美国的社会文化背景也有一定的关系。

《孽子》于1983年由台湾远景出版公司出版，但最初文学界对这本书的反响平平。由于题材的敏感性和冲击力，在当时尚属保守的台湾社会，《孽子》被看作"另类"。后来，小说《孽子》于1986年被改编为电影在台湾上映，反响一般，但在美国却颇受好评。这自然与美国的社会文化环境有一定的关联。

美国对同性恋的接受经历了一个从严酷到宽松的转变过程。美国一直被视为一个平等开放的国家，表面看来各种生活方式都可以在此找到自己的安身之地。作为一个由清教徒建立起来的基督教国家，美国是以标榜"政教分离"为立国原则的，然而在同性婚姻问题上，美国法庭多年来却援引《圣经》里面的教义而非美国《宪法》，对同性恋加以排斥、打击。基督教文化对同性恋的严厉制裁，一直是以《圣经》上的训诫为依据的，即如果某人像同女人交合那样同一个男人交合，他们两人就都是邪恶的，应当被处死。因此在美国，同性恋一直被认定为一项罪名，同性恋活动只能暗中进行。20 世纪 70 年代以来，美国开始了一场风卷云涌的民权运动——种族平等、性别平等、性自由等纷纷加入其中，同性恋运动也不例外。随着 1969 年“石墙事件”（Stonewall Riots）的爆发，美国同性恋者反对歧视、争取平权的种种努力，也汇聚到了美国民权运动的洪流中。1973 年，美国精神病学协会就将同性恋从疾病中删除。自 1987 年起，美国公民自由联合会就着手致力于消除禁止同性恋者结婚的法律障碍。1989 年，旧金山律师协会签署了支持同性婚姻的声明。此时美国各地法院不再单纯地以传统婚姻的定义来否决同性婚姻，而是做出了一些实质性的让步。同性恋现象逐渐得到了美国社会的认可与接受。

1986 年版的电影《孽子》在美国纽约播映，受到了极大的欢迎，且广被媒体报导。该影片后来还被选为“洛杉矶第一届同性恋影展”的开幕片，以及加拿大蒙特利尔（Montreal）影展和纽约影展观摩片。电影版的《孽子》在美国受欢迎的程度也为其英译奠定了基础。同志阳光出版社选中《孽子》本来就是出版社的宗旨所在，同时也是对美国社会兴起的同性恋运动的一种迎合。出版社负责人于是主动和白先勇取得联系，商讨翻译事宜。于是，在此情况下白先勇找到了译者葛浩文。

二、葛译《孽子》的缘起

2018 年，白先勇应邀前往南开大学讲学，笔者趁此机会采访了白先勇并获得了有关《孽子》英译的一些背景信息。根据采访得知，是作者主动联系到葛浩文请求其翻译的。早在20世纪60年代的台湾，白先勇就因为朋友的关系结识了译者葛浩文，且读过由其翻译的作品。在同志阳光出版社与白先勇就出版《孽子》的英译事宜达成协议之后，白先勇经过一番考虑，决定请求葛浩文担任《孽子》的英文翻译。之所以选择葛浩文主要基于两种考虑：一是葛浩文的翻译声誉，二是葛浩文对台湾社会文化的熟稔程度。

在翻译《孽子》(1990)之前，葛浩文已经有十余年的翻译经历，主要供职于香港和台湾的《笔会季刊》和香港中文大学的《译丛》，以及大学出版机构如印第安纳大学出版社。葛浩文走上翻译道路始于20世纪70年代的台湾。出生于1939年的他，大学毕业后(1961)被派往台湾服役，服役期间跟随一位在台湾的东北人学中文。葛浩文发现自己颇有学习中文的天分，后来进入台湾师范大学继续深造。1968年，葛浩文因父亲过世遂返回美国，之后进入旧金山州立大学攻读中国语言文学硕士，1971年获得学位。后来又考入印第安纳大学东亚语文系攻读博士学位，师从著名学者柳无忌先生，研读中国20世纪30年代作家的作品，并以萧红作品为研究方向。

1974年，正在日本撰写博士论文的葛浩文为做一些相关的调查，借机回到台湾。这次返台，葛浩文结识了时任《笔会季刊》主编的殷张兰熙，并获得了她赠予的几期《笔会季刊》杂志，由此才真正开始研读台湾现代文学。在殷张兰熙的力邀之下，葛浩文翻译了诸多台湾文学作品，如朱自清的《给亡妇》(*To My Departed Wife*, 1974)、思果的《障碍》(*Barriers*, 1974)、黄思骋的《毕业宴会》(*The Graduation Banquet*,

1974)、廖清秀的《阿九与土地爷》(*Ah Chiu and the Local Spirit*,1975)、黄春明的《莎哟哪啦·再见》(*Sayonara*, *Tsai Chien*,1975)、谢霜天的《儿女有别》(*Sons and Daughters*: *There is a difference*,1976)、黄春明的《苹果的滋味》(*The Tastes of Apples*,1976)、丘荣祥的《第三族长的金牌》(*The Third Patriarch's Gold Tables*)、陈若曦的《查户口》(*Residency Check*,1977)、潘垒的《老姜》(*Old Ginger*,1978)。

除了服务于《笔会季刊》,葛浩文还为香港中文大学的《译丛》提供译稿,如萧军的《羊》(Goats,1975)、黄春明的《莎哟哪啦·再见》(Sayonara, Tsai Chien,1977)、萧红的《回忆鲁迅先生》(A Rememberance of Luxun,1981)、杨绛的《干校六记》(Six Chapters from My Life "Downunder",1984)、李昂的《有曲线的娃娃》(Curvaceous Dolls,1987)、袁琼琼的《猫》(Cat,1987),等等。在供职于《笔会季刊》和《译丛》期间,葛浩文对台湾文学有了进一步的认识,也在无形之中提高了其翻译能力。其杰出的翻译天赋,也得到了殷张兰熙的赏识。

此外,葛浩文还为大学出版社翻译了一些著作。比较有影响力的有陈若曦的《尹县长》(*The Execution of Mayor Yin and Other Stories from the Great Proletarian Cultural Revolution* ,1978) ,萧红的《生死场》(*The Field of Life*)、《呼兰河传》(*Death and Tales of Hulan River*,1979)、《商市街》(*Market Street*: *A Chinese Woman in Harbin*),杨绛的《干校六记》(*Six Chapters from My Life* "*Downunder*",1984),李昂的《杀夫》(*The Butcher's Wife*,1986),张洁的《沉重的翅膀》(*The Heavy Wings*,1989)。

《尹县长》是由殷张兰熙和葛浩文合译的,于 1978 年在美国印第安纳大学出版社出版。该译作好评如潮，激发了美国普通读者和汉学家对台湾文学的兴趣，也在无形之中提高了葛浩文的翻译声誉。对萧红的《生死场》《呼兰河传》《商市街》的译介是葛浩文多年学术研究的结果，也为西方世界首次认识在中国被淹没的女性作家作出了开创性贡献。《干校六记》的英译是葛浩文在编辑高克毅、宋淇的协助下完成的，该译作被《泰晤士报·文学副刊》评为“20世纪英译中国文学作品中最突出的一部书”。《杀夫》的英译是葛浩文的主动选择，其英译本在西方世界引起了强烈的反响和共鸣，也由此反映了葛浩文的独特眼光。张洁的《沉重的翅膀》是葛浩文商业化翻译模式的第一部译作。这些译作为葛浩文赢得了巨大的声誉。

白先勇曾读过葛译作品，对其杰出的翻译才华颇为欣赏。此外，白先勇选中葛浩文还因为他对台湾社会、文化的熟稔程度。葛浩文在自传《从美国军官到华文文学翻译家》中，就一直称台湾为其第二故乡。《孽子》聚焦于20世纪70年代台北新公园里一群被称为“青春鸟”的同性恋沦落少年，细腻地刻画了其被家庭、亲人、社会抛弃的痛苦曲折的心路历程。小说中涉及的地名人名、时代背景、风土人情，对于视台湾为第二故乡的葛浩文来说耳熟能详。因此，综合这两方面的优势，选取葛浩文来翻译《孽子》自然是顺理成章的事情。诚然，这与葛浩文对作者作品的认可也不无关系。白先勇是葛浩文非常推崇的台湾作家，他曾坦言：“白先勇很可能要算为近代中国最有成就的小说家，他写作的技巧、用词、心理上的分析等方面都不亚于任何国内外的名家。”（葛浩文，2014a：50）由此可见白先勇在葛浩文心目中的地位，这也是促成其英译《孽子》的主观因素。

第二节 葛译《孽子》的策略选择

在英语世界中,葛浩文被誉为中国现当代文学的"首席且唯一的接生婆"(赋格和张建,2008),至今已翻译了中国三十多位作家的六十余部文学作品。国内学界对葛浩文及其译作的研究业已成为一门显学,尤其是在莫言获得诺贝尔文学奖之后,有关葛浩文翻译思想、风格、策略等的研究更是激增。到目前为止,根据知网数据统计,以葛浩文为主题进行检索(截至 2019 年 12 月),发现相关论文已经超过 1000 余篇,而在 2012 年底前却只有 105 篇。这说明 2012 年莫言获奖成为葛浩文研究的分水岭。但这些研究"多聚焦于其翻译的少数几位大陆作家的几部作品……对其港台两地的文学英译研究几近荒芜"(张丹丹,2018:48)。在葛浩文翻译的众多的台湾文学作品中,《孽子》是他自认为比较满意的一部。因此,研究《孽子》的英译具有一定的代表性和说服力。本部分主要从翻译策略与方法来分析葛浩文对英译《孽子》的构建。经过仔细研读发现,葛浩文英译《孽子》时主要使用了直译、创译、意译、去学术化等几种策略。这些翻译策略与方法的背后反映了译者个性化的翻译理念。

一、直译

葛浩文曾说过："到底是为了达到特定的目的，还是其母语规范使然？如果是后者，我就遵从英语行文习惯进行翻译。如果这种写法比较特别，如果我认为作者如此写是为了使文本显得陌生，或是减慢读者的阅读速度，那么我就尽力捕捉这种效果。"(Goldblatt, 2004: 212)这段文字表明了葛浩文一个重要的翻译理念，即如何区别对待文学作品中"语言"和"言语"的问题。因"语言而异"的表达方式，即葛浩文所谓的母语规范使然，则按照英语的行文习惯进行翻译，从而消除两种语言之间的隔阂，取得意义上的忠实。因"言语而异"的表达方式即文体风格，也就是葛浩文所谓的使文本显得"陌生"的写法，则设法捕捉这种效果。在第三章中，我们分析了白先勇个性化的语言特征以及叙事风格，如意识流、象征主义、特殊句式等。对此，葛浩文首选的翻译策略就是直译，即采取尽量贴近因言语而异的表达方式，同时又不损害译入语语言规范。下面从意识流、个人语型以及特殊句式来分析葛浩文的直译策略。

(一)意识流的翻译

在台湾文学史上，白先勇一直被认为是现代派的杰出代表。白先勇早期作品的现代派成分较为浓厚，如《香港：一九六〇》，通篇采用了意识流的表现手法。后来渐趋回归传统，将传统叙事与现代派技巧完美地结合在一起。在《孽子》中有大量的意识流描写，但同时又具有象

征主义的味道。对于这种文字,译者葛浩文基本采取了贴近原文的策略以保存其独特的叙事风格。如:

例1. 阿青,我不要去念大同工职,弟娃坐在河堤上,手里握着那管口琴,我要念艺专。不要紧,弟娃,我来慢慢想办法。可是阿爸说学音乐没有用,弟娃低着头,拱着肩,手里紧紧握着那管口琴。我来替你想办法,我说,弟娃,再等两年,等我做了事,我来供你念书。可是阿爸说音乐要饿饭。弟娃的头垂得低低的,夕阳照在他手里那管口琴上,闪着红光。弟娃,莫着急,我说。阿爸说念大同出来,马上可以到工厂去做事。再等两年,弟娃。我不要到工厂去,弟娃的声音颤抖抖的。等我做了事,我来供你。我要去念艺专。再等两年,弟娃。弟娃手里那管口琴跳跃着火星子。弟娃。弟娃。弟娃的颈背给夕阳照得通红。弟娃,莫着急。弟娃。弟娃。弟娃。(白先勇,2010:55-56)

译文:A-qing, I don't want to go to Datong Vocational School. Buddy was sitting on the riverbank, holding his harmonica in his hands. I want to go to the National Academy of Arts and Music. Don't worry, Buddy, I'll come up with something. But Daddy says it's a waste of time to study music. Buddy lowered his head, his shoulders slumped, but he held tightly onto his harmonica. I'll think of something, I said, Buddy, wait a couple of years, wait till I've got a job, and I'll pay for your education. But Daddy says you can't make a living by studying music, Buddy's head drooped lower, rays of the setting sun glinted off his harmonica, flashes of red. Buddy, don't worry, I said. Daddy says that if I go to Datong I can get a job in a factory as soon as I graduate. Wait a couple of years, wait till I've got a job, and I'll pay for your education. I want to go to the Arts Academy. Wait a couple of years, Buddy. Sparks flew from the harmonica in Buddy's hands. Buddy. Buddy. The nape of his neck shone bright red in the light of the setting sun. Buddy, don't worry. Buddy. Buddy. Buddy. (Pai Hsien-yung, 2017: 72)

这是一段极具特色的意识流兼具象征主义的心理描写，生动地体现了阿青对离世不久的弟娃的深切思念。阿青遇到一位名叫赵英的少年，聊得颇为投机。夕阳西下的傍晚，阿青无意之中提到音乐之事。在阿青的提议下，赵英吹起了弟娃最喜欢也最擅长的《踏雪寻梅》。在优美的旋律中，阿青想起了死去的弟娃，并产生了幻觉。这段意识流描写的是阿青和弟娃之间的对话。对话的内容其实很简单：弟娃想去读艺专，而不是职业学校。但是父亲反对，认为学艺术没有用。但是就是这种简单的对话，在这段意识流里却重复了三次，而且每重复一次，情感便加重一层。弟娃的声音，一次比一次坚决，坚决去读艺专。从紧紧握着口琴，到口琴闪着红光，再到口琴跳跃着火星子，以递进的方式表现了弟娃内心世界的斗争，具有象征主义的成分。而“我”在一直安慰他，说再等两年，“我”就可以打工供你上学了。语气同样也是一步步加重，从弟娃，到最后三次弟娃的呼唤便可看出。作者采用这种意识流的手法，同时结合了象征主义的叙事手法，表现了阿青对死去的弟娃的无比怀念和深深的愧疚。

译者对这段意识流采取了照单全收的翻译策略，无论从字词，还是到整体的句式，都能基本对应起来。如对弟娃的神态及口琴的描述的译文处理："Buddy was sitting on the riverbank, holding his harmonica in his hands... Buddy lowered his head, his shoulders slumped, but he held tightly onto his harmonica... Buddy's head drooped lower, rays of the setting sun glinted off his harmonica, flashes of red... Sparks flew from the harmonica in Buddy's hands."从"Buddy was sitting on the riverbank"到"Buddy lowered his head"，再到"Buddy's head drooped lower"，译文在句式上几乎是对原文的复制，在语义上也是达到了精准的再现，从"holding"到"held tightly"，"flashes of red"，再到"sparks flew"，体现了原文赋予人物的不同神态，以及口琴动态性的象征意义。此外，在原文中，阿青对弟娃的呼唤一共出现了十次，这十次的呼唤足以表现阿青对弟娃的安慰和对弟娃深深的怀念。而在译文中同样复现了十次。《孽子》中的意识流极具个性化特征，它采取了回环往复的修辞方式，使人物的情感在幻觉中逐步加剧，同时揉入了象征主义的手法，从而使得寓意更加跌宕起伏。可见，译者采取的贴近原文的直译较为完整地保存了这种风格，表现了其对这种特殊的意识流形式的敏锐意识。

（二）个人语型

《孽子》的人物语言，无论是主要人物还是次要人物，都具有较强的个性化特征。这里以"青春鸟"们的教头杨金海为例，分析其语言特征及其在译文中的呈现。

例2. "这起×养的，师傅在公园里出道，你们还都在娘胎里呢！敢在师傅面前逞强么？吃屎不知香臭的兔崽子们！"（白先勇，2010:6）

译文："You cunt-brats! I made my mark in this park when the lot of you were still squirming around in your mothers' wombs. Who the hell are you to show off in front of me? You bunch of shit-eating fairies."(Hsien-yung, 2017: 20)

这是杨金海对徒弟们的一番训话。杨是"青春鸟"们的师傅，实际上在很多情况下却充当着"老鸨"的角色。但不同的是，他对这些"青春鸟"仍保留着一颗爱心，与他们同甘共苦，形同父子。因其身份和地位，他的语言显得非常粗俗甚至下流，如"×养的""吃屎不知香臭的兔崽子们""在娘胎里呢"，等等。译者对这些粗俗的语言全部译出，如将"×养的"译为"cunt-brats"（小×孩），"还在娘胎里"的译文"squirming around in your mothers' wombs"也保留了原文的形象说法，而最后的"吃屎不知香臭的兔崽子们"被翻译为"You bunch of shit-eating fairies"（一群吃屎的小精怪们），连诸如"吃屎"这样的污秽词语都译了出来。译文以"俗"还"俗"，生动地再现了杨金海粗俗的性格特征。译文稍有变动的是"兔崽子"的翻译，"fairy"在英文中也可指"同性恋者"，具有一定的戏谑色彩。这与金的口气与"青春鸟"们的身份是吻合的。但整体来看，译文属于贴近原文的直译。

在《孽子》中，每个人的语言都具有鲜明的特征。在不损害英语规范的前提下，译者采用了直译的策略，以体现人物个性化的风格特征。

（三）特殊句式

在语言学中，句法结构映照人类的概念结构，是一种合乎逻辑的、常规的表达方式。但在文学作品中,叙述者常常需要打破这种常规,以取得陌生化的效果,增强作品的文学性。虽然常规语言在文学作品中大量存在,但文学语言在本质上是反常规的。常规语言只能作为一种背景,用来衬托文学语言的艺术化扭曲,而扭曲了的语言则被前推出来,把表达和语言行为本身置于前景。毋宁说,文学作品中反常规的句式结构反映的是叙述者个人的思维结构或特定情感。《孽子》是白先勇历经十余年精心打造的长篇小说,在句式上的表现更是花样繁多,这些句式自然反应了叙事者的思想结构或是情感世界。葛浩文对原文具有特殊目的的表达方式,在最大程度上予以保留。

1. 反复句式

陈望道(1982:199)认为:"用同一的语句,一再表现强烈的情思的,名叫反复修辞。"从形式上看,反复分为连续反复和间隔反复。连续反复,就是反复的成分是连续出现的,而间隔反复,指的是反复的单位被其他的单位分割开了的反复。反复可以构成优美动听的节奏,可以深化语义、加强语气、强调情感,还可以塑造特定的氛围。在《孽子》中,各种反复句式交替出现,其目的在于突出反映蕴藏在小说人物内心深处的各种情绪,如焦灼、失落、苦闷、彷徨等。如:

例3. 然而,阿青,歌乐士失踪了,可是在纽约曼赫登那些棋盘似的街道上,还有千千万万个像歌乐山那样的孩子,日日夜夜,夜夜日日,在流浪、在逃窜、在染着病,在公园里被人分尸。那么多,那么多,走了又来,从美国各个大城小镇。(白先勇,2010:95)

译文:So, A-qing, Carlos was gone, but there are thousands and

thousands of kids Carlos roaming the checkerboard streets of New York, day and night, night and day, prowling, hiding out, picking up diseases, and being devoured in the parks. So many, so very many, always being replaced by new ones from every town and city in America. (Pai Hsien-yung, 2017: 115)

原文采用了广泛意义上的直接反复和间隔反复相结合的手法。如“日日夜夜,夜夜日日”和“那么多,那么多”。与此同时,原文还一连使用了四个含有“在”的表语结构。这种咏叹调般的反复,表现了小说中的人物即王夔龙沉重而无奈的思绪,充满了对歌乐山之类的流浪孩子无尽的爱怜。译文对这种反复的修辞并没有进行整合,而是全部保留下来。如“day and night, night and day”对应“日日夜夜,夜夜日日”,而“那么多,那么多”的译文“So many, so very many”,译者在中间加了一个词“very”,增强了译文的节奏感,使原文强调的“多”的意义进一步凸显,体现了人物低沉而又无奈的心境,同时译文采取了“being”这样的“进行时”结构来对应原文“在”所表现的人物的生存状态,保存了反复的修辞风格,表现了这种反复带来的一种伤感而又无奈的思绪。

反复句式在于强调一种特殊的情感,现代心理学研究表明,用同一信息对人进行反复刺激,能达到使乐者更乐、哀者更哀的艺术效果。这种反复句式在《孽子》中大量存在,是小说的风格之一。译者基本保留了原文反复的句式结构,从而使其所强调的情感得以在译文中呈现。

2. “以少总多”的长句

在小说《孽子》中,作者善于运用长句来描写场景或刻画人物外貌或内心世界,如前所述,文学中的句子结构反映了叙述者的思维结构和情感结构,尤其是以少总多的长句。对于这种句式,译者在不违背译入语基本规范的前提下同样采取了紧贴原文的直译。如:

例 4. 在我们的王国里,我们没有尊卑,没有贵贱,不分老少,不分强弱。我们共同有的,是一具具让欲望焚炼得痛不可当的躯体,一颗颗寂寞得发疯发狂的心。这颗颗寂寞得疯狂的心,到了午夜,如同一群冲破了牢笼的猛兽,张牙舞爪,开始四处狺狺地狩猎起来。(白先勇,2010:17)

译文:In this kingdom of ours there are no distinctions of social rank, eminence, age, or strength. What we share in common are bodies filled with aching, irrepressible desire and hearts filled with insane loneliness. In the dead of night these tortured hearts burst out of their loneliness like wild animals that have broken out of their cages, baring their fangs and uncoiling their claws as they begin a frenzied hunt for prey. (Pai Hsien-yung, 2017: 32)

原文是一个较长的句子,描述了夜深之时,同性恋者欲望的煎熬与释放。借助主述位结构及主位推进模式,可以看清原文句式之间的衔接和连贯。"在我们的王国里"可做整个句子的主位 T1,为已知信息,"我们没有尊卑,没有贵贱……"为述位 R1。其后"我们共同有的是……"为主位 T2,"这颗颗寂寞得疯狂的心……"可做 R2。从整体来看,其推进模式大致为 T1→T2 模式,因为"躯体"和"心"都可看作是"我们"的一部分。这样,整个句子以"我们"为中心,将句子成分有机地连接起来,读来有一气呵成之感。译文将首句的"我们没有尊卑,没有贵贱，不分老少，不分强弱”译为“In this kingdom of ours there are no distinctions of social rank, eminence, age, or strength”。原文中的主谓结构换成“there be”结构，更符合英文的表达方式。对于接下来的“我们共同有的，是一具具让欲望焚炼得痛不可当的躯体，一颗颗寂寞得发疯发狂的心”这句，译者以“What we share”与前面的“ours”连接起来，而且同样采用了对称结构“bodies filled with aching, irrepressible desire and hearts filled with insane loneliness”。“一颗颗寂寞得发疯发狂的心”与“这颗颗寂寞得疯狂的心”这两句是紧密相连的，译文适当地穿插了一句“In the dead of night”，虽然了延长了“心与心”之间的距离，但语义效果不减，而且读来也较为自然。最后述位部分的张牙舞爪的译文“baring their fangs and uncoiling their claws”，同样采取了对称结构，而且两个动词“baring”（张开獠牙）与“uncoil”（伸展利爪）更生动地体现了人物如猎兽般的饥渴心态。译文从整体来看，基本还原了原文的架构及其意欲表现的主题意蕴。

这些特殊句式反映了叙述者的思维结构和内心世界。从分析来看，译者在最大程度上保留了原文的句式结构，只是在个别地方进行了适当的调整，使之更加符合目标语表达习惯。

二、创译

直译固然在一定程度上保存了原文的形式和风格，但在很多情况下是行不通的。这时就需要另外一种翻译策略来弥补这种缺陷，即

"创译"。"创译"(transcreation)的概念主要来源于"印度文学翻译理论、巴西食人主义翻译理论以及现代语言服务行业"(陈琳和曹培会,2016:124)。其中,印度文学翻译理论侧重于艺术的审美性,如 Gopinathan(2000: 171)就认为:"创译是一种有意识地审美再创造行为,译者利用所用可能的审美手段和陌生化文学技巧,将原文内容有效地传达给目标语读者。因此,创译是目标语导向的艺术性审美再创造。"巴西食人主义翻译理论侧重于政治文化功用性,而现代语言服务行业侧重于创造性改写。陈琳与曹培会(2016:126)通过历史性的梳理,将创译界定为:"是在目的语系统中,对源文本进行编辑、重组、创作性重写、创意性重构的转述方式,实现目标话语的表达性与目的性的文本。"创译是葛浩文采取的另外一个重要翻译策略,这种创译其实是对直译无法奏效的一种补充。从译文来看,葛浩文的创译侧重于艺术审美的再创造,主要体现在标题的重命名、方言俗语的置换、模糊性语言的再造,以及句式的调整等。葛浩文也表示:"我喜欢这项事业的挑战性、模糊性,以及不确定性。我喜欢创造性与忠实性之间的张力(tension),以及由此带来的必要妥协。"(Goldblatt, 2002)就《孽子》的英译而言,葛浩文采取的创译主要体现在如下四个方面,即标题的重命名,方言、俗语)的置换,模糊性语言的再造,句式的调整。

(一)标题的重命名

《孽子》的书名可以直接翻译为 *Sinful Sons* 或 *Sons of Sin*,但是葛浩文却将其译为 *Crystal Boys*(水晶男孩),体现了译者的创意。《孽子》讲述的故事发生在20世纪六七十年代的台北。在那个时代，无论在台湾还是在大陆，同性恋都是一个较为敏感的话题。因此，作者并没有刻意描写同性恋者之间的爱欲情仇。毋宁说，它主要描写的是同性恋者在社会伦理道德重压之下的悲惨处境，单从题目《孽子》来看便暗示了这一话题的沉重感。该词源自成语“孤臣孽子”，从传统意义上来讲，“孽子”系指贱妾生的庶子；从政治意义上来讲，系指不容于执政者但却心怀忠贞之人；从伦理道德上讲，系指违背父母意愿的不孝之子。这三种意义在《孽子》中都或隐或显地存在着，而以第三种最为突出，也由此凸显了同性恋者在当时台湾社会的悲惨处境。但从道德品行来看，这些所谓的“孽子”，单纯、善良，和异性恋者无异。作者以“孽子”作为小说的标题，无疑具有较强的反讽意味，它隐喻那一群既被家庭驱逐，又被社会遗弃的同性恋者们，呈现了他们孤独无助、彷徨于街头的凄凉形象。然而在太平洋彼岸的美国，同性恋运动早已兴起，尤其是1969年的“石墙事件”在成为同性恋维权历史上的标志性事件之后，更进一步引发了美国同性恋集体维权的运动，并由此扩展到世界范围内。在1973年，美国精神病协会终于将有关把同性恋视为疾病的篇章删除，承认同性恋者为健康人。不同的社会背景影响着人们对同性恋者的反应，也影响着译者的策略选择。

在台湾，男同性恋者被称为“玻璃”，具有较强的贬义色彩。“玻璃”作为男同性恋的称谓，一般有两种来源说法：一种说法是指黑话中的臀部；另外一种说法源自“Boy’s love”，简称为BL，正好与汉字“玻璃”的首字母发音类似。如前所述，在20世纪七八十年代的美国，随着同性恋运动的兴起,同性恋者逐渐得到社会的认可。如将标题直接翻译为"Sinful Sons"或"Sons of Sin",势必会引起美国普通读者的误会,甚至反感。如直译为"Glass boys"不但不好听,其联想意义也是负面的,因为"glass"有"易碎"之意。葛浩文独出心裁,将其译为"Crystal Boys",无疑是对同性恋者形象的一种提升——从"玻璃"到"水晶"。"那青涩少年的形象,也对映地用Boys准确翻译出来,当真是玲珑剔透的译笔。"(应凤凰,2008)

由上可见,在翻译书名《孽子》时,译者既考虑到了原文语境中"孽子"的文化和社会寓意,又兼顾了译入语中的接受语境。

(二)方言、俗语的置换

《孽子》中涉及的方言、俗语较多,这与小说中主要人物的籍贯与身份地位有着很大的关系。这些方言既有特定的文化含义,又有具体的语境意义。同时,大量的习语也掺杂其中。在文化缺省的情况下,对这些方言、习语,译者采取了较为大胆的创译。如:

例5. "我问你,你算老几?人家理你?癞蛤蟆也想吃天鹅肉?真心是个不要脸的老棒子。"(白先勇,2010:71)

译文:"Why should he give you the time of day? Just another toad lusting after the flesh of a swan! I swear, you don't even have the shame to crawl off and die. "(Hsien-yung, 2017: 89)

这是杨金海对另一人物"老龟头"的一番教训。杨金海是阿青、小玉等所谓的师傅,在文中被称为杨教头,祖籍山东。其语言较为粗俗,充满了方言俚语,如"癞蛤蟆想吃天鹅肉"和"老棒子"。前者大家都较为熟悉,译者采用"lust after flesh"的结构,是一种偏于直译的策略,既保留了原文的形象,又体现了俗语的内涵。但对"老棒子"则采取了创译的方式。"老棒子"又称"老梆子",属于西北一带的方言,是对老年人的一种蔑称。译者创造性地将其译为"you don't even have the shame to crawl off and die",是对英语俗语"crawl into a hole and die"的一种变通,意指"不知羞耻,钻个洞里去死算了",与原文人物蔑视的口吻基本一致。

《孽子》中的人物大都处于社会底层,且祖籍来自大陆不同的省份。因此,文中的方言、俗语较多。直译行不通的话,则只能采取重新加工的方式,以便取得特定的效果。再如:

例6."小玉,师傅该颁奖给你了!"我和小玉息了灯,一起躺下后,对小玉说道:"你这几天猛灌龙王爷的迷魂汤,把老龙迷得昏陶陶的,我看你什么招数都使了出来,就还差没去舔他的卵泡!"(白先勇,2010:216)

译文:"Little Jade, the chief ought to give you a prize! "We'd turned out the light and were lying in bed. "These last few days you've really been pouring it on thick with the Dragon King, and now you've got him eating out of your hand. This time you've really let out all the stops, the only thing you haven't done is lick his balls!"(Pai Hsien-yung, 2017: 244)

这段文字里面涉及的俗语较多,如"迷魂汤""昏陶陶""招数""卵椒"等,表现了阿青极尽调侃之能事。"迷魂汤"是传说中的一种药物,古人认为饮后会忘记生前之事,现比喻魅惑人的言语或行为。译者将其创造性地译为英语习语“pour it on thick”。该习语有极力讨好某人之意,仿佛浇灌了一层厚厚的蜜汁,以此来诱惑他人。“陶陶”描述人“高兴、开怀”的样子,把某人“迷得昏陶陶”,自然指的是被迷的不知所以,任由他人使唤。译者将其翻译为“eat out of your hand”,这个成语本来描绘小动物如小鸽子、小白兔从人手中取食的景象,后来隐喻十分顺从、听任别人摆布之人。“什么招数都使了出来”,即使出浑身解数,其译文“let out all the stops”也是常见的习惯用语,又为“pull out all the stops”。“stops”指管风琴上的圆纽,用来控制琴上的那些笛管是否奏乐。演奏者按下“stops”笛管就停止奏乐,而拔起“stops”才能奏出特定的乐声。因此,如果演奏者“pull out all the stops”,那么这架管风琴上所有的笛管就会齐声共鸣。后来比喻为“全力以赴”或“使出浑身解数”。

葛浩文曾说:“原作中一些词汇和习语,在外国读者来说了无意义,会对作家以及文学作品所代表的文化、导向完全歪曲的观点……其实,在不同文化的人民间,有大量相类似的思想与感情,大致上只是表达的方式相异。”(葛浩文,2014:13)由此看出,葛浩文对翻译方言、俗语的一种态度,即如果直译了无意义的话,不如进行创造性翻译。《孽子》中的方言、俗语较多,在英语中大都没有对等的表达方式,译者根据特定的语境进行了创译,使译文变得生动而有趣。

(三)模糊性语言的再造

模糊性语言在文学作品中普遍存在,《孽子》自然也不例外。因其模糊性，所以就有了多种释义的可能，也因此为译者的创造性提供了广阔的施展空间。为方便起见，现将部分模糊性语言的原文与译文对比如下。

表5.1 《孽子》中模糊性语言的翻译（部分）

原文	译文
“那个**骚东西**么？”杨教头用扇子遥点了红衣少年一下。（白先勇，2010:87）	“You mean that **butch queen**?” Chief Yang pointed to the boy in red with his fan. (Pai Hsien-yung, 2017: 107)
“你那些花花巧巧的言语举动，只有去哄盛公那个老花蝴蝶儿。傅老爷子是正经人，**用不着你那一套**。”（同上:227）	“Save your silver tongue and cute moves for that old butterfly Lord Sheng. Papa Fu's too respectable for your **shenanigans**.” (ibid., 255)
大多数是来幽会谈恋爱的哥儿姐儿，**一杯薄荷酒泡一夜**。我的薪水还不错，三千块一个月。那些哥儿看着女朋友的面，小费给得特别甜。（同上:305）	They sit there and **nurse** one drink all night long. But the pay's good, 3000 a month, and the tips are great, since they all want to impress their girlfriends. (ibid., 336)
如果赵无常那批老玻璃问起来，不要告诉他们我在“大三元”打杂，你跟他们说，**王小玉在东京抖得狠呀**！（同上:304）	If anyone in that old crystal crowd, like Death Angel Zhao, asks about me, don't tell them I'm a kitchen helper in a Chinese restaurant. Tell them Little Jade Wang is **setting Tokyo on fire**. (ibid., 335)

杨金法所谓的“骚东西”指的是电影小生华国宝。此人出道不久，

因饰演《灵与肉》中的男主角林天而平步青云，不禁飘飘然起来，喜欢人前招摇显摆。文中所使用的“骚东西”描述了其搔首弄姿的神态。译者根据上下文，将“骚东西”译为“butch queen”。“queen”本指“女王、王后”，“也可以指男同性恋者”。（兰冰，2009:60）但它往往指的是具有女性倾向的男同性恋者。“butch”一词指的是在同性恋中扮演男性角色的一方。因此，“butch queen”指的是既不是非常女性化的，也不是非常男性化的男同性恋者，两种风格兼而有之，具有较强的贬义色彩，用在华国宝身上，比较符合其搔首弄姿的浪劲。

“用不着你那一套”，是师傅杨金法对小玉调侃式的训斥。根据上下文，“那一套”应该指前文提到的“花花巧巧的言语举动”。译者采取了一个并不常见的英文词“shenanigan”。该词有“恶作剧、诡计”之意，儿童之间的嬉闹和商场上的欺诈都可称为“shenanigan”。“shenanigan”一词最早出现在19世纪中期旧金山的报刊上。据相关考证，“shenanigan”可能源于爱尔兰语“sionnachuighim”，直译为英文就是“I play the fox”或“I play tricks”，即“扮狐狸或耍诡计”。另有说法称“shenanigan”源自西班牙语“charranada”，也是“欺骗、诡计”的意思。该词在美语中仍然流行，常用于大人与孩子之间。原文指的是师傅杨金法对小玉的训导，因此采用“shenanigan”倒也符合当时的情景。

“一杯薄荷酒泡一夜”中的“泡”有沉浸之意，如泡酒吧，沉醉其中。“一杯酒泡一夜”，表明了这些哥们姐们本意并不在酒。“泡”字形象地描绘出青年男女悠然的神态和浪漫的情怀，以酒为媒介来谈情说爱。译者采取的是“nurse one’s drink”。“nurse”一词有多种含义，如“护理、照料、培育、怀抱、搂抱、调治”等，但这些意义似乎又与译文对不上。其实，英文里“nurse”还有一层含义。《新牛津英语词典》是这样解释的：“hold a cup or glass in one's hand, drinking from it occasionally”（2003：1273），即“手握着茶杯，不时地啜饮”之意，这与文中的“泡”字所隐含的“消磨”之意较为契合。

小玉是“青春鸟”中最有个性的人物之一，刁钻、爽朗而又古怪，他的存在总会让场面顿时热闹起来。文中的“抖得狠呢”体现了其“狡黠”“狂放”的一面，因不愿他人知道自己在东京混得不好。“抖得狠”本指物理或生理现象，如“手抖得厉害”，这里自然是形容小玉自己牛气冲天。葛浩文创造性地翻译为“set Tokyo on fire”（给东京放把火），在气势上可谓有过之而无不及，表现了小玉狂放的口气。

由于语言和文化的双重差异，适当的创译不可避免。而作者个性化的语言和文中的模糊性语言更是增加了可译性的难度，同时也给译者发挥创造性提供了广阔的空间，彰显了译者的主体性意识。

（四）句式的调整

句式的调整，也是创译的重要组成部分。前面提到，对于具有特殊寓意的句型，译者葛浩文一般采取贴近原文结构的直译策略，如果直译有损译入语语言规范，则会进行不同程度的调整。如：

例 7. 我也蹲了下去，面对着王夔龙。他的声音，时而高亢，时而低沉，时而变得一种近乎狂喜的兴奋，时而悲痛欲绝，饮泣起来。（白先勇，2010:318）

译文:I joined him down on the ground and looked into his face. His voice kept changing, from high-pitched excitement to heavy sadness, from frenzied joy to desperate grief. (Pai Hsien-yung, 2017: 350)

这段文字最大的特点是连续反复的修辞手法,一连使用了四个"时而"。王夔龙在除夕之夜和阿青再次相遇,向其倾诉了当年他和阿凤之间的爱恨情仇,并亲手刺死阿凤的故事。这件事曾让王夔龙的精神几近崩溃。再次回首往事,王的情绪仍无法控制。因此,这四个反复句式便是这种情绪错乱的集中体现。译者并没有复制这种结构,因为如果将其全部译为以"sometimes"开头的句式,译文不仅平淡无奇,而且也会显得臃肿。译者在原来的基础上采取了较为灵活的方式,即"from ... to... "结构,来表现人物高低起伏的心理状态,并通过"adj. + n. "(high-pitched excitement to heavy sadness)的对称结构来增强译文的韵律性。再如:

例 8. 于是老年的、中年的、少年的、社会地位高尚的、社会地位卑下的、多情的、无情的、痛苦的、快乐的,种种不同的差异区别,在这个寒流来临的除夕夜,在这个没有月亮却是满天星斗的灿烂夜空下,在新公园莲花池畔我们这个与外面世界隔绝的隐秘王国里,突然间通通泯灭消逝。(白先勇,2010:315)

译文 1: So finally, on that cold, moonless New Year's Eve, under clear, starry skies, all the differences among the old, the middle-aged, and the young, the high-class and the low, the affectionate and the heartless, the suffering and the contented, simply vanished on the steps of the lotus pond of our secret kingdom that was so removed from the outside world. (Pai Hsien-yung, 2017: 347)

译文 2: So finally, all the differences, among the old, the middle-aged, the young, the high-class and the low, the affectionate and the heartless, the suffering and the contented, on that cold, moonless New Year's Eve, under clear, starry skies, on the steps of the lotus pond of our secret kingdom that was so removed from the outside world simply vanished.

原文是一个长句,主干却非常简单,即"种种差异区别,突然间统统泯灭",其他均为修饰成分。这些修饰成分强调了无论男女老少,无论地位高低,在此情此景之下,都融为一体,不分彼此。如果按照原文结构进行翻译,中间的修饰成分会显得臃肿,不易被普通读者接受。鉴于此,译者进行了拆分和调整,首先把"灿烂星空下"一句置于句首,同时把"在新公园莲花池畔"置于句尾,这样整个译文便保持了一种相对的平衡,同时保留了中间最具特色的差别描述。整个译文结构的推进模式为:on that cold, moonless New Year's Eve→all the differences→simply vanished→on the steps of the lotus pond of our secret kingdom,呈现为时间—主谓结构—地点的结构模式,比较符合英语读者的审美期待。译文 2 是笔者基于译文 1 进行的调整,比较靠近原文结构。同时请了一位文学修养较高且不通中文的英语读者比较这两种译文的优劣。这位母语读者认为,译文 1 较好,而译文 2 中的"simply vanished"

来得太迟。①

创译是对直译不能奏效的一种有益补充,也体现了译者的文学敏锐性与创造力。但是这种创译并非随性而为,而是出于一种审美层面的考虑。

三、意译

前文提到,对于因言语而异的表达方式即文体风格,葛浩文采取了贴近原文结构的直译策略,如直译不能奏效则以创译进行补充。另一方面,对于因语言而异的表达方式,葛浩文则采取了意译策略,即以译入语对应的表达方式进行置换,使之更加符合译入语语言规范。对此,葛浩文曾这样解释道:"只要字词句译得没问题,我在行文上就要忠实地再现作家表达的内容——也就是他要说什么——而不必非要在形式上再现他是怎么写的。"(葛浩文,2014a:46)换言之,这里的意译不是对原文的歪曲、增删,而是不拘泥于原文的字面意义或句式结构,采用译入语更为常见的表达方式进行置换。本部分从语汇、句式、篇章三个层面来分析葛浩文的重写策略。

(一)语汇层面

语汇层面的意译在《孽子》的英译中较为常见,译者通常不按照原

① 原文:the first is better, as the" simply vanished" arrives much too late in the second.

文的字面意义进行翻译，而是采取译入语种较为常见的表达方式。如：

例 9. “有这个小淘气在这里，你们安乐乡还怕不生意兴隆么？”（白先勇，2010：198）

译文：“With a naughty little boy like this, the Cozy Nest is sure to do land-office business! ”(Pai Hsien-yung, 2017: 225)

这里的小淘气指的是主人公之一的小玉。小玉性格刁钻、精怪，在生意方面却颇有心机，故盛公调侃说有小玉在“还不怕生意兴隆么”。“生意兴隆”在英语中的对应词有是“prosper，boom”等，但译者却独出心裁地将其译为“land-office business”。该短语是有历史渊源的。1962 年，美国国会通过了《宅地法案》(Homestead Act)。根据这项法案，凡农户在公有地耕种连续五年以上者，都可以获得一百六十亩土地的产权。这些农户只要去土地管理局登记、缴纳登记费即可。符合资格的农民于是都涌往土地管理局办理相关手续，以至于管理局应接不暇。后来美国民众就用“land-office business”来形容生意兴旺。

采取译入语中常见的习语，自然更能吸引目标语读者的注意力，也因此更具可读性。再如：

例 10. “我看吴敏也是个苦命人，一个张先生已经够他受的了，又加上他那个赌鬼老爸。”（白先勇，2010：306）

译文：“I guess it's not in the cards for Wu Min to have a good life. As if he didn't have enough trouble with Mr. Zhang, he's also got his gambler father to worry about. ”(Pai Hsien-yung, 2017: 337)

“苦命人”可以直译为“ill-fated”或“miserable”等，但是葛浩文却将其重写为“not in the cards for a good life”。“in the cards”是美语习语，表示十有八九可能发生的事情。此用语与纸牌测命有关。算命先生摊开一副牌，然后根据其中一张或几张关键牌来推算某人的命运。“in the cards”的字面意义为“在这副牌中”，预示着命运中即将发生的事情。久而久之，人们就用“in the cards”来形容可能发生的事。而不可能发生的事情自然就是“not in the cards”。

这些词汇在原文中都是较为常见的习语或表达方式，在译入语种不乏对应的表达方式。译者不受原文束缚，采取了译入语中同样常见的习语，使之更易被英语读者接受。

（二）句式层面

句子层面的意译在《孽子》中也是随处可见，有时这种策略使本来平淡的原文富于美语风味。如：

例 11. 他对老鼠最有偏爱：“老鼠么，我就喜欢他那几根排骨，好像啃鸭翅膀，愈啃愈有味！”（白先勇，2010：16）

译文：Mousey was his favorite：“ What I like about Mousey are those ribs of his. It's like feasting on duck wings. You can't beat'em.”（Pai Hsien-yung，2017：31）

“愈啃愈有味”本可直接译为“it becomes tastier with each bite”，但译者并没有这么做，而是另辟蹊径将其译为 You can't beat'em，“beat”一词意义众多，其中有一条是“没有比……更好”，常用于否定结构。如"You can't beat water and soap for cleansing"（用水和肥皂清洗再好不过）。"You can't beat'em"其隐含的意义就是"无法抵挡他们（的诱惑）"，与"愈啃愈有味"有异曲同工之妙。

意译充分体现了译者的"有我"意识，即利用自己惯用的语言去表达原文的意义，而非形式。再如：

例12. 青山挽着婉曲的腰，踱来踱去，一首歌都快唱完了，张先生才猛然记起了似的……（白先勇，2010：14）

译文：Qingshan had his arm around Wanqu's waist as they swayed back and forth on the stage. Their song was nearly over before the news seemed to register with Mr. Zhang.（Pai Hsien-yung，2017：29）

阿青去找张先生告诉吴敏自杀之事，吴敏曾和张先生同居一年之久，后被张先生无缘无故地扫地出门，一时想不开便试图自杀。张先生对此似乎并不在意，听完歌后才猛然"记起了似的"，这在中文里是很普通的表达方式，与英文中的"recall""remember""call to mind"大致对应。但译者采取了"register with someone"这种结构。该结构有"被意识到""给谁留下深刻印象"之意，如"What I said doesn't register in his ears"（我说的话他根本听不进去），为英文中地道的表达。

（三）篇章层面

葛浩文的意译策略同样体现在篇章层面。对于以常规语言为主的段落，葛浩文同样进行了意译。如：

例13. 盛公对我们确实是慷慨的，时常无缘无故，他会叫一桌酒席，让我们吃得兴高采烈，他夹在我们中间，拍着我们的背，说道："能吃就吃吧，孩子。像我，连块排骨都啃不动啰。"（白先勇，2010：86－87）

译文：Lord Sheng was a very generous man where we were concerned. Sometimes he'd take a bunch of us out for a meal for no reason other than he felt like it. As we dug into the food, he'd be there in thick of things, patting us on the back and saying, "Eat while you can enjoy it, boys. Look at me, I can't even handle spareribs anymore."（Pai Hsien-yung, 2017：106）

这段文字较为浅易，字里行间表现了盛公请"青春鸟"吃饭时的感慨之情。对于这种较为常规的叙述语言，译者进行了较为大胆的意译。如第一句可以译为"Lord Sheng was generous to us indeed"，中规中矩，但译者采用的"where we were concerned"结构在英文中更为地道。第二句中的"常无缘无故"的翻译，译者在"no reason"后面添加了"other than he felt like it"（只要他喜欢），同时删掉了"让我们吃得兴高采烈"。"他夹在我们中间"也并未按照字面意义翻译为"he is seated among us"，而是转化为"as we dug into the food"。其中"dug"（挖，插）一词形象地描绘出"青春鸟"贪吃的模样，而习语"in thick of things"则表现了"吃得正欢"的神态。

其实，这种非文学性的叙述语言在文中大量存在着，葛浩文对这种语言采取了译入语种常见的表达方式，使之更加符合目标语读者的审美期待。再如：

例 14. 一个月下来，安乐乡的生意，做得轰轰烈烈，颇有盈余，师傅预备十八这天，关门休息，专门替老爷庆生。但是师傅说，事前绝不能让傅老爷子知道，因为他晓得傅老爷子从不做寿的，他知道了，一定不许。师傅说，自己人，不必摆场面，十八那天，我们在安乐乡做几道菜，拿过去就行了。（白先勇，2010：234）

译文：Business at the Cozy Nest had been **terrific** during our first month, and the money was **rolling in**, so the chief decided to close up on the eighteenth and **throw a birthday party**. But he warned us **not to breathe a word to** Papa Fu beforehand; since he knew Papa wasn't one to celebrate birthdays. He wouldn't allow it if he knew. Since Papa Fu was family, the chief didn't want to **go to any special lengths**, we'd just prepare some food at the bar and take it over to his house. (Pai Hisen-yung, 2017: 262)

这段文字描写的是杨金法及其弟子们准备给傅老爷子祝寿的情景，语言较为质朴，并无华丽的辞藻或是奇特的修辞。对照原文，译文仿佛是英文的重新写作，但同时又与原文的精神十分契合。如"轰轰烈烈"，译者只用"terrific"（超好！棒极了！）即概括之。"颇有盈余"的译文"rolling in"，有财源滚滚之意。"庆生"的翻译，译者也采取了英文中地道的说法"throw a party"而非"celebrate"或"mark"。"绝不能让老爷知道"本可译为"never ever let him know"，但译文"never breathe a word to"更符合英文的表达习惯。"不必摆排场"即不必过分张罗，其英译"go to great lengths"有"颇费周章"之意，同样为英语的惯用表达。在句式结构上,译者也采用了英文中喜闻乐见的表达,如“傅老爷子从不做寿的”采取的是“be + not one”结构,这种结构在英文里表示“并非那种人”。整段译文无论在词语层面还是句式上,仿佛英文的重新写作,但又契合原文意义。

“意译”充分体现了译者葛浩文的主体性意识,它使得译文更加顺应译入语表达规范,也体现了译者较强的母语驾驭能力。但是这种主体性意识也有过分之时。如:

例 15. “我打你这个大胆妄为的小奴才！师傅这块金字招牌也让你砸掉了！日后你还想师傅照顾你,给你介绍客人呢!”(白先勇,2010:173)

译文:“You want to know why I hit you, you little slave? You went and **cut my balls off**, that's why! From now on, don't expect me to look after you or help you find customers!”(Pai Hsien-yung, 2017: 195)

这是杨教头对徒儿阿青的一番训话。杨教头曾为阿青牵线为其找了一个富有的户头赖老板。赖老板的猥琐神态和行为让阿青非常反感,于是一走了之。杨教头感觉脸上无光,后来便教训了阿青一顿,称自己的“金字招牌”给砸了。“金字招牌”,原指过去的店铺为显示资金雄厚而用金箔贴字的招牌,现比喻高人一等可以炫耀的名义或称号,也可指较好的名声。因此可译为“good reputation”等其他类似的表达,但译者将其译为“cut my balls off”。该短语意指使某人“去势”而丧失某种能力,这与砸“金字招牌”的语义色彩出入较大。笔者曾经就该译文咨询过一名在中国多年的外籍人士的意见,他认为这个译文

"seems rather heavy-handed. The same effect could have been obtained in a more understated way"(看起来过于严重了,本可以采取更加温和的方式达到同样的效果)。可见,译者的这种"有我意识"也有超常发挥之时。再如:

例16."知道了,"我应道,"师傅让我先试一个月,我犯了什么错,**再来说我也不迟**。"(白先勇,2010:226)

"I know,"I said. "Give me a month to prove myself. If I do anything wrong, you can come over and **fix my wagon**."(Pai Hsien-yung, 2017: 255)

这是阿青向师傅下的"保证"。文中的"说"字,根据上下文,应指"批评"之意,不过语气较为委婉。译者根据自己的解读,将其翻译为"fix my wagon"。该成语有"整人"或"教训"之意。原本是一个政治色彩较浓的表达方式,意指在选举过程中暗中搞破坏的行为,如在车轴上撒沙子或者用工具把轮胎上的螺丝松开,以达到削弱对方政治宣传的企图。这里的"fix"不做修理、维修讲,而是指操纵、控制。因此,"fix one's wagon"的原意为给马车做手脚,后来引申为整人、教训之意。用在这里,无论是在色彩上还是语气上都过重了。可以采用诸如"You can come and give me hell"或"You can come and let me have it"来替代。

文学作品的本质在于其文学性,但是常规语言同样是大量存在的。对于这种因语言而异的表达方式,译者采取了意译策略,即倾向于选择自己所熟知的表达方式,表现了译者的主体性。但这种主体性意识也有过分之时,导致语意在一定程度上出现了偏离。

四、去学术化

葛浩文早期的译作表现出较强的学术化倾向。这种倾向主要有两种促成因素:一是学术研究的需求。葛浩文最初是以研究萧红及其作品而出名的,走的是学术化道路。这种学术化也影响到其翻译风格。葛浩文译介了萧红的多部作品,如前面提到的《呼兰河传》《生死场》《商市街》等。这些作品大都有较长的序言,详尽介绍了作者的生平、作品的风格、主题意蕴等信息。葛浩文在撰写的导读中,论及自传与虚构的关系,萧红的女性视角,并引用萧红自作的小传讲述其逃出家庭的原因,在哈尔滨的流浪,以及《商市街》成书的过程;又从人物、技巧、题材的角度指出《呼兰河传》的自传性质,最后译者总结了女性自传的一些特点,如贬低自我、强调个人扮演的角色、断裂的叙述风格等。因此,译作呈现出较为浓厚的学术性气息。二是与葛浩文供职的期刊或是学术机构有关。在20世纪的七八十年代,葛浩文主要供职于台湾和香港文学译介刊物如《笔会季刊》和《译丛》,以及大学出版社如印第安纳大学出版社。期刊整体的编辑理念和基本原则会牵制译者的策略选择。如殷张兰熙曾明确要求译者“保持作品原有风味,不能译得太外国化”。(夏祖丽,1994:31)如在翻译《尹县长》中的《耿尔在北京》时,葛浩文对其中的文化负载词大多采取了注解的方式,单是这一则短篇就有十条脚注之多,如将小说中“王大嫂”翻译为“Wang

Ta-sao”，并加了一个脚注：“Literally ‘elder sister-in-law’, Ta-sao is used here as a courtesy title”。(Chen Jo-his, 1978：176)(字面意义为“嫂子”之意，这里只是一种礼节性称谓，笔者译。)这种翻译策略主要是受到主编殷张兰熙的影响。这种直译加注解的方式，在后来葛浩文的翻译实践中几乎销声匿迹。

张丹丹以历时的角度对葛浩文英译中国文学脉络进行了表征扫描，发现了葛浩文翻译理念的嬗变。这种嬗变以20世纪90年代为主要分水岭。90年代之前，因为供职于香港中文大学主办的《译丛》、台湾的民间刊物《笔会季刊》，同时服务于一些大学机构，因此译文的学术性气氛较为浓厚，其主要表现为长篇大论式的序言，以及大量的文化注解。进入90年代之后，葛浩文的译介内容和场域发生了根本性的转化，即从被动的学术性翻译模式转为商业性模式，目标语读者也从大学生、研究学者转向了普通读者。完成于1990年的《孽子》英译正是葛浩文转型时期的代表作之一。因此，其采取的去学术化翻译策略也就不足为奇了。就《孽子》的英译而言，这种去学术化倾向主要体现在三个方面：一是文化所指的淡化，二是同性恋语言的归化，三是序言的简化。

(一)文化所指的淡化

“文化所指的淡化”，表现为减少译文注解，甚至不添加任何注解。关于译文的注解，葛浩文认为文学与非文学写作不同，前者的精髓在于可读性、唤醒力，引起情感的共鸣。“然而，它们常因注释过多而滞碍;很多注解非但不必要,反成累赘……翻译家只要用一点点儿想象力,大部分的注解都可以避免。"(葛浩文,2014a:14)在他看来,文学阅读在于获得一种快感,产生一种情感上的共鸣。但过多的注解往往会成为产生这种快感的累赘。葛浩文关注的是,如果不添加注解的话,是否会影响读者对故事情节的了解?他认为,如果不添加注解而并不影响读者对故事情节的理解,则无需加注。如:

例 17."你这几根骨头,在亮给谁看?在师傅面前献宝吗?可知道师傅像你那点年纪,票戏还去**杨宗保**呢!"(白先勇,2010:6)

译文:"Who the hell are you swishing those fragile little bones of yours for?" He mocked him. "Trying to show off your charms for me? When I was your age I could play the role of **Yang Zongbao**! Let's see how much those bones of yours weigh."(Pai Hsien-yung, 2017: 20)

杨宗保即杨六郎的儿子,稍有历史常识的中国读者都能心领神会。杨金法的言外之意是说自己年轻时很厉害,票戏也要演重要角色。葛浩文对这一历史人物采取了音译策略,并未添加任何注解。但是根据人物的语气,读者应该能够判断出这是一位重要的人物。

小说中的几位"孽子",其父辈大都行伍出身。如阿青的父亲曾是一位团长,傅卫的父亲傅崇山也曾官至副师长,而王夔龙的父亲王尚德更是一位显赫的将军,因此小说中自然也会涉及一些军事方面的文化元素。如:

例 18. 我(指傅崇山)亲自教他读古文,一篇《出师表》,背的琅琅上口。(白先勇,2010:250)

译文:I taught him a military treatise by Zhugeliang once, and he committed the whole thing to memory. (Pai Hsien-yung, 2017: 278)

《出师表》出自《三国志·诸葛亮传》,是华人家喻户晓的名篇。它是三国时期蜀汉丞相诸葛亮在北伐中原之前给后主刘禅上呈的表文,阐述了北伐的必要性以及对后主刘禅治国寄予的期望,写出了诸葛亮的一片忠诚之心。傅崇山让儿子傅卫熟读《出师表》,也暗示了其对儿子殷切的希望。译者将其译为“military treatise”直接点名主题,省去了解释的麻烦。对中国历史上杰出的军事家诸葛亮也只是采取了“音译”的方式。但对于普通的美国读者而言,《出师表》并无多大意义。

此外,《孽子》中还涉及诸多传统节日、丧葬礼俗,译者同样采取了这种策略,如:

例 19. “回来这些日子,我一直没有去替爹爹上坟,直到**大七**那一天,我才跟我叔叔婶婶他们一齐上阳明山去……”(白先勇,2010:247)

译文:In all this time I've been back, I stayed away from his grave until the **seventh week** after his funeral, when my aunt and uncle took me up to Yangmingshan. (Pai Hsien-yung, 2017: 275)

原文中的“大七”涉及丧殡习俗,即从死者卒日算起,丧家每隔七天就要举行一次烧纸祭奠活动,共有7次,俗谓“烧七”。一般是“头七”“三七”“五七”比较重要,亲朋也要前来参加祭奠。同样的风俗出现在《台北人》系列中的《思旧赋》里。译者葛浩文将“大七”译为“the seventh week after his funeral”,时间是准确的,但文化内涵缺失。相比之下,译者白先勇在处理这一习俗时则采取了加注的形式,较为详尽地介绍了这一丧葬习俗的仪式及其文化含义。这种节日对于普通美国读者来说意义不大,因此译者只是交代了节日的具体时间,未做进一步阐释。

这是葛浩文对文化所指采取的一种策略,即直译或音译而不添加任何注解。如果读者不明白的话,可以选择直接跳过去。还有一种策略,就是将注解融入译文之中。这种方法可使普通读者不必查阅注解。如:

例20. “我是叫你们阿母送红蛋去的,谁知道你们阿爸红蛋留下,连人也留下了!”(白先勇,2010:37-38)

译文:“I told your mother to pass out the lucky red-dyed eggs to announce the birth of my child, and not only did your father keep the egg, but the messenger as well.”(Pai Hsien-yung, 2017: 53)

在中国传统文化中,“红蛋”一般表示喜庆之意,如结婚或生子,文中指的是后者。译者采取了文内加注的方式,首先在“红蛋”前面添加“lucky”一词表示喜庆,继而在其之后增加了“announce the birth of my child”,具体交代了是何种喜事(喜得贵子)。这种译法既体现了“红蛋”的文化内涵,又避免了不必要的脚注。

文内注解是葛浩文常用的一种策略,它既可以保留文化形象,又能保证阅读的流畅性。再如:

例21. 间或有一下悠长的喇叭猛然奋起,又破又哑。夜市里有人在兜卖海狗丸。(白先勇,2010:18)

译文：Once in a while we heard the urgent sound of a horn, distant, drawn out, cracking, the signal that someone was selling "sea-dogs", an aphrodisiac. (Pai Hsien-yung, 2017: 33)

"海狗丸"是一味传统中药，具有温肾助阳之功效。主要用于肾阳虚引起的腰膝酸软、神疲乏力等症状。结合上下文语境，文中的"海狗丸"意指一种春药。译者首先将其直译为 sea-dogs，保留了"海狗"的形象，然后添加了一个文内注解"aphrodisiac"（即春药之意）。葛浩文的这种做法，既保留了海狗的形象，又保证了阅读的流畅性。

葛浩文对文化所指的处理，经历了从"被迫注解"到主动"去注解化"的转变。这种转变一方面是为普通读者考虑，保证阅读的流畅性以及由此带来的快感，另一方面也体现了译者个性化的翻译诗学以及灵活的翻译技巧。

（二）同性恋语言的归化

在人类社会中，同性恋现象是普遍存在的一种行为模式，古今中外，概莫能外。人们对同性恋的称谓也是五花八门，令外行人眼花缭乱，由此形成了丰富的同性恋语言。在中国古代，对同性恋者的称谓俯拾即是，如"龙阳""断袖""分桃""安陵"等，它们都源自历史上真实的同性恋个案，且有详细的记载。但这些称谓皆属于文人雅士之语，因其讲述的是君王和男宠之间的情爱故事。在古代的民间，对同性恋的俗称也不在少数，如"兔子""兔儿爷""像姑""小唱""香火兄弟""契兄""契弟""契父子""旱路姻缘"等，而女同性恋则有"金兰""菜户”“对食”等。《孽子》作为中国当代第一部同性恋小说，自然不乏同性恋称谓和与之相关的隐喻。这些称谓和隐喻又因地域文化而更加丰富多样。此外，同性恋者因其身份的特殊性，往往需要隐藏自己，从而发展了一套内部使用的不为外界所熟知的暗语。为方便起见，这里将有关同性恋的称谓、隐喻统称为同性恋语言。

在《孽子》中，各种同性恋语言均有不同程度的涉及。需要指出的是，故事发生的时代背景是在20世纪六七十年代的台湾，当时西方的同性恋话语尚未引进台湾社会。因此，文中的同性恋话语具有浓厚的传统特色和地域特征，如“兔儿”指男同性恋者，“小幺儿”指男妓，“干爹”指的是包养者，“契弟、契兄”指因同性恋结成的兄弟，“屁精”则是对同性恋者侮辱性的称呼，等等，由此形成了一种浓厚的同性恋文化语境。但这些语言在译入语中没有对应的表达方式，葛浩文于是想到了去同性恋酒吧探个究竟。葛浩文在回忆这段经历时是这样描述的："最有意思的是，小说里的一些同性恋圈子里的用语，我知道一定得翻译成最恰当贴切而也通行的英文，当时又没有网络可以查询，想来想去，只好去问作者，先勇说他也不清楚。要是我没有记错的话[①]，我们最后是决定去旧金山的一个同性恋酒吧，和同志们聊天，他们都非常乐意协助，所以我和先勇两人就把小说里的中文说法用英文解释给他们听，他们帮我们想出最合适的英文对等词。”（葛浩文，2015：176）由

① 笔者就“去同性恋酒吧一事”向作者白先勇核实，白先勇说自己没有去过。看来葛浩文是真的记错了。

此可见，这些同性恋语言是在作者白先勇以及同性恋酒吧里的同性恋者的协助下完成的。具体翻译情况可参见下表。

表5.2 《孽子》中主要同性恋语言及其英译(部分)

中文	英译
“**小兔崽子**，快给我过来。”（白先勇，2010：70）	“Hey, you **little queer**, get over here.”(Pai Hisen-yung, 2017: 87)
“你是‘0’号吗？” 胖警官颇带兴味地问道，（同上：179）	“You must be the **fuckee**, **not the fucker**,” he commented. (ibid., 202)
“**屁精！屁精！**”他一边骂，一条铁链子劈头盖脸就刷了下来。（同上：76）	You know what he hit me with? A chain from his truck! “**Fag! Fag!**” he screamed as he beat me with that chain. (ibid., 94)
小玉么？找到一位华侨**干爹**啦。（同上：50）	Little Jade? He found himself an overseas Chinese **sugar daddy**.”(ibid., 67)
三水街的**小幺儿**最喜欢说鬼话。（同上：170）	The **hustlers** from Three Rivers Street loved to tell ghost stories. (ibid., 192)
有的倒是一群玉面朱唇巧笑倩兮的“**人妖**”。（同上：275）	Here you will find only a group of pretty-faced, scarlet-lipped **fairies**. (ibid., 303)
有一个广东佬要认我做**契弟**，他拿了一件开什米的绒背心，香港货，要送给我。（同上：302）	One Cantonese wanted me to be his **bosom buddy** and offered me a Hong Kong made cashmere sweat. (ibid., 333)

表5.2系文中涉及的主要同性恋语言及其英译，现就其文化内涵及在译文中的呈现进行说明。

兔崽子：在通常语境中，“兔崽子”是一句骂人的粗话，相当于英语中的“son of a bitch”。但有时根据对象的不同，其语义色彩也不尽相同，如大人骂小孩“兔崽子”，虽然粗俗，但并无贬义色彩。原文是杨金发杨教头对自己的同性恋徒儿的习惯称呼。因此，这里的“兔崽子”应该具有双层意义，即嗔怪和同性者兼而有之。古人认为“兔”望月而孕，血统不纯，故以“兔”斥责淫乱之女性。至清代则又专指男宠，以“兔崽子”喻指娈童，具有贬义色彩。此外，“兔儿”“兔儿爷”也可隐喻男同性恋者。“兔儿爷”本是一位中国传说中的神，专司人间男性同性恋感情，常出现在一些文学作品中，如袁枚的《子不语》。葛浩文将“兔崽子”译为“queer”（今译“酷儿”），该词在20世纪80年代末的美国刚刚流行起来。“queer”本意为“变态的、异常的、行为古怪的”，是一个长期以来被用来贬低同性恋者的字眼，也常被用作名词以指称同性恋者、双性恋者、跨性别者、易装者、虐恋者等。但自20世纪80年代末90年代初，这个词被一批性激进派借用来概括其理论（即酷儿理论）。他们故意以“queer”自称，以颠覆主流价值对该词的负面解释。“20世纪90年代，‘queer’一词被赋予新的意义，成为LGBT群体的统称。”（Kulic, 2000）因此，其语义色彩发生了一定的变化。译者借助刚刚在美语中流行的“queer”一词来翻译“兔崽子”，无形之中拉近了与英语读者之间的距离。

“1”号与“0”号：在同性恋语言中，以数字来隐喻特定的含义是常有的现象。如“419”，取自英文口语“for one night”（一夜情）的谐音。同理，数字“1”隐喻男同性恋中担当夫妻角色中丈夫的一方，而数字

“0”则隐指担当妻子的一方，“0.5”指的是在男同性恋者的性生活中，做“1”或是做“0”皆可的一方。数字“1”和“0”在同性恋英文中对应的表达方式分别是“top”与“bottom”。但从译文来看，译者并没有保留原文形象而含蓄的说法，而是生造了一个词“fuckee”来替代“0”。英语中并没有这个词语，但可以推测，译者是根据“fucker”这一单词仿造出来的。（这种以“er”，“ee”结尾而意义相反的成对词语在英文中有很多，如“employer”“employee”。）这种表达更加直白，但在一定程度上弱化了原文的含蓄意义。盖因当时“top”与“bottom”尚未流行起来所致。

屁精：文中的“屁精”是对男妓的一种隐性称呼，尤其是女性化男子。他们向同性男人出卖自己的色相，为社会所歧视。赵本山在小品《不差钱》中曾经使用“屁精”一词，著名性学专家李银河指责其侮辱同性恋者，认为赵应该向公众道歉。李银河因其性研究学者的身份反应有些过度，因为赵本山所谓的“屁精”指的是“马屁精”。但由此可看出“屁精”在同性恋话语中强烈的贬义色彩。小玉的后爹这样咒骂小玉是在发泄自己的私愤，因为小玉曾用毒药陷害过他。译者将“屁精”翻译为“fag”，起到了类似的效果。“fag”即“faggot”之缩写。该词原意为“柴把、束薪”，但也有男同性恋之意，含有较强的贬义色彩，这是有历史渊源的。基督教其中的一条教义是明确反对同性恋的，因为这种形式的恋爱不能繁衍后代，是对既存价值观念的威胁。基督教成为罗马国教之后即规定，对同性恋者一律判处死刑。1828 年，在英国一项新的法案中重新规定：任何与人或动物从事鸡奸行为者，需要重罚处死。“在法国，放弃了火烧女巫的陋俗之后，有很长时期改为火烧同性恋者。”（刘达临和鲁龙光，2005:9）这种野蛮的风俗在欧洲许多国家曾甚为流行。“在西罗马帝国，同性恋者要被判火刑。”（李银河，1998:367）这或许让人联想到中世纪教会严惩同性恋的情形，把同性恋者处以火刑，像柴把一样烧掉。译者采用的“fag”一词就其贬义色彩而言，取得了与“屁精”大致相近的效果。

干爹：传统意义上的“干爹”是“义父”的俗称，即非亲生父亲而拜为父之名者。近年来因为桃色事件频出，“干爹”也指年轻女性的年长情人。但在同性恋语言中，“干爹”一词具有包养男童之意，与传统意义存在差距。文中说小玉又找到“干爹”了，其实就有包养之意，当然这种包养具有同性恋意义上的关系。一般意义上的“干爹”其对应的英译是“godfather”或“foster father”，这里的“干爹”显然与常规意义不同。译者根据特定的同性恋文化内涵将其译为“sugar daddy”。“sugar daddy”在西方社会里，指有钱的成熟男士。他们通常事业有成，寻找年轻貌美的女性作为伴侣，慷慨的赠送物质财富。从这个意义上来讲，“干爹”译成“sugar daddy”更能贴近同性恋的文化内涵。所不同的是，这里的年轻美貌的女性换成了清秀的阳光男孩。

小幺儿：“幺”在汉语中一般指的是排行最小的，如幺妹、幺弟、幺叔等。在有些地区，“幺”还表示亲切之意，如在川渝一带，子女不论男女长幼，父母都会称其为“幺儿”。特别是独生子女，家中长辈称其为“幺儿”，以表达疼爱之情。情侣之间也可互称“幺儿”。在旧时官府中，“小幺”则指地位低下的小差役。此外，“幺儿”旧时还有年轻娼妓之意。文中的“小幺儿”指的是流浪公园里的年轻的同性恋男娼，是一种委婉的说法。译者将其译为“hustler”（男妓），在语义上相近，但逊于原文之含蓄。

人妖：现在所谓的“人妖”一般指泰国专事表演的具有女性特征的男性，他们自小服用雌性激素，导致其外表女性化。这一类人往往被称之为“人妖”。在英语中人妖被称为“lady boy”或“she-male”或音译为“kathoey”。而小说中的“人妖”一词是小报记者对男同性恋者的蔑视，嘲笑那些桃面朱唇的同性恋者。译者并没有将其译为“lady boy”，而是译为“fairy”。在英语中，“fairy”除了指称“仙子、精灵”，还可指具有女性化倾向的男同性恋者，不过具有一定的贬义色彩。

契弟：在旧社会，广东一带色情泛滥，有“珠江风月”之称。男风又称为“南风”即源自于此。在清朝末期，更是盛行“龙阳断袖”之风。一对情投意合的同性恋者大都上契为兄，下契为弟，以“契哥”“契弟”相称，既可掩人耳目，又能附庸风雅。这在古典小说《红楼梦》中多有描述。“沉湎于龙阳之好者，大多是有钱有势之辈，自居上位，称契哥。被狎弄者，多是戏班中的旦角，大户人家的男童，总之是穷家子弟或生活无依之人，故称契弟。”（叶景致，1999：6）在古代，闽人酷重男色，无论贵贱，各以其类相结，长者为契兄，少者为契弟。可见，“契弟”这一称谓具有丰富的文化含义。因此，译者将其译为“bosom buddy”（即亲密伙伴之意），虽然词义很美，但在文化色彩上存在偏差。

文中的同性恋语言既有传统的表达方式，又有现代意义上的隐晦表达，这些特有的表达方式是同性恋文化的一部分。同性恋用语对于葛浩文来说，是一片较为陌生的领域，在网络并不发达的年代，葛浩文只能去同性恋酒吧寻求同性恋者们的帮助。限于篇幅,这里列举了七个较为典型的称谓、隐喻,分析了它们的文化内涵,并就其英译进行了评析。分析发现,译者主要采取了英文中固有的和新兴的同性恋语言,迎合了目标语读者的审美视野。

(三)序言的简化

去学术化的另外一个表现是,序言的简化。前面提到,葛浩文早期的作品译介走的是学术化道路,序言大都较长,对作者生平、作品主题、语言风格等大都有详细的交代。在转向商业化模式时,序言大都简化甚至省略。《孽子》的英译虽然也有序言,但极为简单。在译者序中,葛浩文对一些文化元素的翻译进行了简单的交代,序言的基本内容如下:

> 在台湾,同性恋群体被称为"玻璃圈",可以直接译为"glass community",在本译作中我们采用的是"crystal boys"(水晶男孩)。由于台湾受日本影响极深,许多日本词汇已经融入其中成为一种常态,如"欧巴桑"("大妈""老女人"),"様"("先生"),"嗨"("是的""好的")。中国特有的称谓,一套等级鲜明而复杂的体系,在译文中则被简化并竭力保持一致,如"老爷"只是简单地译为"Papa"。"老"与"小"在中文里是一种亲切的称谓,不像英文具有"诋毁"之意。小说中的专有名词采取的是拼音方式,已经被接受的拼写方式如

Sun Yat-sen（孙中山）、Nanking（南京）、Chungking（重庆）、Taipei（台北）、Kaosiung（高雄）则予以保留。

在序言中，译者首先交代了同性恋在台湾的称谓"玻璃男"，并将其译为"水晶男孩"，这也是《孽子》的英文标题，但并未陈述其中原因。第二点交代的是日语词汇在译文中的保留情况。台湾由于遭受日本长达半个世纪的统治，再加上皇民化教育的推行，因此很多日语词汇逐渐融入到台湾日常生活之中，成为一种语言特色，如在小说中对"大妈"一般称呼为"欧巴桑"，译者并没有将其翻译为"aunt"或是"nanny"，而是保留了日语发音"Obasan"。类似的情况还有"樣"，日语中的"樣"系指"先生"，如文中提到的"林茂雄"，杨金法称呼他为"林樣"，即林先生之意，译者将其翻译为"Lin san"，保留了日语的发音。此外，"嗨"也是日语影响之一种，即"是的，好的"之意，译文中保留它的日语发音"hi"。至于称谓，葛浩文同样也采取了简化的方式，因为中文里的称谓过于复杂，如若照单全收恐怕会给读者造成混乱。序言中，葛浩文提到的是傅崇山傅"老爷子"的翻译，译者将其统一译为"Papa"，便于读者记忆。由此可见，《孽子》的序言基本和学术性无关，作者简介、作品的文化背景、文学史意义等概付阙如。序言只是就翻译策略进行了简单的交代。这与其早期的长篇累牍式的学术性序言形成了鲜明的对比。

《孽子》是葛浩文翻译转型时期的代表译作，从学术化翻译模式转向商业化模式，读者也从大学生、研究人员转向普通读者。因此，译者刻意简化了对作品、作者长篇累牍式的介绍，对文化所指不添加注解，或是采取文内注解的形式，使之融入到译文之中，保证阅读的流畅性和快感。

第三节　译者与作者的互动：译文初稿的修订

葛浩文曾形容作者与译者之间是一种“不安、互惠惠利，且偶尔脆弱的关系”（朱自奋，2014）。幸运的是，葛浩文与大部分作者的合作都是比较愉快的，而且保持了良好的友谊。这种情况同样体现在《孽子》的翻译始末。由于白先勇中英文俱佳，这种“互惠互利”的关系体现得尤其明显。据白先勇回忆，在《孽子》翻译的整个过程中，译者葛浩文一直主动与他保持联系，请教一些疑难问题。此外，葛浩文翻译完初稿之后，还交由作者白先勇审阅。2018年夏，笔者借白先勇来南开讲学之际对他进行了简短地采访。采访期间，白先勇向笔者透漏，针对葛浩文《孽子》的初译，他曾提出过很多问题，并亲自改过几处。但因为时间太久，已经记不清是哪些问题了。后来笔者就译文初稿的情况，再次咨询作者白先勇。他在邮件中是这样回答的：

> 当初葛浩文翻译《孽子》，他的初稿都给我看过，有几个台湾同志圈内的行话，他不甚了解，我跟他解释过，因为时间太久，我记不得有哪几处我修改过。但我记得他翻译傅老爷

子安葬的那一场,我的原文相当激昂高调,他的译文太平(flat)了,我建议他改用高调(high-flown style),他后来改了,改的不错。这是全书相当关键的一场,必须显出其文字力量。

白先勇之所以记得"送葬场景"的修改,是因为该部分为小说最关键的一处场景描写。但是葛浩文在初译时并没有把握住作者独特的文体风格,译文显得过于平淡(flat)。而白先勇认为必须用高调的(high-flown style)语言译出,才能显示出其文字力量。后来,葛浩文听取了白先勇的建议,对初稿进行了较大的修改。遗憾的是,译文初稿因为年代久远,已经无从考证。这里我们只能根据最终的译文来分析其是如何实现原文的高昂基调的。限于篇幅,这里只能引用部分片段。

例 22. 十二月冬日的夕阳已经冉冉偏西,快降落山头了,赤红的一轮,滴血一般,染得遍山遍野,赤烟滚滚,那些碑林松柏通通涂出了一层红晕,山顶的狗尾草好像在红色的染缸里浸过似的,我们身上的白孝服也泛起了一片夕晖……王夔龙大概爬山爬急了,兀自在重重地喘息。他一脸发青,他那一双炯炯的眼睛,像两团黑火似的,烧得在跳跃……(王夔龙)他的呼嚎,愈来愈高亢,愈来愈凄厉,简直不像人发出来的哭声。好似一头受了重创的猛兽,在最深最深的黑夜里盘踞在幽暗的洞穴口,朝着苍天,发出最后一声穿石裂帛痛不可当的悲啸来。那轮巨大的赤红的夕阳,正落在山头,把王夔龙照得全身浴血一般。王夔龙那一声声撼天震地的悲啸,随着夕晖的血浪,沸沸滚滚往山脚冲流下去,在那千茔百冢的山谷里,此起彼落的激荡着。于是我们六个人,由师傅领头,在那浴血般的夕阳里,也一起白纷纷地跪拜下去。(白先勇,2010:300－301)

译文:The December sun was setting in the west and would soon disappear behind the hill; it was staining the countryside with its blood-red rays. The gravesontes, the pine trees were all enveloped in a pale red mist. Weeds on the crest hill looked like they' d been immersed in a vat of red dye, even our white mourning robes were tinged with the color of the setting sun... we knew he' d run up the hill by the way he was breathing so heavily. His dark eyes, set deeply in his pale face, were dancing like they were on fire... The sound of his crying, increasing in volume and mournfulness, barely seemed human. He was a wounded animal, his agonizing death cry shattering the night calm as it rose to heaven from a deep, dark cave. The bright red setting sun was sinking behind the hill, bathing Wang Kuilong in its blood-red waves. His agonizing cries were swept down by the bloody waves into the valley below, where they surged back and forth. The rest of us, following the chief' s lead, fell to our knees on the ground, wisps of white, washed by the blood-red rays of the setting sun. (Pai Hsien-yung, 2017: 330)

原文生动地描绘了一个令人震撼的血色黄昏,如“赤红的夕阳”“赤烟滚滚”“浴血一般”“夕晖的血浪”“浴血般的夕阳”。这些“红”与“血”的反复出现,与白色的孝服形成了强烈的反差和视觉冲击,渲染了一个极为悲壮肃穆的场面。除了自然环境的描写，还有人物神态与动作的刻画，如王夔龙的眼睛“像两团黑火似的，烧得在跳跃”，他那“穿石裂帛般的悲啸沸沸滚滚”冲流下去，形成了“跌宕回旋”的山谷回音，生猛的文字摄人心魄，表现了人物极度悲伤的心情。肃穆的环境描写，人物的悲啸，纷纷跪拜的动作，象征着“孽子”们内心痛苦的宣泄，以及对精神之父的最高敬意。白先勇生性细腻，但也有情感爆发之时。刘俊称这种风格为“绵密中有狂烈”。(2013:214)但是葛浩文的初译过于平淡，经白先勇的建议进行了修改，才保存了原文高调的风格。我们发现，修改后的译文整体上保留了原文的主要信息，且再现了原文绵密中有狂烈的风格，如“bright red setting sun”“blood-red waves”“bloody waves”“blood-red rays”，表现了血色黄昏的悲壮场景。此外，译者对王夔龙“穿石裂帛痛不可当的悲啸”换成了“agonizing death cry”，极为痛苦的死亡呐喊，虽形象不同，但同样表现了人物内心撕裂般的痛苦。最后一句“白纷纷地跪拜下去”的译文“fell to our knees on the ground, wisps of white”也较为传神。“wisp”有“缕”之意，如“wisps of smoke”，将“白纷纷”译为“wisps of white”生动地刻画了跪拜时整齐而又有动感的形态，与后面的“blood-red rays of the setting sun”形成强烈的视觉冲击。但在有些地方，译文表现仍然稍有不足，如“赤红的一轮，滴血一般，染得遍山遍野，赤烟滚滚”一句的译文“it was staining the countryside with its blood-red rays”，缺乏原文的气势，仍然显得平淡，而且“遍山遍野”似乎也不应该译为“countryside”(乡村)。不过从整体来看，译文经过修改之后还是在一定程度上再现了原文的"高调"风格。

由上可见,作者白先勇对译文的修订起到了一定的完善作用,也再次证实了葛浩文与作者之间积极的互动意识。在葛浩文翻译的众多台湾文学作品中,《孽子》是其感觉非常满意的一部。"后来小说翻译出版后,书评也非常好……"(葛浩文,2015:177)《孽子》的英译获得了较大的成功。除了译者丰富的翻译经验,精湛的翻译水准,严谨的翻译态度,其与作者的互动与协商同样也发挥了不可或缺的作用。

第四节 小结

本章主要从《孽子》的英译缘起、译者的策略选择以及译文初稿的修订分析了葛浩文英译《孽子》的译者模式。从分析来看,葛译《孽子》几乎没有出现任何的增改、删节等现象,即便是最细腻的场景描写在译文中也得到了完整的呈现。在具体的翻译策略方面,主要有直译、意译、创译以及去学术化等。针对因言语而异的表达方式,葛浩文主要采取了直译翻译策略,旨在保存原文的风格特征,如果直译不能奏效,则以创译作为补充。对于因语言而异的差异,译者侧重于意译策略,采取了英文中习语性、时代感较强的表达方式,旨在迎合读者的审美需求。不拘泥于原文句法或习惯用法,以及淡化译文的学术性。所谓淡化译文的学术性,系指省去长篇大论的序言,以及减少各种注解,或者使之融入到译文之中,这也充分体现了葛浩文从被动的学术性翻译到商业化翻译的过渡。同时，译文较为完美的呈现，也得益于作者白先勇的协助，这也反映了葛浩文英译台湾文学与大陆文学不同的一面。葛浩文擅长与作者互动与交流，如与莫言、苏童、毕飞宇等之间的书信往来。但是这些交流仅限于对原文的探讨，因为作者英文水平所限无法对译文提出建设性的意见。这与葛浩文与白先勇之间的互动有着本质性的差异。与大陆作家不同的是，台湾作家大都中英文俱佳，能对译文做出审美性的评判，提出建设性的意见。

第六章 《纽约客》的英译：译者－编辑的合作模式

短篇小说集《纽约客》主要是通过学术性期刊《丛刊》进行译介的，收录在《丛刊》2017 年推出的《白先勇专号》(No. 40)里，共计五篇。除此之外，该专辑还译介了白先勇的几篇学术性散文。这些散文性的评论文章对了解白先勇的创作思想以及文体风格起到一定的补充作用。为保证翻译质量，《丛刊》采取了译者－编辑的合作模式，即选聘翻译经验丰富的汉学家或海外华人为译者，同时由三位编辑共同负责译文的修订工作。本章拟借助英译底稿、修改稿、定稿以及笔者与译文编辑之间的通信往来，分析《丛刊》编辑对译者的规范性要求与实现情况，考察不同编辑对译文的修改及效果，以探讨这种译者－编辑合作模式的意义所在。

第一节 《丛刊》译介《纽约客》的缘起

《丛刊》英译白先勇的《纽约客》与该期刊的宗旨及选材标准有着

很大的关联。因此，这里有必要首先交代一下有关《丛刊》的背景信息，再追溯其英译《纽约客》的具体因由。

一、《丛刊》概述

《丛刊》是1996年时任加州大学圣塔芭芭拉分校东亚语言文化研究系教授的杜国清创建的一份译介台湾文学的学术刊物。《丛刊》的创办与特定的社会文化背景有着密切的关联。随着1987年台湾当局戒严令的取消，台湾的文化意识增强，其中表现之一就是台湾文学的定位问题，文学界人士在不断思考着如何让台湾文学在世界文坛上发出自己的声音。愿望固然美好，但是道路艰难而曲折。主编杜国清回忆起要在当时向欧美学界推介台湾文学的实践时，感觉根本就是一种奢谈。但他同时也意识到，20世纪90年代也是西方世界不得不承认华人世界逐渐发挥其政治影响力的时代。他认为不论是大陆文学，还是台湾文学，以及其他地方用汉语书写的文学，都是华语文学重要的组成部分。基于这种认识，杜国清在加州大学圣塔芭芭拉分校的“跨学科人文研究中心”首先设立了“世界华文文学论坛”(Forum for the Study of World Literatures in Chinese)，将台湾文学纳入华文文学之内。这样既保持了台湾文学的共性即作为华语文学的一部分，又彰显了台湾文学的独特性。正是在此种背景下，杜国清一手创办了《丛刊》，其宗旨在于“将台湾本地的作家和研究者对台湾文学本身的看法介绍给英语世界的读者，以期促进国际上对台湾文学的发展和动向，能有比较切实的认识，进而加强从国际的视野，对台湾文学加以研究”（《丛刊》封面语）。

《丛刊》前 3 期即从 1996 年至 1998 年是以年刊形式出版的。自 1999 年起，因为获得了台湾文建会更多的资助，遂改为半年刊出版。然而由于后来出版机构的变更，以及为了更有效地推动台湾文学的译介，并为西方高等学校及图书馆提供收藏，在 2011 年第 27 期至 2015 年第 35 期，《丛刊》改为由公益机构“美国台湾文学基金会”出版。自 2015 年第 36 期开始，该期刊又与台湾大学出版中心联合出版，进一步扩大了发行渠道。《丛刊》以“台湾文学”为题，每期以一位台湾作家或一种文类为主题出版英译作品与相关研究、文献或评论文章。这就涉及《丛刊》的翻译选材以及英译《纽约客》的缘起。

二、英译缘起

自 1996 年 8 月至今（截至 2020 年 12 月），《丛刊》共出版 46 期，因为发行渠道的不同，以及目的语读者的考量等因素，选材翻译内容也不尽相同，大致可以分为前期和后期。刊物自 1996 年 8 月至 2010 年 1 月为止，共出版 26 期，可视为前期，是由美国加州大学圣塔芭芭拉分校跨学科人文科学中心所下属的世界华文文学研究中心负责选稿、翻译和出版。每一期都有一个主题或译介重点，刊登内容及选材包括三大文类（小说、散文、诗歌），以及与该主题相关的中文评论之英文翻译。换言之，前 26 期《丛刊》中的译介内容不仅仅是纯粹的台湾

"文学作品",也包括英译与每期相关文学的研究论文与文献。然而自从2011年第27期至今,每期改为专辑,可视为后期。每期专辑依据主题,在选材翻译上以特定的作家作品之不同文类为英译选材,不再英译他人对该专辑之特定作者或作品的评论或学术研究文献。如上所述,由于文类选择内容在第26期之前与27期之后不尽相同,然而每期的主题却非常明确。徐菊清(2018)将这些主题分为七大类:一是台湾文学释义,二是原住民相关主题,三是台湾土地与人民主题,四是台湾自然环境,五是台湾独特人文、历史及地理,六是台湾历史与事件,七是台湾作家作品专辑选集。而《纽约客》的英译无疑属于第七类。这些作家专辑包括"翁闹与巫永福专辑"(第27期)、"龙瑛宗专辑"(第28期)、"张文环专辑"(第29期)、"钟肇政专辑"(第33期)、"吕赫若专辑"(第34期)、"钟理和专辑"(第35期)、"李乔专辑"(第36期)、"杨逵专辑"(第38期)、"王文兴专辑"(第39期)、"白先勇专辑"(第40期)。从第27期的"翁闹与巫永福专辑"到第40期的"白先勇专辑",几乎每个人在台湾文坛皆有不可动摇的地位,可以追溯到日据时期的赖和、吴浊流、龙瑛宗、张文环、吕赫若、杨逵,继之以战后的钟理和、钟肇政、叶石涛、李乔等台湾文坛翘楚,最近几期则聚焦于20世纪60年代台湾大学外文系在创办《现代文学》的过程中崛起的现代派作家如王文兴、白先勇。由此看出,从日据时期作家依序译介至当代作家之作品选集,杜国清旨在用文学英译重构台湾不同时代作家与作品的文学史。

因此不难理解,2017年《丛刊》的夏季号推出了《白先勇专号》

(No. 40)是这一系列主题的延伸。根据杜国清在序言中的陈述,我们得知译介《纽约客》更为具体的原因:《丛刊》在2017年推出的是台湾现代文学系列,分别选取了两位代表性人物的作品,即第39期的《王文兴专号》和第40期的《白先勇专号》。王文兴是台湾现代文学的代表人物,也是《现代文学》的重要作家之一。《现代文学》另外一位重量级的人物无疑就是白先勇了。而之所以选择《纽约客》,是因为白先勇的其他作品大都得到完整的译介。《丛刊》翻译选材的根本原则之一就是译介未经译介的作品,同时也是为了纪念白先勇八十寿辰。杜国清与白先勇曾经共同创办过《现代文学》杂志,过从甚密。同时正值《丛刊》创刊二十周年,因此推出《白先勇专号》也具有特殊的纪念意义。

第二节 《纽约客》的英译译者与译文编辑

《纽约客》的英译主要采取了译者-编辑的合作模式,其英译的顺利完成,是诸多译者与编辑齐心协力的结果。现就译者、编辑的构成进行简要的介绍。

一、译者构成

杜国清作为《丛刊》的主编,主要负责文本的选择、译者的选聘等工作。凭借自己的学术地位以及由此建立的人脉关系,杜国清招募到一批志同道合的知名译者。他们大都为知名汉学家或海外华人，都有着长期从事文学翻译的经验，以及扎实的学术素养。《丛刊》的每期译者都会有不同程度的变化，这主要是主编杜国清根据作品的性质和风格进行的统筹安排。《纽约客》的英译一共涉及五位译者，他们分别是葛浩文（Howard Goldblatt）、林丽君、罗德仁（Terence Russel）、饶博荣（Steven Riep）和黄瑛姿（Yingtsih Hwang）。其中，罗德仁作为英文编辑也参与了《纽约客》的翻译。

Tea for Two 的译者为葛浩文，被誉为“西方首席汉语文学翻译家”，退休前为圣母大学（University of Notre Dame）研究讲座教授，是目前英文世界地位最高的中国现当代文学翻译家。关于他的情况，前面已经有较为详尽的交代，兹不赘言。

Danny Boy 的译者为林丽君，即葛浩文第二任妻子，美国加州大学伯克利分校比较文学博士。在迁居科罗拉多州之前执教于圣母大学，主要研究方向为现当代中国文学与文化，并与葛浩文教授合作翻译出版了多部获奖作品，这些作品有朱天文的《荒人手记》（*Notes of a Desolate Man*，1999），阿来的《尘埃落定》（*Red Poppies*，2002），李永平的《吉陵春秋》（*Retribution: The Jiling Chronicles*，2003），施叔青的《香港三部曲》（*City of the Queen: A Novel of Colonial Hong Kong*，2005），李昂的《迷园》（*The Lost Garden*，2006），毕飞宇的《玉米》（*Three Sisters*，2009）、《青衣》（*The Moon Opera*，2010）、《推拿》（*Massage*，2014），刘震云的《我不是潘金莲》（*I Did Not Kill My Husband*，2014）、《我叫刘跃进》（*The Cook, the Crook and the Real Estate Tycoon*，2015），等等。

而且由他二人合作翻译的朱天文的《荒人手记》,曾获得2000年美国翻译者协会颁发的年度翻译奖(National Translation Award)。

《骨灰》的译者为饶博荣,是杨百翰大学中文和比较文学副教授,现承担中国现当代文学、电影、文化、高级商业语言和比较文学课程。其研究兴趣包括:残疾研究,独裁政权下的文化生产、战争、记忆和文学以及生态批评。可见饶博荣研究兴趣较为广泛,不仅限于文学,还包括战争、记忆、商业等非文学体裁。饶博荣为《丛刊》翻译了大量的作品。

《谪仙怨》的译者为黄瑛姿,是加州大学蒙特雷分校国防语言学院(Defense Language Institute)的教授,也是著名汉学家陶忘机(John Balcom)的夫人,现已退休,目前主要服务于《丛刊》的英译工作。黄瑛姿曾与丈夫陶忘机合作翻译了诸多文学作品,如杨牧的《奇莱前传》(*Memories of Mount Qilai: The Education of a Young Poet*,2015)、《台湾土著作家作品选集》(*Indigenous Writers of Taiwan: An Anthology of Stories, Essays, and Poems*,2005)等。

经上面的简介可知,《纽约客》的译者大都为翻译经验丰富的汉学家或海外华人,而《丛刊》选聘他们也是有着一定的标准和要求的。根据译者的背景介绍可知,主编杜国清选取的都是翻译经验较为丰富的译者,这也是其选择译者的根本原则之一。那么除此之外,是否还有更具体的要求呢?笔者就这个问题咨询过主编杜国清,他在邮件中这样回复道:

> 关于《丛刊》译者的选择，以作品的性质和译者的翻译经验为主要考虑。如您所说的，选择译者有一定的针对性。如葛浩文翻译 *Tea for Two*，因为他曾经翻译过《孽子》，而且主题也都围绕着同性恋现象，对白先勇的语言风格也较为熟悉，等等。

可见，《丛刊》选择译者并非随意而为，而是具有一定的针对性。葛浩文翻译 *Tea for Two* 是因为他之前曾翻译过白先勇的《孽子》，对其文体风格较为熟悉。诚然，这种针对性只是大体上的一种对应，要做到每一个译者都能适应文本的特定风格不太现实。但是我们也由此看出《丛刊》主编对译者选择的慎重态度。另外一方面，杜国清也善于发现翻译人才，为《丛刊》培养后起之秀，如在推出的《白先勇专号》中，有一篇《〈现代文学〉创立的时代背景及其精神风貌》，其英译就是由留美博士生蒋林珊完成的。

二、编辑构成

为保证译文质量，《丛刊》选聘编辑对译者的初稿进行统一修润。《丛刊》的编辑共有三位，即英文编辑罗德仁，主编杜国清，以及文字编辑费雷德。

1. 主编杜国清

杜国清，高中毕业之后，考入台湾大学哲学系。之后转入外文系，开始与创刊《现代文学》的年轻作家交往，其中就包括白先勇、王文兴等后来的文学巨擘。杜国清在该刊曾发表了由其翻译的西方现代文学和评论的文章，如艾略特的代表作《荒原》以及对艾略特的文学评论。1964 年，杜国清参与了《笠》诗社的创办。从台大毕业以后，杜仍活跃在《笠》诗社，发表了相当数量的诗作以及诗论。1966 年从军队退役之后，杜赴日求学。在关西学院大学念硕士学位，专攻日本现代诗，尤其是西胁顺三郎（1894—1982）的作品。获取硕士学位之后，杜国清又辗转至美国，在史丹佛大学攻读博士学位，师从刘若愚，专治中国诗学和文学理论。1974 年从史丹佛大学毕业之后，杜国清开始任教于加州大学圣塔芭芭拉分校东亚语言文化研究系，目前在该校任教已有四十余年。现任加州大学圣塔芭芭拉分校“赖和吴浊流台湾研究”的讲座教授（Endowed Chair），同时兼任该校台湾研究中心主任。

杜国清具有多重身份：诗人、学者与译者。作为诗人，杜国清出版了《岛与湖》《望月》《心云集》《情劫》等诗集。作为学者，他出版了较有影响力的学术论文集，如研究晚唐诗人李贺的英文专著。作为译者，其名望是建立在 20 世纪六七十年代对现代主义和诗论的中文翻译上的，尤其是对艾略特和波特莱尔作品的译介。他翻译的《恶之华》至今仍在华语世界中发挥着较为重要的影响。尤其是，杜国清对台湾文学各领域常年的涉猎、研究和发现，不但广泛深入自成一个体系，显示出十分独特的识见，从而使得他以一种宏观的视角保证了《丛刊》选材的客观性，突出了选材的国际视野。同时，杜国清通过学术交流建立起来的学术人脉为招募译者提供了有利的文化资本和象征资本。

杜国清长期在美国教书，从事学术研究，再加上其丰富的翻译经验，这种资历对译文的编辑也起到了很大的帮助作用。

2. 英文编辑罗德仁

除了主编杜国清之外，《丛刊》还聘有英文编辑，其主要职能是对不同译者的初稿进行修润，以保证译文的准确性和地道性。《丛刊》的现任英文编辑为罗德仁。在此之前，《丛刊》的英文编辑是拔苦子（Robert Backus）教授，是杜国清所属东亚语言文化系的同事兼挚友。拔苦子是加州大学圣塔芭芭拉分校东亚语言系的日语系教授，于1966年加入圣塔芭芭拉分校任教，直至1992年退休。1996年，杜国清创办了《台湾文学英译丛刊》。在杜的邀请之下，拔苦子教授欣然允诺担任英文编辑。杜国清与拔苦子的紧密合作长达十八年之久，直到后者于2014年去世才被迫终止（即从《丛刊》的第1期到第35期）。

拔苦子去世后，极为伤感的杜国清曾想一度终止《丛刊》，此时罗德仁伸出了援助之手，主动请求接任英文编辑一职（从《丛刊》第36期开始）。罗德仁是加拿大籍汉学家，比利时哥伦比亚大学硕士，后在澳大利亚国立大学获得中国古典文学博士学位，现任加拿大曼尼托巴省立大学亚洲研究中心教授兼代理主任。罗德仁早期从事中国道教文学的研究，并翻译了诸多相关的文学作品。近十几年来，罗转变了研究方向从事现当代中文文学的研究，尤其关注原住民文化主题意识的兴起及其社会与文化关系的进展。罗德仁在从事中国现代文学研究的同时，也不断将相关作品翻译出来，可以称得上是“研究什么，翻译什么”的学者型译者。这些作品既有台湾土著文学，也包括汉族文学，如山东籍作家张炜的代表作《蘑菇七种》(*Seven Kinds of Mushrooms*)、《九月寓言》(*September Fable*),还有最近出版的台湾原住民作家霍斯陆曼·伐伐的长篇小说《玉山魂》(*The Soul of Jade Mountain*)。2009年,罗德仁应杜国清的邀请首次担任《丛刊》的客座编辑,编辑了一期台湾原住民文学。2015 年,他在拔苦子教授辞世后正式接任该期刊的英文编辑。多年来的翻译实践以及较重的编辑任务使他认识到翻译工作的重要性以及英文编辑的特殊意义。除了负责译文初稿的修订,罗德仁必要时也参与翻译工作,如在推出的《白先勇专号》一辑中就参与了《平安夜》的翻译工作。

3. 文字编辑费雷德

除了英文编辑罗德仁,还有一位文字编辑参与《丛刊》的修订工作,他就是《多伦多星报》"言论版"(Opinion Page)的资深编辑费雷德(Fred Edwards)。《多伦多星报》创建于 1892 年,隶属于加拿大星岛传媒集团,是加拿大发行量最大的英文报纸。《星报》内容广泛,涵盖财经、体育、娱乐、博客、生活、旅游、求职等,深受市民喜爱。除了编辑《星报》之外,费雷德还担任过英文《北京周报》(*Beijing Review*)的顾问编辑(1989—1990、2000—2001 年),还曾与加拿大汉学家黄恕宁(Shuning Sciban)共同编辑过小说选集《蜻蜓:20 世纪中国女性作家小说选》(*Dragonflies: Fiction by Chinese Women in the Twentieth Century*, Cornell East Asia Program, 2003)以及《无休止的战争:王文兴小说与散文选》(*Endless War: Fiction and Essays by Wang Wen-hsing*, Cornell East Asia Program, 2011)。2015 年费雷德从《星报》卸任之后,经《丛刊》主编杜国清邀请决定出任该期刊的文字编辑。与罗德仁、杜国清不同的是，费雷德对译文的修改是在不对照中文原文的情况下进行的，因此可以避开原文表层结构的干扰，使之更加符合译入语规范。

这三位编辑虽然职责不尽相同，却是一个有机的整体。他们共同参与译文的修订工作，以保证其准确性和较高的可读性。

第三节 《丛刊》对译者的规范性要求

《丛刊》译介的内容复杂而多样，仅凭一人之力难以完成，因此期刊本身的性质决定了需要诸多译者的参与，才能保质保量按期完成。但是每位译者的翻译理念又不尽相同。鉴于此，主编杜国清与英文编辑罗德仁提出了一些基本的规范性要求。笔者就此咨询了罗德仁，他在信中是这样回复的："《台湾文学英译丛刊》是以现代美加英语为译文标准。当然，在那个大范围里有许多变异……"又补充道："我们觉得英译本要准确，英文要顺畅，还要尽量保存原文的风格和历史背景的气氛。除此之外，没有太复杂理论性的需求。"根据笔者的观察，同时结合编辑罗德仁的意见，我们可以大体总结出《丛刊》基本的翻译规范要求，主要有两点：在语言层面，以现代英语（美加）为基础，注重译文的可读性；在文化层面，注重译文的学术性与教育价值，因为《丛刊》主要针对的是对台湾文学感兴趣的学者以及在校大学生。

一、语言层面:以现代美加英语为标准

《丛刊》以现代美加英语为基础,注重译文的可读性。诚然,在此范围内存有诸多变异。因为译者的成长经历、教育背景以及个人偏好等,都会影响其习惯用法或个性化措辞。换言之,译者只要译的没有错误,在尊重原文风格的前提下,可以不必受原文的拘束。如:

例 1. 仔仔是夏威夷来的第三代日裔,本名叫光树正男,一双单眼皮的细长眼,泛满了桃花,有几分秀媚,是个可人儿。有几位四五十岁的中年常客便是冲着他来的。这群老山羊喜欢找仔仔胡诌,吃他的豆腐。仔仔精乖,一把嘴甜如蜜,把那群老山羊个个哄得乐陶陶,于是大把大把的小费便落入了他的口袋。那群老山羊都是有来头的,那座两百多磅留着一把山羊胡子的大肉山是纽约大都会歌剧院的名导演,米开蓝基诺的拿手戏是普契尼的《蝴蝶夫人》。(白先勇,2016:106)

译文:Sonny, whose real name was Mitsuki Masao, was a sansei Japanese-American from Hawaii. He had long, thin, single-fold eyes, brimming with allure, and was, all in all, a charming, lovable boy. He was the reason so many men in their forties and fifties were regulars, a bunch of old goats who liked to tell tall tales and flirt with him. Sonny was a witty boy whose ability to sweet-talk people thrilled the old goats, who filled his pockets with extravagant tips. The old goats were all well-heeled, including the renowned stage director at New York's Metropolitan Opera, Michelangelo, a mountainous, goated man whose signature offering was Puccini's *Madame Butterfly*. (Pai Hsien-yung, 2017: 5)

这段叙事文字以短句居多,偏于口语化。而且俗语和模糊性语言也较多,如"冲着他来的""胡诌""乐陶陶""吃豆腐""有来头的""拿手戏"等。这对译者无疑构成巨大的挑战。但整体来看,译文非常地道、流畅,具有个性化特征。如"泛满了桃花"的英译,"泛满了"暗含了人物的秀媚和俊俏,译者采用了"brim with"(溢出),得原文之神韵,"桃花"令人想起了古诗中的"人面桃花",但英语中没有类似的联想,于是译文采取了"allure"(吸引力,诱惑力),这与"冲着他来"形成了逻辑上的照应。"有来头的"语义也较为模糊,但据上下文推测应该指的是明星大腕一类人,但用"有来头的"较之"明星大腕"显得自然、随和。译文同样采用了口语化的表达方式"well-wheeled",该词意指"富有的,穿着考究的",与文中表达含义较为契合。"都冲着他来的",译者采用变通的手法将其处理为"he was the reason so many men were regulars",是一种意义层面的忠实。

另外,像"仔仔精乖,一把嘴甜如蜜,把那群老山羊个个哄得乐陶陶"的译文"Sonny was a witty boy whose ability to sweet-talk people thrilled the old goats"处理得也较为巧妙。嘴甜如蜜变为"sweet-talk people","thrilled"(使得激动、兴奋)足以表现出老山羊乐陶陶的神态。"拿手戏"在汉语中是非常通俗、形象的说法,在英文中可以有多种译法,如"good at" "excel in""one's specialty""one's masterpiece",等等,但译者采用的却是"signature offering"。"signature"其本意为签

名,但也可表达“极具个人风格和特色的”,如“signature dish”即为“招牌菜”之意。因此,“拿手戏”译为“signature offering”,形象而地道。

经笔者向编辑罗德仁核实,这段文字的译文初稿并没有经过修改。《丛刊》以现代英语为基础,同时尊重译者的个人风格。即便译者没有遵从原文的表层结构,只要译文准确、流畅,编辑也会尊重其个性化的用词。这种要求使得译者的主体性得以充分发挥。

二、文化层面:注重学术性与教育价值

在行文方面,《丛刊》注重译文的流畅与地道,使之具有较高的可读性。同时作为一份学术性刊物,主编还要求译文体现一定的学术性与教育价值,因其针对的读者,主要是在校大学生以及对台湾文学感兴趣的学者。这种学术性与教育价值主要表现在文化所指的翻译上,具体表现为直译、直译加注解两种策略。

(一)直译

在《纽约客》系列中,涉及较多文化元素的有《骨灰》和《夜曲》两篇。这两则短篇涉及战争、文革等题材,因此不乏那个时代特有的表达方式,如“红卫兵”干校”“老虎凳”“七十六号”“刽子手”“走狗”,等等。这些文化负载词反映了那个时代的社会文化背景,构成了一种浓厚的文化语境。在译文中如何处理这些元素关系到小说的基调。《夜曲》是白先勇和叶佩霞合作翻译的,刊登在《笔会季刊》上(1982 年夏

季号），并未收录于《丛刊》中。因此，这里重点分析《骨灰》的翻译。在小说《骨灰》中，白先勇以对话形式，把中华民族近半个世纪的悲剧不露声色地表现出来，令人感受到历史的沉重。而贯穿其中的历史事件和相关的文化元素便起到了推动故事情节和展现主题的作用。对于这些具有浓厚历史文化背景的事件、人物，译者主要采取了直译，或直译加注解的方式。如：

例2. “你那时骂我骂得好凶啊！”大伯指着鼎立表伯摇头道，“刽子手！走狗爪牙”！（白先勇，2016：73）

译文：“Back then you criticized me relentlessly, calling me things like executioner and running dog of the Nationalist Party”, my uncle said, pointing at Uncle Dingli and shaking his head. (Pai Hsien-yung, 2017: 95)

“刽子手”“走狗爪牙”都是彼时颇为流行的话语。“走狗爪牙”系指为坏人效力的党羽、帮凶，或民族败类，是抗战时代和文革期间特有的骂人方式。这里是“表伯”对“大伯”的咒骂，因为后者是忠于国民党的军官，曾逮捕甚至暗杀过不少民主人士。可以说，“走狗爪牙”是那个时代叛徒、党羽等的文化标签。通常语境下，“走狗”可以译为“lackey”。但是这里译者却将其直译为“running dog”，还原了当时的历史语境，契合了时代背景。笔者的分析也得到了编辑罗德仁的证实：“对于‘流浪狗’或‘lackey’，我认为这两个术语对于受过良好教育的美国人来说都是可以接受的。但是‘running dog’也许是首选，因为研究现代中国的人士对此很熟悉。在毛泽东时代的著作中，就有很多地方提到‘美帝国主义走狗’。”①

（二）直译加注解

对于《骨灰》中涉及具有特定意义的历史、文化所指，译者倾向于直译，如直译不能奏效，则采取直译加注解的方式予以补充。如：

例 3. 大伯在一次锄奸行动中，被一个变节的同志出卖了，落到伪政府“特工总部”的手里，关进了“七十六号”的黑牢里。大伯在里面给灌凉水，上电刑，抽皮鞭子，最后坐上了老虎凳。（白先勇，2016:67）

译文：During a campaign to ferret out Nationalist spies, my uncle was ratted out by a turncoat comrade of his and fell into the hands of the secret police of the Wang Jingwei puppet government, who locked him away in the dungeons of the number 76 Prison. He was tortured by having icy cold water poured over him, by electric shocks, by whipping and ultimately by being put on the tiger bench.

Note: "tiger bench" was a form of torture in which the victim was tied in a seated position, legs outstretched, to a wooden bench with a vertical backrest. Bricks were placed under the heels in order to create pressure on the knees. (Pai Hsien yung, 2017: 88)

---

① In the case of "running dog" or "lackey", I think both terms would be acceptable to educated Americans. However, "running dogs" is perhaps preferred because it is familiar to people who study modern China. There are many references to "Running dogs of American Imperialism" in Maoist era writing.

小说提及抗日战争时期的一些事件、人物、组织机构，如“锄奸行动”、伪政府特工总部“七十六号”，甚至还包括特殊惩罚如“老虎凳”，这些信息在译文中大都得以保留。“老虎凳”是旧社会特有的一种刑具，通过对双腿和膝盖关节施加人体无法承受的压力如增加砖块以达到折磨、拷问受刑者的目的。译者对“老虎凳”采取了直译加注的翻译策略，介绍了此刑法的步骤及其后果，使英语读者对其残酷性有一个基本的认识。

这种涉及历史背景信息的语词或表达方式还有很多，译者大都采取了详略不等的注解。再如：

例 4. 我告诉他，我做学生时，在哥大东方图书馆看到不少早年“中国民主同盟”的资料，尤其是民国二十五年他们“救国会”请愿抗日、“七君子”章乃器、王造时等人给逮捕下监的事迹，我最感兴趣。（白先勇，2017：70）

译文：I told him that when I was a graduate student at Columbia, I had a chance to read many historical documents on the Democratic League in the university's East Asian library. I was most interested in the National Salvation Association's 1936 petition to resist the Japanese and materials related to the arrest and imprisonment of Zhang Naiqi, Wang Zaoshi, and the other Seven Gentlemen. (Pai Hsien-yung, 2017: 95 – 96)

Note: The "Seven Gentlemen" were seven pro-democracy activists who were arrested by the Nationalist government in 1936.

文中提到的历史人物和机构组织，如“救国会”（National Salvation

Association)、“七君子”(Seven Gentlemen),同样采取了直译或加注的形式。如对“七君子”的注解。其大意为:他们是七位民主斗士,在1936年被国民政府逮捕。历史上的七君子,系指被国民党当局逮捕的爱国会人士沈钧儒、邹韬奋、李公朴、章乃器、王造时、史良、沙千里。他们是爱国会领导人,要求国民党停止内战,释放政治犯,要求与中共建立抗日民族统一战线。这种注解交代了当时的历史背景,在一定程度上还原了文中的历史背景。

《骨灰》除了涉及与“文革”、战争等有关的人物、事件、组织机构之外,还涉及一些历史典故。这些典故对推动故事情节发展、表现人物境遇起到了推波助澜的作用。对此,译者同样进行了注解。如:

例5. 田将军画马出名,他的画在唐人街居然还卖得出去,卖给一些美国观光客,他自己打趣说他是“秦琼卖马”。(白先勇,2016:68)

译文:He would often teasingly say that he was in the same boat as the warrior Qin Qiong, who was in such a desperate spot that he had no choice but to sell his horse. (Pai Hsien-yung, 2017: 90)

Note: Qin Qiong (571 – 638), also known as Qin Shubao, was a general who assisted in the founding of the Tang Dynasty (618 – 907). He was known for his bravery and ferocity.

“秦琼卖马”,是国人熟知的成语典故,意指英雄落难。原文借此典故来形容田将军的落魄。曾经叱咤风云的田将军,如今只能靠卖些字画为生,可谓英雄末路,这与秦琼卖马的经历有相似之处:同是将军,一位卖马,一位卖画。译文不仅有文内注“who was in such a desperate spot that he had no choice but to sell his horse”，表明该成语的内涵，还以脚注的形式简要介绍了秦琼这一历史人物：此人是一位将军，曾辅佐成立唐朝，以英武、彪悍闻名遐迩。译文不仅完整，而且注解也准确到位。

《骨灰》浓厚的历史意蕴，体现在历史人物、事件、组织机构甚至那个时代特有的表达方式中。译者对此大都采取了直译或直译加注解的方式，体现了一定的学术化倾向。罗德仁认为：“至于历史所指，我们鼓励使用这些脚注，因为我们认为该期刊将用于教育场合，并且学生将从这些解释中受益。期刊的读者对象是大学和学院的学生以及可能正在学习文学的学者。该期刊力图提供准确、易读的译文，但对准确性和教育价值更感兴趣。”①

分析发现，《纽约客》的译者无论是在保存译文的完整性上，还是表现原文风格上，大都践行了《丛刊》的基本要求，体现了译文的可读性，兼顾学术性与教育价值。但正如英文编辑所说，译者虽然大都为母语译者或是经验丰富的华人译者，难免不受原文表层结构或字面意义的影响。因此需要编辑对译文进行把关。

---

① As for footnotes on historical references, these are encouraged because we assume that the journal is to be used in educational situations and students will benefit from the explanations. The audience for the journal is intended to be students in universities and colleges, as well as scholars who may be studying literature. The journal tries to provide accurate, readable translations, but it is a little more interested in accuracy and educational value.

第四节 《纽约客》的译后编辑

《纽约客》的英译者大都为母语译者或是海外华人，译文的整体质量是有着充分保障的。但是尽管如此，译者难免在原文的理解上存有偏差，或受原文思维的影响，导致译文存在不同程度的问题。那么《丛刊》的三位编辑是如何对译者的初稿进行修改和润色的呢？其效果如何？这是本节着重要解决的问题。

一、《纽约客》译后的编辑流程

译后编辑，对于提高《丛刊》的整体质量，是非常重要的一环。笔者就这个问题咨询过主编杜国清与副主编（即英文编辑罗德仁）。主编杜国清委托罗德仁答复了笔者的问题。现将回复内容转述如下：

> 《台湾文学英译丛刊》是以现代美加英语为译文标准。当然，在那个大范围里有许多变异。译者的出生地区，教育背景等，都会影响他/她的英语用法。当作英文编辑，我只好按照我身为英文读者的经验来修改译者不自然或者不标准的句子和用词。虽然我们大部分译者的母语是英文，翻译的时候难免不受原文中文的干涉。有时候需要一个第三者才

会感觉到这个干涉问题。因此，我修改的第一个原则是要求真正顺畅的现代英文为基础。

第二个重要原则是要对中文作者写作的特色敏感，然后尽量通过英文的表现方法再现那个特色。比如说，在写《纽约客》那系列小说的时候，白先勇采用一种受纽约同志社群风格的影响来写他的故事。所以，修改英译的时候我尽量模仿那个风格。为此我要了解那个社群的口语和用词，也要考虑到他们的社会和经济背景等。当然这样的修改过程不能算百分之百的科学化，只是尽所能的去做。

我修改译文以后就寄给一个长期做报纸编辑的人，让他再次修改不通顺的地方。他对英文语法，标点符号等，很熟悉。他跟我不一样的是，我一定要对照英译和原文的中文，他通常不看中文，只是注意到英文的问题。有时候如果有我们不能解决的问题，我们会问杜老师，或者问译者他们的想法。偶而也会打听作者的意见，但是那是很少的例子。

我，另外那个英文编辑和杜老师都修改完了，就寄给英译者，让他/她们再看一次。如果他们不同意我们的修改，我们会进行一种谈判过程来决定哪种翻译最适合。最后请大家再看一次确定没有错误，然后寄给出版社。①

① 这是编辑罗德仁发给笔者的邮件，信的内容是用汉语书写的，笔者只是抄录于此。

概括来讲,《丛刊》的编辑流程共涉及四个步骤:第一步,罗德仁作为英文编辑,首要的任务就是确保译文的准确性与流畅性。虽然《纽约客》的译者构成大都是以英语为母语的西方人士,但是也会受原文行文的影响,因此译文难免会出现不通顺之处,需要英文编辑的介入。第二步,罗德仁将修改稿交给主编杜国清,就疑点与难点征求他的意见。第三步,主编杜国清与罗德仁修改完之后,将修改稿交给第三方编辑费雷德再次进行润色。无论是译者,还是编辑罗德仁,都是对照中文原文开展工作的。可以想象,他们仍然无法完全摆脱原文表层结构的影响,受影响的程度可能有所不同。因此,需要一位文字编辑对译文进行最后的审阅。这位文字编辑就是前文提到的费雷德。费雷德作为第三方不必对照中文,只是就译文本身进行加工,使之更加地道,符合目标语读者的审美期待。第四步,主编将初定稿返回到译者那里。如果译者同意编辑作出的修改,则无需复议。如果有异议,则召集译者进行协商,以寻求最佳的翻译方案。

由此看出,译文编辑的组织与流程是非常严谨的,同时也体现了对译者的尊重。那么经过层层修改的译文到底如何呢?且看下面的分析。

二、译文编辑罗德仁对初稿的修订

经笔者一再请求,仁慈的英文编辑罗德仁提供了若干经过不同编辑修润的典型片段。从其提供的文本来看,这些修改涉及诸多方面的内容，有修改幅度较大的段落、篇章，也有个别词汇、短语等细节问题。经笔者梳理，编辑罗德仁就以下方面对译文进行了改进，即准确性、地道性、审美效果等。①

（一）准确性

“译文要准确”是《丛刊》遵循的原则之一。但是文学作品的翻译要想做到准确性并非易事，语法便是其中之一。根据罗德仁的编辑经验，语法问题通常出现在非母语译者身上。如：

例6. 可是留华，我要告诉你，那一刻，我内心却充满了**一种说不出的激动**，那是我到纽约三年来，头一次产生的**心理感应**。（白先勇，2016：94）

初稿：Shaohua, I felt **an indescribable emotional turmoil** at the moment, my first such **mental** reaction since coming to New York three years ago.

修改稿：Shaohua, I felt **indescribable emotional turmoil** at the moment, my first such **psychological reaction** since coming to New York three years ago. (Pai Hsien-yung, 2017: 51)

修改稿涉及两处修改，一是去掉了“an”，二是将初稿中的“mental reaction”改为“psychological reaction”，后者可能是由于译者疏忽所致。

---

① 为保护译者的隐私，下面的分析隐去了译者姓名。但在必要时，会指出哪些是母语译者，哪些是非母语译者。

这里重点谈谈第一处的修改。原文是"一种说不出的感动",译者在"indescribable"前面加了一个an,其最终修饰的是"turmoil",从表面来看似乎并无不妥。笔者就这个问题咨询了罗德仁的意见,他是这样回答的:"不好意思,我不能准确地解释这个问题。但是我认为这里的'a(n)... turmoil'在语法上是不正确的,或许在其他情况下还可以,但用在这里不行。"①笔者查证了《新牛津英语词典》对单词"turmoil"的解释:"[mass noun]. A state of great disturbance, confusion, or uncertainty: the country was in turmoil, he endured years of inner turmoil"(2003:1996)。即是说,"turmoil"一般情况下作不可数名词,从字典所举之例即可看出。诚然,表示不同种类时也可以有复数形式。因此结合具体的语境,这里罗德仁将"an"去掉是合情合理的。

这些语法问题的产生,主要是受原文思维的影响所致。还有一种错误属于断句问题,不易察觉,但却影响到整句的逻辑关系,甚至表达效果。如:

例7. 到了十四号那天晚上,丹尼的气息愈来愈微弱,有两次他好像停止了呼吸,可是隔一阵,又开始急喘起来,喉咙里不断地发着滴滴的声音,好像最后一口气,一直断不了。(*Danny Boy*,白先勇,2016:97)

初稿:On the fourteenth, his breathing grew increasingly weaker, and seemed to stop completely a couple of times, but he began to gasp, and a

---

① I'm sorry, I can't explain exactly why, but"a(n)... turmoil"seems grammatically incorrect to me. Maybe in certain cases it might work, but here, it feels wrong.

rattle emerged from his throat, but death would not come.

修改稿：On the fourteenth, his breathing grew increasingly weaker, and seemed to stop completely a couple of times. He began to gasp, and a rattle emerged from his throat, but death would not come. (Pai Hsien-yung, 2017: 54)

两相对比可以发现，编辑只是去掉了初稿中的第一个“but”，同时换为句号。根据原文，这个“but”似乎并没有什么问题，但是随后又出现了一个“but”。两个“but”的连续出现，容易造成逻辑上的混乱。实际上，原文中的“可是”仍然是在强调病人的严重程度，译者采用转折意味较浓的“but”多少有违原意。基于这种认识，编辑重新断句，只保留最后一个“but”。这样，前半部分强调病人的严重程度，后半部分则突出其虽生犹死的状态。

根据底稿，笔者发现语法问题在初稿中都不同程度的存在着，甚至资深译者也难以幸免。这些语法错误有碍译文的整体效果。经过编辑罗德仁的努力，译文的语法错误大都得到了修正。

（二）地道性

罗德仁编辑的另外一个原则，就是要保证译文的地道性。无论是华人译者还是母语译者，受原文的影响而致使译文过分拘泥是常有之事，这就是罗德仁所谓的“原文的干涉”。如：

例 8. **“公主——”他乜斜了醉眼含糊地叫道，然后和她咬着耳朵咕哝起来。**黄凤仪一把将中年男人推开，她斜歪了头瞅着他，**突然，**

她娇笑了起来嗔着他道:“你急什么? 老蜜糖!”(白先勇,2016:35)

初译:**“Princess—” he shouted, his drunken eyes narrowed, then he whispered in her ear.** Huang Fengyi pushes the man away, tilts her head, and looks at him. **Suddenly, she laughs charmingly, somewhat annoyed, said**:“What's your hurry? Old Sugar Daddy!”

修改稿:**His drunken eyes narrowed, he calls out indistinctly. “Princess...” then he mumbles something in her ear.** Huang Fengyi pushes the man away, tilts her head, and looks at him. **Suddenly, she laughs charmingly, and says peevishly**:“What's your hurry? Old Sugar Daddy!”(Pai Hsien-yung, 2017: 114)

两相对比可以发现,罗德仁对初稿进行了多处修订。首先是句式的调整。如第一句话,译者遵从原文结构将其翻译为“he shouted, his drunken eyes narrowed, then he whispered in her ear”,但这样做使得后半句稍显冗长。编辑将其置于句首,不仅取得了平衡,也更符合当时的场景。从语义上来讲,修改后的译文也更准确、地道。如将初稿中的“he shouted”改为“call out indistinctly”。“call out”淡化了这一粗鲁语气,而且“indistinctly”(模糊的,微弱的)的添加更增加了言说者迷离之情调。此外,“咬着耳朵咕哝起来的”修改稿“he mumbles something in her ear”也较“then he whispered in her ear”更符合当事人的醉酒状态的情形。最后,对“她娇笑了起来嗔着他道”的修改也较独特。初稿“she laughs charmingly, somewhat annoyed, said”在语义表达上并没有问题,但编辑采用了两个对称结构,即“laughs charmingly, and says peevishly”,节奏感更强,也更具表现力。

此外,受原文影响而致使语义不清或表达不地道的现象,在母语译者上也难以幸免。如:

例 9. 堂嫂背地里骂了大伯一句:“那个老反动!”大伯却听见了,连夜逼着伯妈便搬了出去。(白先勇,2016:68)

初稿:**Behind my uncle's back, my cousin's wife cursed him, referring to him as "that old reactionary!"** When my uncle overheard her, that very night he nagged my great aunt until **she agreed in moving out.**

修改稿:**My cousin's wife cursed my uncle behind his back, referring to him as "that old reactionary!"** When my uncle overheard her, that very night he nagged my great aunt until **she agreed to move out.** (Pai Hsien-yung, 2017: 89)

编辑就初稿做了两处修改,开头一句和最后一句。初稿将“Behind my uncle's back”置于句首,明显是受到原文结构的影响,这种译法拉长了与人称代词“him”的距离,容易造成指代不明,即“him”到底指代的是谁不甚清楚。罗德仁调整了句式将谓语前置,改为“My cousin's wife cursed my uncle behind his back”,这样语义较之初译更加清晰。第二处修改涉及语法问题,即原文最后一句的翻译。译者在初稿中将“连夜逼着伯妈便搬了出去”翻译为“that very night he nagged my great aunt until she agreed in moving out”。编辑罗德仁认为问题出现在后半部分的“she agreed in moving out”。因为在英文中,“agree in doing sth."不成立。

学界人士一般认为译入较译出更具优势,其译文也一定地道、流畅。罗德仁的编辑经验表明,事实未必尽然。再如:

例 10. 正式场合,一定要把他那套深蓝色的毛料中山装拿出来,洗熨得干干净净的,穿在身上。(白先勇,2016:66)

初稿:He still kept his hair cut short as was the army style, and on formal occasions he would without fail get out his navy blue wool Sun Yat-sen suit, **wash clean and press it, and put it on.**

修改稿:He still kept his hair cut short as was the army style, and on formal occasions he would without fail get out his navy blue wool Sun Yat-sen suit, **then painstakingly clean and press it before putting it on.** (Pai Hsien-yung, 2017: 87)

初稿与修改稿最大的区别在于最后一句的翻译上。稿紧贴原文,而且也较为流畅,似乎并无不妥。但细究起来,就会发现问题的症结,原文强调的是"一件事情",而非一系列的"先后动作"。初稿"wash clean and press it, and put it on"明显受到汉语时间顺序(chronological order)的影响,在英语中并不这么说。编辑对此进行了纠正,把最后的"and put it on"改为"before putting it on"使之更加符合译入语规范。同时,还将初稿中的"wash clean"改为"clean",使之从副词变为动词,和后面的"press"保持一致,读来节奏感更强。

（三）审美效果

有些译文虽然准确，也较为流畅，但是审美效果欠佳。必要时，罗德仁同样进行了雕琢。这种审美效果体现在词语、句式、乃至时态等层面。

1. 语汇

有时初稿不仅正确，读来也较为自然，但是个别词汇表达欠佳，对此编辑同样进行了加工处理。如：

例 11. 摆在中间一张放大的黑白照，是个赤身露体十来岁的男孩背影，男孩圆滚滚的屁股**翘得高高的，背景是一片湖水，灿烂的阳光把湖水都照亮了。**（*Tea for Two*，白先勇，2016：115）

初稿：In the center was a black-and-white photo of a naked teenaged boy with his back to the camera, his buttocks full, round, **raised high**. In the background was a lake, its waters sparkling in the bright sunlight.

修改稿：In the center was a black-and-white photo of a naked teenaged boy with his back to the camera, his buttocks full, round **and prominent.** In the background was a lake, its waters sparkling in the bright sunlight. (Pai Hsien-yung, 2017: 12)

初稿并无任何信息的遗漏，读来也非常流畅，编辑只对一处进行了修改，即"翘得高高的"。译者将其译为"raised high"，应该说是非常忠实于原文的。但是编辑却将其改为"prominent"，这种改动是出于一种美学效果，因为"buttocks"后面跟的是两个形容词"full""round"，但是此后出现的一个动词短语"raised high"显得有些隔阂,罗德仁将其改为形容词"prominent",是为了保持节奏上的一致性。此外,在英文中,"prominent"除了表示"重要的、杰出的、显著的",还可以表示物的凸现,这里形容人的屁股自然有一种诙谐的意味。改后的译文将三个修饰语连在一起,审美效果更佳。

2. 时态

对于母语译者或是长期居住在海外的华人而言,时态似乎不是问题。然而这里谈论的时态并非局限于个别句式,而是一种整体上的关照,与小说主题息息相关。如:

例 12. 一个十分肥大的女人走到黄凤仪背后,一把搂住了她的腰,在她脸上狠狠地亲了一个响吻。肥胖女人穿了一件粉红的长裙晚礼服,头上耸着一顶高大的浅紫色假发。(白先勇,2016:33)

初稿:A large, fat woman walked up behind Fengyi, grabbed her by the waist and planted a big kiss on her face. The fat woman was dressed in a pink evening gown and wore a large, light purple wig.

修改稿:A large, fat woman walks up behind Fengyi, grabs her by the waist and plants a big kiss on her face. The fat woman is dressed in a pink evening gown and wears a large, light purple wig. (Pai Hsien-yung, 2017: 112)

初稿与定稿最大的区别在于,初稿为过去时,而定稿则改为一般现在时。《谪仙怨》描写的是女主人黄凤仪在中西文化冲突下自我放逐,以至于自我毁弃的凄惨故事。黄凤仪在上海时曾是官宦人家的千金，可是离开上海来到了纽约之后，却成了“谪仙”，即由天上的人间上海到了落魄的人间纽约。在纽约，处在两种文化思潮的夹缝之中，黄凤仪在自甘堕落中沉沦挣扎。对于从过去时态改为一般现在时态，罗德仁是这样解释的：

> 故事的第一部分是一封家信，并没有采用现在时态，但第二部分采用的是现在时态。现在时态的一个好处就是，它给人对主人公身上发生的事情有一种更亲近的感觉。叙事部分似乎指向一种非常不幸的未来，所以采用一般现在时会对眼前的情景有一种更直接的感受。换言之：故事讲的是正在发生的事情（而非过去），而未来并不看好。①

即是说，采用一般现在时能使读者有此情此景之感，更能表现事件的常态化，预示着未来的灰暗。

从所举之例来看，修改后的译文其审美性更进一步。但是诚如罗德仁所言，他修改译文还是采取中英对照的方式，无法完全摆脱原文思维的影响。因此，还需要一位文字编辑进行最后的审校。

---

① The first part of the story, which is a letter, isn't in the present tense, but the second narrative part is. Present tense here gives the reader a more intimate sense of what is really happening in the life of the main character. The narrative seems to point towards a rather unhappy future, so that also makes it better if the reader has a sense of the present, imminent situation. In other words, the story says, "This is what is happening right now (not in the past), and the future doesn't look good."

三、文字编辑费雷德对修改稿的审阅①

主编杜国清与罗德仁修改完之后，便将其交给另外一位资深的报社编辑再次审阅，即前文提到的费雷德。与罗德仁不同的是，他修改译文并不对照原文，从而避开了原文的干扰。从罗德仁提供的有关费雷德的修订案例来看，主要体现在规范性和审美性两个方面。

（一）规范性

费雷德是加拿大《多伦多星报》“议论专栏”的资深编辑，精于句法、修辞、体例等。他的主要任务，就是使译文更加符合译入语规范，包括标点符号、短句、语法、甚至大小写等。如：

例 13. **这种多头观点**，西方小说中已有很多。像福克纳的《声音与愤怒》，透过三兄弟和一个老佣人的叙述，说出一个**美国南方**家庭的故事。这三兄弟，大哥有自杀倾向，二哥三十多岁了，却只有幼儿的心智，是个白痴，**只有小弟是正常的**。（白先勇，2000：303）

初稿：There are many instances of **this type of** multiple perspective narration in Western literature. Faulkner's The Sound and Fury tells the story of a family in the **American south** with three brothers and an old

---

① 因为费雷德对小说部分的修改较少，这里借用了散文的翻译底稿予以说明。

servant. Of the three brothers, the oldest is suicidal and the second is more than thirty but has the mind of a child, an idiot, **only** the youngest is normal.

修改稿:There are many instances of multiple perspective narration in Western literature. Faulkner's The Sound and Fury tells the story of a family in the **American South** with three brothers and an old servant. Of the three brothers, the oldest is suicidal and the second is more than thirty but has the mind of a child, an idiot. **Only** the youngest is normal. (Pai Hsien-yung, 2017: 146)

对比可以发现,费雷德对初稿进行了三处修改。第一是将"this type of"删除。可能是受到原文"这种多头观点"的影响,译者在初稿中将"这种"翻译出来,但在译文中"this type of"显得多余,它似乎暗示还有其他类型。第二处是将美国南方的译文"American south"改为大写的"American South"。在英文中,north、south、west、east 在泛指方向时一般不大写,但如果指地理概念时,则要大写,如"Middle East"(中东地区)、"Wild West"(荒野的西部)。原文中的美国南方,显然属于地理概念,故费雷德将其改为大写的"South"。第三处修改涉及断句问题。"只有小弟是正常的"在原文中是一个分句,初译为"**only** the youngest is normal"。但费雷德却将其改成一个独立的句子,"**Only** the youngest is normal"。这种修改起到了强调的作用,给读者以深刻的印象。

（二）审美性

除了规范性，费雷德如若感觉译文不够精练或雅致，同样会进一步润色，使之更具美感。如：

例 14. 像我国唐朝传奇小说《莺莺传》，后来改编为戏曲《西厢记》，同样脍炙人口。明清之后，小说更多，《红楼梦》《三国演义》《水浒传》等，也都曾被改编为国剧或戏曲。西方流传最广的一本书《圣经》，不但有许多故事被改编为电影，它在绘画上也造成深远的影响。（白先勇，2000：302）

初稿：The story of Yingying (*Yingying zhuan*), was later made into a play, Romance of the Western Chamber, winning equally universal praise. Since the Ming and Qing Dynasties there has been even more fiction, *Dreams of the Red Chamber*, *Romance of the Three Kingdoms*, *Water Margin* and so on, that have had each been adapted into Chinese opera and other dramatic genres. In the West, the book that has been spread farther than any other, *the Bible*, has not only had many of its stories adapted to film, but has had a deep and impact on art generally as well.

修改稿 1.（罗德仁）The story of Yingying (*Yingying zhuan*), was later made into a play, Romance of the Western Chamber, winning equally universal praise. Since the Ming and Qing Dynasties there has been even more fiction, *Dreams of the Red Chamber*, *Romance of the Three Kingdoms*, *Water Margin* and so on, that have had each been adapted into Chinese opera and other dramatic genres. In the West, the book that has been **read more widely than any other**, *the Bible*, has not only had many of its stories adapted to film, but has had **a deep and lasting** impact on **painting as well.**

修改稿 2.（费雷德）The story of Yingying（*Yingying zhuan*）, was later made into a play, Romance of the Western Chamber, **which won equally universal praise.** Since the Ming and Qing Dynasties there has been even more fiction—***Dreams of the Red Chamber***, ***Romance of the Three Kingdoms***, ***Water Margin*** **and so on, that have been adapted into Chinese opera and other dramatic genres.** In the West, the book that has been read more widely than any other, *the Bible*, has not only had many of its stories adapted to film, but has had a deep and lasting impact on painting as well.（Pai Hsien-yung, 2017：145）

这段译文初稿是由罗德仁与费雷德先后修改完成的。罗德仁的修改有三处，一处是“西方流传最广的一本书《圣经》”的译文“In the West, the book that has been spread farther than any other”，字面意义与原文对应。但是“read more widely”更符合英语表达习惯。第二处修改的是“深远”的译文。在初稿中，译者只将“深”（deep）翻译出来，忽略了“远”字。罗德仁通过添加“lasting”将其补译出来。费雷德的修改有三处。第一处是将“winning equally universal praise”改为“which won equally universal praise”，此种修改使句意更为清楚，突出强调“which”代表的《西厢记》。第二处是以破折号的形式将几部书名凸显出来。第三处将译文 2 中的"that have had each been adapted into Chinese opera"改为"that have been",显得干净利落一些。

费雷德作为《多伦多星报》的资深编辑,精于英文句法、修辞、标点。他修改译文不受原文影响,单就译文本身进行润色,使之进一步符合译入语规范。

四、主编杜国清对初定稿的审阅

罗德仁修改完初稿之后,便交由杜国清进行审阅。杜国清对照原文、修改稿进行通盘审查,确保译文的准确性和完整性。此外,还就疑难问题召集译者与编辑进行协商并予以定夺。

(一)译文的审阅:是否完整与准确

"全译"是《丛刊》遵从的首要原则,译者对原文不得随意的增删、整合。商业驱动下的翻译模式,出于市场或读者的需求,往往会对原文进行不同程度的增删或改译。但是《丛刊》本身的学术性质和发行渠道(学术机构和大学出版社)决定了它必须首先要做到全译,即主编杜国清所谓的"在翻译上如有任何语意上的出入,自当以原文为主"。但个别译者可能认为个别细节无关紧要,进行了整合处理,杜国清对此进行了纠正。如:

例 15. 安弟和我都喜欢喝奶茶,我们用的是印度大吉岭红茶,那有高山茶的一味醇厚。我们楼下隔壁便是一家法国糕饼店,我和安弟

坐在阳台上，手里擎着那一对银茶杯，一面喝奶茶，一面品尝法国糕饼店各色精巧的水果蛋糕。（白先勇，2016：123）

初稿：We preferred milk tea, which we made with Darjeeling black tea for its rich, high mountain flavor. Along with the tea, we'd eat fruit tarts from the ground-level French bakery next door.

修改稿：We preferred milk tea, which we made with Darjeeling black tea for its rich, high mountain flavor. **There was a French bakery on the ground level next door. We'd sit on the balcony, holding the silver cups, and eat fruit tarts with the milk tea.** (Pai Hsien-yung, 2017: 18)

原文描写了安弟和"我"之间下午饮茶的情景，文笔细腻而生动，诉说着两人之间的浪漫情怀，因而这些细节并非可有可无。但是从初稿来看，译文有整合之嫌，一些重要细节缺失，如最后一句。罗德仁发现了这个问题，于是征求主编杜国清的意见："这句话被压缩了，但我感觉是有意为之的。杜教授，采取直译是否会更好一些呢？"

杜国清思考之后决定采纳其提出的建议进行重译，将原译缺失的部分补全。这一具体的例证再次证实了《丛刊》坚守"全译"的这一基本翻译理念。由此也可看出，主编对译者起到的监督作用。

译文的准确性也是杜国清审阅的重点。这种准确性还体现在文化意象的翻译上。在《纽约客》系列中，文化意象较为突出地体现在《谪仙记》与《谪仙怨》这两篇上。这两篇小说都以"谪仙"开头，是有其深刻寓意的。"谪仙"一词见于西汉刘向《列仙传》中关于瑕丘仲的记载,因其通达幽冥,便被形容为仙人谪居于人间。"谪仙"的基本含义大致可以概括为:仙人被贬于人间之后的一种生存状态。后引申为超凡脱俗的道家人物,犹如自天上被谪居人世的仙人。随着时代的变迁,"谪仙"的文化符号意义也经历了一系列的变化,谪仙渐渐被形容为中国历史中才学绝伦却仕途多舛的文人,如李白、杜甫、苏轼等都曾被称为谪仙。综合来看,谪仙的基本意义可以概括为"仙人被贬入凡间后的一种状态"。《谪仙记》和《谪仙怨》中的女主人公李彤和黄凤仪在上海时都是官宦人家的小姐,可是离开上海到了纽约,却都变成了"谪仙",即由天上的仙境到了落魄的人间。在纽约,她们或在自弃中走向死亡,或在堕落中沉沦下去。李彤貌美如仙,性格高傲,在父母罹难之后流落为异国他乡的孤魂野鬼,并逐渐变得玩世不恭,成为玩弄人生的交际花。这位出身高贵貌若天仙却性格高傲的贵人,却终究难逃悲剧性的宿命。名门之后黄凤仪到纽约之后,迫于生计而沦落为出卖色相的酒吧女,但她仍念念不忘儿时仙女般的富贵生活。此外,"谪仙怨"还是词牌名,其曲调由唐玄宗所创。安史之乱时,玄宗一行车驾临蜀,经马嵬坡因六军不发而赐死爱妃杨玉环。玄宗遂索取长笛吹奏一曲,"其音怨切,诸曲莫比"(李一飞,2002:32),遂以"谪仙怨"命名。由此可见,中文标题具有很高的历史内涵和文化寓意。《谪仙记》的英文名为"*Li tung: A Chinese girl in New York*"。该标题是由作者白先勇翻译的。相较于中文标题,英文标题失之于庸俗。而《谪仙怨》在初稿时被翻译为 ***Prodigy's Complaints***,后来改为 ***the Fallen Angel's Complaint***。笔者对此种变化不解,便去信寻求编辑罗德仁的解释。其回复如下：

> 在一些情况下，用“prodigy”来翻译“谪仙”比较合适，如果“谪仙”主要是指有才华之人的话。而“fallen angel”指的是不仅有才气，而且受到惩罚的人。就这篇小说而言，我认为“fallen angel”比较合适，而译者则坚持认可“prodigy”。而编辑的原则之一是，除非初稿有明显的错误，一般情况下译者应该受到尊重。因此，我编辑的时候仍然保留了“prodigy”。①

杜国清认为罗德仁的建议颇有道理，因此最终采取了“the Fallen Angle's Complaint”这一译法。这个译文比最初的“Prodigy's Complaint”更契合主题。

（二）协调与定夺

在费雷德修改完之后，主编杜国清将初定稿返回到译者与英文编辑那里。就可能存在争议的译文再次进行协商。在这方面，罗德仁提供的案例并不多，但根据仅有的例证也可大体了解这种磋商的过程。如：

---

① In some cases, “prodigy” can be a good translation for“谪仙”if it is mainly referring to the talent of the person, “fallen angel” is someone who is talented, but is somehow being punished. I tend to agree that in this story, “fallen angel”would have been a good choice, but the translator preferred “prodigy”. The principle is that the translator should be respected unless they are clearly wrong, so the title remained “prodigy”.

例 16. 手指虽然是盲目的,但亦是最敏感的,因为充满了感觉细胞,是心的触角,是感情的前哨。而且,“手指”亦是最好色的(sensual),所以经常“分泌着欲望的黏液”。(白先勇,2000:207)

初稿:Fingers may be blind, but they are very sensitive, because they are replete with sensory cells; they are the antennae of the heart, the sentries of the emotions. The fingers also are the most **sensual** and **as such** frequently “secrete the viscous fluid of desire”.

修改稿(费雷德):Fingers may be blind, but they are very sensitive, because they are replete with sensory cells; they are the antennae of the heart, the sentries of the emotions. The fingers also are the most **lustfully sensuous** and **as such** frequently “secrete the viscous fluid of desire.”

定稿(译者与编辑的协商):Fingers may be blind, but they are very sensitive, because they are replete with sensory cells; they are the antennae of the heart, the sentries of the emotions. The fingers also are the most **sensuous** and **thus** frequently “secrete the viscous fluid of desire”. (Pai Hisen-yung, 2017: 155)

费雷德将原文的“sensual”改为“lustfully sensuous”。修改此处时,费雷德这样写道:“wording missing? The most sensual what?”“sensual”在原文中是以括号的形式出现的,译者直接将其搬到译文中来。在费雷德看来,“the most sensual”这种表达方式有所欠缺,读来不完整。于是改为“the most lustfully sensuous”。但在最后的定稿中,我们看到,编辑与译者协商之后将“the most lustfully sensuous”改为“the most sensuous”，同时将“as such”改为“thus”。笔者对这种修改感到疑惑，于是去信寻求罗德仁的意见。罗德仁是这样回答的：

> 费雷德的观点，严格来讲是正确的。因为“sensual”本身并不暗示对“对性的敏感”，它只是表示“敏感性”。然而，在今天普通的英文用法中，“sensual”以及“sensuous”都可表示性敏感或是性刺激。这是某些单词被挪用来指代其并不严格所代表其本意的情况之一。尽管“lustfully sensuous”严格来讲更为正确，但很呆板，因为几乎所有现代英语的读者都知道“sensusal”意味着性敏感或性刺激。“thus”只是个人爱好。我不认为它比“as such”更加有效。但再次重申我的观点，“thus”更加准确。①

罗德仁的回复，使我们得知译文修改背后的诸种原因。单词“sensual”是“sense”的衍生词之一，本身并无色情之意。费雷德基于此才感觉到“the most sensual”缺失成分，因此将其改为“the most lust-

---

① Fred's point of view is strictly correct because "sensual" by itself doesn't really imply "sensitive to sex." It just implies sensitivity, so Fred thought that some sort of modifier was needed, in this case, "lustfully". However, in common English usage these days, "sensual" or "sensuous" implies "sexually sensitive or stimulating". It's one of those cases where words are appropriated for things they don't strictly mean. Although "lustfully sensuous" is more strictly correct, it is awkward, and virtually any modern English language reader will know that when you say "sensual" you mean "sexually stimulating or sensitive". The 'thus' is just a personal preference. I don't think it is effectively different than "as such" here, although, once again, I think it is more strictly correct.

fully sensuous”,但在今日的英文中,“sensual”或是“sensuous”会令读者想起与色情有关的内容,故而无需再加“lustfully”一词。译文最终之所以选择“sensuous”,是因为该词侧重于“感官享受”,尤其是美感方面,但也可以指“性感的”“好色的”,较“sensual”更委婉含蓄一些。还有一处修改就是将“as such”改为“thus”。“as such”对应的是原文中的“所以”,在语义上是正确的,改后的“thus”虽说是个人偏好,但在发音上似乎更加上口。

有时费雷德的修改未必完全被采纳,但是他的修改却给人一种启示,如对原文的重译。这自然是在主编杜国清的组织下实现的。如:

例 17. 生离,是因为社会现实所逼。死别,是由于人生无常所限。因此,在《心云集》中,我们深深感到的是一种地老天荒无可奈何的万古怅恨。(白先勇,2000:206)

初稿:Separation in life is a result of the pressures of social reality; parting at death is because human life is impermanent and has its limits. Therefore, what we feel deeply in *Clouds of the Heart* is a kind of eternal disappointment, one **for** which there is no power, and one that outlasts **Heaven and Earth.**

修改稿:Separation in life is a result of the pressures of social reality; parting at death is because human life is impermanent and has its limits. Therefore, what we feel deeply in *Clouds of the Heart* is a kind of **eternal disappointment**, one **against** which there is no power, and one that outlasts **heaven and earth**.

定稿：Separation in life is a result of the pressures of social reality; parting at death is because human life is impermanent and has its limits. Therefore, what we feel deeply in Clouds of the Heart is a kind of **eternal sorrow, as one who is alone and helpless; left in the world with th aging of earth and heaven.** (Pai Hisen-yung, 2017: 153－154)

在修改稿中，费雷德做了两处修改，一是将“Heaven”与“Earth”的首字母大写改为小写，因为这里没有必要大写，这是出于规范的考虑。二是将原文中的“for” 改为“against”，更能反衬出人物“无可奈何”的无力感。不过费雷德加了一条提示：“the meaning is rather vague”。因为原文中的主语应该是人，而非“万古惆怅”。因此初译中的“one”指代不明，这也是费雷德感到语义“vague”的原因所在。于是，杜国清召集编辑与译者进行了重译。我们看到，最终的译文进行了较大的调整。首先，将“eternal disappointment”改为“eternal sorrow”，更能体现原文的怅恨之意，而非失落。再者，将“one”改为人的指代，并加了修饰成分“who is alone and helpless, left in the world...”地老天荒，人的孤独无助就显得格外引人注目。最终的定稿，无论是精确性还是审美性都较原译有很大的提升。这一译文是译者、编辑与主编三方共同修订的结果。

由上可见，主编杜国清的主要职责是审阅译文，保证译文的完整与准确。同时，就编辑与译者之间可能的争议进行协商并予以定夺。译文的协商，体现了主编杜国清、译文编辑精益求精的精神，也体现了对译者的尊重。

第五节　小结

《纽约客》系列的七则短篇，除了《谪仙记》和《夜曲》属于合作自译之外，其他五篇均经由学术性刊物《丛刊》进行译介的，是译者与编辑协作的结果。译者大都为西方知名汉学家如葛浩文、罗德仁，或是中英文俱佳、翻译经验丰富的海外华人如林丽君和黄瑛姿，他们的参与保证了译文的质量，而译后编辑使得译文臻于至善。《丛刊》作为一份学术性刊物，不仅对译者提出了基本的规范性要求，还有较为健全的译文编辑机制。主编和副主编负责译文初稿的修订工作，保证译文的准确性和流畅性。同时邀请第三方编辑费雷德对译文进一步润色，使之更加符合译入语语言规范。《纽约客》的英译，在译者与编辑的齐心协力下，不仅准确，而且地道、生动，达到了较高的水准。也由此说明《丛刊》采取的译者－编辑的合作模式的可行性。总而言之，《纽约客》的英译在译者和编辑的共同努力下，实现了英文编辑所谓的地道而流畅的美加现代英语，具有较高的可读性。

第七章　三种翻译模式的比较分析与理想模式的构建

在前面几章中，我们就三种翻译模式的缘起、组织方式、策略选择等以历史语境还原的方式进行了描述性研究。本章拟就这三种翻译模式进行比较性的批评研究，在比较分析的基础上尝试构建中译英理想的翻译模式，以期为文学外译提供有价值的参考。

第一节　三种翻译模式的比较性评析

我们拟从三个层面进行比较，即翻译规范的比较、翻译方向的比较、整体优势性与局限性的比较。翻译规范的比较是对三种翻译模式所遵循的翻译原则及所采取策略的进一步阐释，旨在探讨这些规范对译者的翻译原则与策略有何影响。翻译方向的比较旨在探讨译者的身份与资质问题，以及母语译者与非母语译者的区别性特征。优势性与缺陷性的比较是在宏观层面对三种翻译模式整体上的评价，涉及作者、译者与编辑的优化组合问题。这三个层面的比较由规范到译者，再到整体的组合，大致呈现为一种递进关系，是对三种模式的思辨性阐释，为构建理想翻译模式提供一定的理论基础。

一、翻译规范的比较

规范是社会交往过程中的产物，是社会行为的准则，它决定了行为的“正确性”“合理性”或“恰当性”。翻译作为一种社会性行为，必然会受到诸如意识形态、历史文化、主流诗学等的影响，这些因素的影响主要是借助规范这一中介实现的。巴切（Bartsch，1987：xii）将规范界定为：“正确性概念的社会性呈现。”（social reality of correctness notions）图里（Toury）则认为：“规范就是将群体的普遍价值观与一般思维——关乎传统上何谓对何谓错，何谓合适何谓不合适——转化为在特定情景下适用于特定情形的行为指导。”（转自 Christina Schaffner，2007：12）《现代汉语词典》（第5版）对规范的解释是：“约定俗成或明文规定的标准。”（2006：531）不论哪种定义，规范大都包括两方面的内容，即道德的强制性与社会的期待性，处于法律与成规之间，是连续的统一体。翻译作为一种社会交际行为，同样受到规范的影响和制约。译者采取的翻译策略与原则其实背后都遵循了一定的主流规范，而规范又制约和影响着译者的行为策略。

在西方，将规范应用到翻译研究之中可以追溯到吉瑞·利维（Ji Levy）和霍姆斯（James S. Holmes），但使之体系化并上升到理论高度的则是图里、切斯特曼（Chesterman）和赫斯曼（Theo Hermans）等学者。图里将规范分为三种，即初始规范（initial norm）、预备规范（preliminary norm)和操作规范(operational norm)。(Gideon Toury,1995:29)初始规范涉及译者的整体选择,即影响译者选择遵从原语或目标语系统的规范,如倾向于目标语系统的可接受规范(acceptable),以及倾向于原语的充分性规范(adequate)。预备规范涉及翻译政策与翻译的直接性问题。而操作规范涉及具体的翻译操作过程,属于微观的方法层面。后来切斯特曼又将翻译规范分为期待规范(expectancy norms)和专业规范(professional norms)。期待规范指目的语读者对译文的期待,译者在翻译时要考虑目的语读者对译文措辞、语法、风格等方面的期待。专业规范又分为责任规范、交际规范和关系规范。责任规范属于道德规范,交际规范属于社会规范,而关系规范则属于语言规范,强调原语文本与目的语之间的关系。翻译作为一种交际活动,要受到译出语与译入语两种不同规范系统的制约。译者作出的策略选择或遵循的原则必将受制于各种规范。翻译规范并非等同于翻译原则或策略,但会影响某种或某些策略的选择,或者对这些策略进行合理的解释。有鉴于此,本部分结合图里与切斯特曼的规范理论,从道德规范、语言规范和文化规范解读三种模式的策略选择及其背后的动因。

(一)道德规范

道德规范属于专业规范的范畴,即译文要达到"完整性"和"精确性"的专业标准,是对译者伦理层面的要求。从第四章、第五章和第六章的分析来看,三种翻译模式遵循了"信"的基本原则,译文没有出现随意的删节、整合乃至歪曲等现象,而且准确性较高,基本反映了原文的整体风格、信息内容以及思想内涵，这是三种译文本的整体特征。根据前文分析，我们发现有如下促成因素，即非商业性出版机构、他者的协助与监督，以及原作的品质。

1. 非商业性出版机构

白先勇三部作品的英译本均由非商业性出版社出版：《台北人》的英译由印第安纳大学出版社出版，属于学术出版机构；《孽子》的英译由同志阳光出版社出版，属于非营利性的小众出版社；而《纽约客》的英译则主要是借助《丛刊》进行译介的，属于学术刊物。这些非营利性的出版社或者学术机构不以利益为重，不会对原文随意的增删或更改。如《台北人》的英译完全是翻译团队合作的结果，印第安纳大学出版社并无干涉，即便对译者采取的大量注解也表现出较大的宽容。关于《孽子》的翻译，据白先勇给笔者的信中讲，同志阳光出版社也没有进行随意的干预。而《丛刊》的主编杜国清在发刊词中明确表示，如译文有任何语意上的出入，应当以原文为主。这与商业出版机构形成了较大的反差。

在市场与利益的驱动下，商业出版社有时会对译文进行外科式的手术。葛浩文曾经讲过："译者交付译稿之后，编辑最关心的是怎么让作品变得更好。他们最喜欢做的就是删和改。"（李文静，2012：59）有时为了吸引目标语读者，不惜对原文标题改头换面，对内容大幅压缩，如王安忆的《长恨歌》的翻译。起初，出版社要求将标题改为 *Miss Shanghai*，且内容要缩减至一半才能出版。但译者白睿文一再坚持忠实于原文标题，最终《长恨歌》的英文版以 *The Song of Everlasting Sorrow*

为标题由非营利性的哥伦比亚大学出版社出版发行。葛浩文英译大陆文学之所以会出现删节、压缩甚至改写等行为，原因之一是商业出版社出于市场目的进行的操纵。如姜戎的《狼图腾》的英译，删掉了每一章的序言以及后面长达近 80 页的附录，因为编辑认为要保持故事的完整性和流畅性，避免不必要的说教。莫言的一些作品也有重大修改，如《丰乳肥臀》《红高粱》《天堂蒜薹之歌》等。这些作品内容的删节或结构的调整大都来自出版社或是编辑，而非译者。葛浩文曾就这个问题多次表明了自己的立场："我唯一强调的是，要求删减的人不是我。"（葛浩文，2014b：46）以市场为导向的译本最终对文学的译介与传播无益。经济利益之上的商业出版社不可能为了文学的前途而无私奉献。学术出版机构则不同，它重视积累、传播，不会以经济利益为唯一标准，因此会尊重原作与译者的选择。

2. 他者的协助与监督

白先勇三部小说的英译之所以较为完整、准确，同样离不开他者的协助与监督。在自译中普遍存在的两种倾向是：要么过于随意，要么过度拘泥。如萧乾之自译短篇小说集《蚕》、张爱玲之自译《金锁记》，译文的完整性与准确性都受到减损。白先勇早期自译的小说同样存在诸如此类的现象。原因固有多种，但是力有不逮是其中之一。白先勇在给笔者的信中曾说："我自己的英文程度掌握有限，许多美国俗话就不一定能运用自如，需要找一个像叶佩霞那样既是土生的美国人，对语言很敏感，而对中国文化、中国语言又有一定修养的人合译最理想。"正是基于这种考虑，白先勇才决定邀请母语译者叶佩霞进行协助，同时还邀请编辑高克毅予以把关。在译文分析中，我们也看到《台北人》的合作译文较他译更加完善，精确度也更高。葛浩文虽然独立翻译了《孽子》，但译文的最终形成仍离不开他者的协助。如在翻译同性恋话语时，葛浩文跑到纽约市里的同性恋酒吧以寻求灵感。而译文的初稿则经由作者白先勇审阅并提出了建设性的意见，提高了译文的精确度。《纽约客》的英译同样遵循了全译原则，这也是《丛刊》对译者基本的伦理性要求。即便有个别译者有整合的现象，如有译者在翻译 *Tea for Two* 时对个别语句进行了压缩，还是被英文编辑及时发现并进行了补译，保证了译文的完整性。而三位编辑的共同把关，使得译文定稿无论是在文化层面还是语言层面其精确度都较初稿有明显的改善。

3. 原作的品质

译作的完整性与准确性还与原作的品质不无关系，这是以往翻译研究中往往被有意或无意遗忘的角落之一。有时译者对原作的增删、改动，除了意识形态、诗学等的考量之外，还与原作的品质有关。顾彬对大陆现当代小说颇有微词已是众所周知的事实，如小说的语言问题，虽有时言过其实，但也不无道理。葛浩文就认为，莫言的小说“多有重复的地方，出版社经常跟我说，要删掉，我们不能让美国读者以为这是个不懂得写作的人写的书”(2014a:240)。在中国出版体系中，作者的权威至高无上，编辑只能对文字本身进行加工，话语权相对较小。而西方出版社的编辑则有权对原作或译作进行大幅度地修改。编辑作为客观的第三方，他/她会发现语言和结构上的问题。因此，针对烦琐、冗长的叙述，译者承担起了编辑的职责，对原文进行适当的整合，使译文更加整洁、流畅。但这种情况并未出现在白先勇小说的英译上,这自然与作品的品质有关。

白先勇是唯美主义者,其表现之一就是“对精致、细腻、完美以及能体现美的文字、色彩、节奏、形象的不倦追求”(刘俊,2009:250)。“白先勇所以够得上是鲁迅一类的精雕细刻派,语言上的精益求精、千锤百炼是其基本一环。”(袁良骏,2001:261)除了这些评论家之外,最有发言权的应非译者莫属。葛浩文在其自传《从美国军官到华文文学翻译家》中曾提到《孽子》的翻译过程。他认为:“这本小说有白先勇一贯的写作特点,文字老练,人物鲜活,读起来非常顺畅。我个人认为,白先勇是华文世界难得的一个才子,家学渊源,因此有中国传统文学做底子,后来又借镜于西洋文学,他的语言自然不造作但又传神,无需借助陈腔滥调的成语,翻译起来觉得很顺手,整个翻译过程相当有乐趣。”(葛浩文,2015:176)葛译《孽子》非常顺手,以至于称得上是一种享受,再加上出版社并无任何的干预,因此保证了译文的完整性。可见,葛浩文针对不同作者的作品采取了区别性的对待。这种区别性并非基于个人偏见,而是基于原作的品质。先前的一些作品之所以删减或是有结构性调整,除了迎合目标语读者的审美期待之外,作品本身的问题也是不能忽视的重要因素。因此,这种因为原作本身的问题而进行的删减与其说是迎合目标语读者,不如说是迎合文学艺术。

质言之,三种模式在各种因素的促成之下保证了译文的完整性和较高的准确性。译文的“完整性”和“准确性”属于译者的道德规范,可以理解为一种“应然性”。但在实际的翻译操作中,这种“应然性”因为文本内外因素的影响和制约很难实现，最终沦落为“实然性”。但是唯有将这种“应然性”提升到一种理想的标准，才能客观地分析其沦为“实然性”背后的制约因素，而不是简单粗暴地将责任归咎于译者一人身上。

（二）语言规范

三种翻译模式在语言层面表现出较强的趋同性，即以译入语语言规范为主，以保证译文较高的可读性。具体来讲，这种语言规范就是以现代英语为基础：《台北人》的英译注重的是地道的美式英语，《孽子》的英译追求的是译文的地道性和时代感，而《纽约客》的译文则以现代美加英文为标准。诚然，在具体的表现手法上各有侧重。此外，除了现代英语，译者或编辑还采取了非现代英语的变异策略。为论述方便起见，笔者将以现代英语为基础的语言规范界定为正格，其他情况界定为变格。

1. 正格

白先勇在接受采访时说：“乔志高是专家，他给我们衡量、审查的重点，就是要小说读起来最通顺、流畅，完全合乎美国英文的语调，但是又要跟我的小说原文的味道相合。”（白先勇，2000：573）可见，《台北人》英译最终追求的是地道的美式英语。在翻译初稿时，作者白先勇与叶佩霞以“信”为主，有时倾向于原文语言规范，以保留原文的风格和韵味，但是由此造成诸多拘泥之处，存在一定的“翻译腔”。在修改稿中，高克毅采取了重写、调整或创译等策略，使之向现代美语靠近。即便是为了体现原文特殊的表现形式，也在译入语言规范与原语语言规范之间取得一种平衡,如前面提到的"人无千日好,花无百日红"的译文修改。从余国藩的"Flowers don't last forever, neither do people"到白先勇的"people don't stay healthy and wealthy for a thousand days; flowers don't stay red for a hundred days",再到最终版的"people do not stay in favor a thousand days; flowers do not stay in bloom a hundred days",三种译本见证了从译入语规范到原语规范,再到两种规范的和谐平衡的过渡。在语言层面,葛浩文同样以译入语规范为主,注重译文的时代感与地道性。对因语言而异的表达方式以意译为主,对因言语而异的表达方式以直译为主,但仍以尊重译入语语言规范为前提,如直译不能奏效,则以创译进行补充。刘云虹和许钧在评价林少华和葛浩文的翻译诗学观念时认为:"如果说林少华强调的是'审美忠实',那么在葛浩文那里,'忠实'不在于语言层面,而在于意义层面,是一种意义的忠实。"(2014:13)其实,葛浩文追求的不仅是意义的忠实,同样注重审美的忠实,如独具个性化的创造性翻译。《纽约客》的英译同样以译入语语言规范为主,即英文编辑所谓的"以现代美加英语为译文标准"。但凡不符合译入语规范之处,编辑罗德仁均进行了修正。

下面这段文字是编辑罗德仁发给笔者的邮件,其中详陈了其从事翻译及编辑《丛刊》的一些经验教训,从中可以看出其编辑风格的转变及动因。

> 我在大学的最后一年(1972—1973年)师从Edwin Pulleyblank(蒲立本)学习古典汉语,并开始涉足翻译。蒲立本

是一位语言学家,撰写了大量有关古代(Pre-modern)汉语音韵的文章。他非常注重中国的古文语法,我们在完成其交给的翻译任务时被要求,译文应该准确地反映出原文文本的语法结构。这种经历使我强烈意识到在翻译中反映原文语法的重要性,而翻译后的文本本身并不重要。即便译文显得很笨拙也是可以接受的。重要的是,蒲立本希望我们能够理解古汉语语法的原理。在我读硕士时,这种语法方法继续影响着我的翻译。甚至我最早出版的非常浪漫的《子夜歌》(魏晋南北朝时期)也不是很成功,因为我过于关注语法而不太关注英文本身。这种情况同样影响到了我的博士论文涉及的诗歌翻译。

在我完成论文并开始教学后的很长一段时间里,我没有做太多的翻译。1998年,有位姓叶的中国朋友到我这里说他有一笔钱可以资助翻译中国山东籍作家张炜的作品。他声称张炜有机会获得诺贝尔文学奖,所以我答应试试。我们首先从《九月寓言》开始。我的初稿非常蹩脚,准确性也较低。不仅我的现代中文不好,我还没有真正理解现代中国所发生的政治和社会变化。而且,我的翻译太字面了。叶先生帮助我了解了文本的含义,并试图让我明白翻译应该是更自然的英语这一道理。那时我并没有真正领悟他的意思,因为我仍然试图遵循蒲立本关于正确表示语法和习惯用法的规则。

凭借翻译《九月寓言》的经验,我开始更多地关注可读性。我说服叶先生(他当时住在美国并经营自己的出版公司)让我来翻译张炜的另一部小说《蘑菇七种》。这是一部较短的作品,而且作为文学作品更为成功。翻译的过程很享受,但仍需要中国学生和叶先生的帮助才能理解原作的一些含义。这本书于2009年出版,我对此感到高兴。但现在回想起来,我认为要成为一名优秀的译者,还有很长的路要走。这位朋友后来把我介绍给美国加州大学圣塔芭芭拉分校的杜国清教授。杜教授邀请我翻译一些台湾民俗方面的短篇小说。我同时也开始关注现代台湾文学,先从主流文学开始,研读朱天心和舞鹤(台湾原住民作家)的作品。此后,我对台湾原住民文学产生了兴趣。对原住民的研究不是很多,不论是在台湾,还是台湾以外。所以我想可以通过研究成为专家而一举成名。我和许多原住民作家见过面,了解他们的处境以及诉求。我做了一些原住民文学的学术性研究,尤其是加拿大土著文学与台湾原住民文学的比较研究,同时也做一些翻译工作。因为我对台湾原住民文学的研究,杜教授让我和他编辑一期以台湾原住民神话与传说的专辑。这并非我愿,却是承担一项重大工程的机遇。

在我编辑那次专辑的译文时,我关注的是对中文原文的忠实度。**我的座右铭是:让作者说话(Let the author speak)。我的意思是,译文无论是在句法还是习惯用法上都要紧贴原文。**我花费了大量的时间来编辑那本专辑,因为即便是我邀请的有名气的译者也并没有遵从我所谓的忠实原则。现在回头看来,我还是过于关注中文原文,对英文译文关注不够。其结果是,英文译文可读性不强。自此以后,我做了大量的翻译工作,也研究了一些翻译理论。**但正是《丛刊》海量的编译工作使我意识到,生产出质量上乘译文的重要性。即便意味着中文句法没有完全受到重视,也不要紧,只要在意义上和声口上接近原文即可。**我花了大量的时间和精力来编辑,重写他人的译文,这些译文过分拘泥于原文以至于读起来不是地道的英文。我想我现在已意识到可读性的重要性,即便原文没有得到完全的尊重。①

根据罗德仁的陈述,我们有两点发现:其一,罗德仁的翻译与编辑风格在实践过程中都发生了较大的转变。由于受到导师即加拿大著名汉学家蒲立本的影响,在初期从事翻译时,罗德仁比较重视原文句法结构与习惯用法(grammar and usage),导致《蘑菇七种》的译文可读性较差。后来与杜国清编译《丛刊》时,这种情况虽然有些改善,但仍不免受"忠实思想"的影响。在罗德仁初次接手《丛刊》英文编辑时,并没有像现在这样如此注重译入语规范。相反地,却是过分注重原语语言规范,用其本人的话讲,就是"让作者说话"(Let the author speak),结果遭到杜国清的反对。

---

① 原文为英文,有删减,具体内容可以参考附录四。

> 杜教授曾一度有些生气,认为我不尊重译者的独特风格,并过于强加自己的意见。我现在试着更加包容,不像以前那样改变译文,即便我的确不喜欢某些译者的做法。我只是去修改读起来不通顺的,或者有明显错误的地方。①

杜国清不仅是《丛刊》的主编,也是一名出色的译者,对翻译自然有自己的解读。他认为,只要译得没有错误,行文流畅,即便没有完全尊重中文句法,也无需再次修订。后来在大量的翻译实践和从事编译的过程中,罗德仁逐渐认识到可读性的重要性。

其二,《丛刊》的译者虽然经验丰富,但是拘泥于原文的现象并非少见,罗德仁作为编辑需要花费大量的时间进行修订,使之成为流畅地道的英文。这在一定程度上纠正了我们想当然的偏见,认为但凡汉学家其母语优势不言而喻。主编之所以聘用罗德仁做英文编辑,其目的就是让译文具有更高的可读性,以赢得更多的读者。

但三种翻译模式在遵循译入语言规范的同时,也出现了一些过犹不及的情况,即民族色彩过于浓重的语言表达以及前卫性语言的不当使用。这在《台北人》的英译初稿和《孽子》的译文中都不同程度的存在着。白先勇与叶佩霞在翻译初稿时,有时随意借用了一些美语色彩

---

① At one point, Prof. Tu became a little bit angry that I was not respecting other translators' unique approach, and that I was trying to impose my own vision too much. I now try to be more tolerant and do not change things that I might have changed before, even if I don't really like what the translator has done. I only change things if they really don't read well, or if they are clearly incorrect.

较为浓重的方言、俗语，如前面提到的“throw a book at someone”“mamma mia”“gobbledygook”等。这些表达虽然都地道，但是出自中国人之口时就会给人一种文化错位之感，也与文中的语境不合。对此，高克毅进行了大胆的替换或更改。葛译同样有过火之处，如前文提到的将“砸了金字招牌”译为“cut off one's balls off”，将“说某人”译为“fix one's wagon”等，都属于此类问题。此外，译文还存在前卫词语的不当使用问题。如前面提到“可不是”的初译“You can say that again”，以及“拿我开胃”的初译“put me on”。在20世纪60年代，这些时尚表达刚刚兴起，与《台北人》的人物身份或社会背景不相吻合。不过需要指出的是，《台北人》的英译发生在20世纪70年代末80年代初，距今已有四十余年。“You can say that again”虽然仍然在用，但已经不在青少年之间流行，而成为中老年人的专属了。也就是说，今天一位长者说出“You can say that again”反倒是合身份的，而“put sb on”经过岁月的洗礼也成为和“pull one's leg”一样的普通表达方式，①甚至都不复流行。相形之下，《丛刊》的文字编辑费雷德在个别语词的理解上却显得有些保守。如对当下“sensual”隐含的“情色”之意难以苟同，认为需要增加“lustful”之类的修饰词才能奏效。时过境迁，曾经的前卫却成为当下的正统，由此折射出语言规范的历时性维度。

① 这是《丛刊》编辑Terence Russle的解释：“You're pulling my leg” on the other hand, is something my parents would say. If the conversation is taking place in the 1950's or 1960's it would be okay to use it. I use it sometimes, but my daughters would only say it to imitate or to make fun of someone much older than themselves. “You're putting me on” is still used often today, although even it is getting dated.

2. 变格

以现代英语为基础是三种翻译模式共同遵守的主流语言规范。但在这个基础上，译文还出现了与主流规范相背离的一些现象，即笔者所谓的变格。

这种变格主要表现在两个方面：一是古英语的应用。如在翻译《游园惊梦》中的戏文片段时，叶佩霞就采用了莎士比亚时代的文体以契合小说的怀旧主题。这种以古英语来处理原文中的诗词的情况并不在少数，这自然与《台北人》的怀旧主题有着莫大的关联。这些“台北人”虽身在台北，却苟活于对昔日美好岁月的怀念之中。因此，采用古代英语是为了更好地表现人物的“怀旧情结”。

二是美国南方黑人英语的使用。前面提到，在翻译《思旧赋》两位老妪之间的对话时，叶佩霞最初采取的是标准化美语，但是白先勇感到不满意，二人遂决定大胆采用美国南方黑人英语，取得了较为理想的效果。南方黑人英语令人想起了主人与仆人之间的关系，这在经典之作《飘》中已有淋漓尽致的表现。同时，南方黑人英语令人想起美好的旧日时光。这与小说旨在表现老妪对主人李将军及其家族的忠贞之情以及怀旧之情是非常吻合的。白先勇与叶佩霞的这种大胆尝试，得到了英语编辑高克毅的大力支持（虽然他并不主张以方言译方言），但却遇到了来自出版社的阻力，认为这种做法不伦不类。但是经过高克毅的据理力争，译文终获通过。

诚然，这种变格是有局部性的，却是对正格无能为力时的一种有力补充。在《纽约客》的英译里，我们较少看到变格的情况。但在《丛刊》推出的《王文兴专辑》(No. 39)里，译者根据原文特殊的文风采取了非常规的英语句法与语词进行补充，发挥了较好的辅助作用。变格的采用是为了更好地表现译文的审美效果，并非随意为之，它同样需要译者深厚的语言功底和文学修养。

(三)文化规范

本书涉及的三部作品，均具有丰富的文化和历史元素，而这三种模式也采取了不尽相同的处理方式。大致而言，《台北人》与《纽约客》的英译主要是向原语文化规范靠拢，而《孽子》则体现了原语文化规范与译入语文化规范的融合。

《台北人》的译者，就文中具有特定意义的文化所指进行了大量的注解，如撰写序言、增加前言、添加脚注等方法。整体上倾向于原语文化取向。这些不同形式的注解一则为目标语读者提供了必要的社会文化背景，二则体现了作者白先勇的文化本位意识。《台北人》的英译对象主要针对的是美国在校大学生。小说中蕴含的大量的文化元素，如果没有一定的注解，势必会造成理解上的障碍，尤其考虑到《台北人》的英译是发生在20世纪70年代，因此这些注解为读者提供了必要的社会或文化背景。对此，白先勇在信中是这样解释的："《台北人》中有很多地方牵涉到中国历史、文化，这本英译主要是给英美读者看的，尤其是美国大学生，因为《台北人》英译本常被美国大学当课本，美国学生对中国历史文化不一定那么熟悉，很多地方需要下注说明。"此外，这些注解的添加也表现了作者的文化本位意识。白先勇虽然出身官宦之家，但是受到的仍然是传统的文化教育，这在第三章的作者简介中可以看出。

白先勇晚年对文学经典《红楼梦》的推介、对昆曲艺术的推广，更见证了其对传统文化的继承和弘扬。同时，白先勇的一生是典型的离散者的一生。生于战火纷飞的年代，从小被带离了祖辈生活过的故乡桂林，少年时期离开大陆，成为台湾的外省人，大学毕业之后又离台赴美，寓居美国，成为主流社会之外边缘族裔中的一员。作为一名典型的离散作家，其文学创作处处体现了离散经历对他的深远影响。白先勇的小说几乎都是以中国和中国人的命运经历为主题，体现了其深厚的故国情怀。作为一名离散作家，他用母语书写记忆和想象中的家园。在长期的文学创作过程中形成了文化认同和注重历史书写的惯习，而这种惯习在翻译的过程中转化为文化认同和历史意识。白先勇离散作家的身份，在创作中表现出一种浓重的文化乡愁意识。而这种文化乡愁在翻译的过程中，则转化为一种文化自觉意识。

在文化元素的处理上，葛译体现了原语规范与译入语规范的结合。这种结合是译者葛浩文对文化他者的态度与商业化翻译模式相妥协的产物。葛浩文早期主要供职于学术期刊或大学出版社，译文的学术性较为浓厚，其表现之一就是加注。《孽子》的英译是葛浩文商业转型时期的代表作之一，在无外界的任何干预下译者的翻译理念得到了充分的发挥和尊重。在第五章的分析中我们看到，葛浩文就文中出现的具有特定意义的文化所指采取了选择性的直译，或文内注解的方式，同时对同性恋语言进行了归化的处理。葛浩文的这种综合策略既尊重了原语文化，又顾及了普通读者的需求。但也留下了诸多的语义空白与文化空白，如对某些文化元素采取音译或直译而不添加任何注解。

其实，如何取得两者之间的平衡并非易事，它不是非此即彼的二元对立。关于注解问题，葛浩文在一次采访中也表达了自己的无奈：

> 我想所有的译者对文本是否需要解释这一问题上都会踌躇再三的。我们可以想象，原语读者对小说或是诗歌中的历史、文化、神话、政治所指都非常熟悉，而目标语读者则不能，至少可以说熟悉的程度不同。怎么办呢？有许多策略可供选择，我尝试了其中的大部分，但是至今还没有哪一种策略令我感到满意。“语境”或“重要程度”是采取进一步解释的决定性因素。但是像“逼上梁山”这样的历史和文化所指，类似于罗宾汉之类的典故，其含义是受环境所迫加入匪帮，如果不简要地说明该成语的意义及其来源的话，西方读者是无法理解这种含义的。在英文中，短语“driven to despair”（被逼入绝境）能够抓取这一意义。大多数情况下，我认为，较之于古怪的中国版的“快活人”效果更佳。可以采取脚注，我选择避开。尾注，我倒是用过。然而大部分情况下，我需要权衡一下是否有必要将所有陌生的所指或是概念都向读者交代清楚。多数情况下，我选择不解释，任由读者跳过去，或猜测，或骂译者。（Sparks，2013）

上面这段话表明了译者的基本态度,也流露出一定的无奈。加注,是每位长篇小说译者必须面对的问题。注解过多必会影响阅读效果。作为比较,我们不妨看看著名澳大利亚汉学家兼翻译家杜博妮的做法。她认为:“在针对普通读者的文学翻译中,明智的做法是避免在文本中使用脚注或带有数字或其他符号的注解:两种注解都会使读者分心,并且被某些读者认为居高临下。涉及原著的整体社会和政治背景的序言或引言有时可能是解释政治和社会所指的适当地方。”(McDougall, 1991: 48)作为一种补充,前言、导读或术语表会更加有用。

在处理《纽约客》中具有特定意义的文化元素时,译者以及编辑同样体现了向原文规范靠拢的倾向,凸显了译文的学术性与教育意义。这主要是由《丛刊》的目标语读者决定的。《丛刊》的创刊宗旨在于将台湾作家的作品介绍给英语世界的读者,进而从国际视野加强对台湾文学的研究。其面对的潜在读者是在校大学生和对台湾文学感兴趣的学者。译文既要体现可读性,又要兼顾译文的学术性与教育价值。因此,《丛刊》编辑鼓励译者对文中特有的文化或历史所指采取加注的形式。如在翻译《骨灰》时,编辑就要求译者保存其中的历史文化背景氛围。译者就文中出现的文化、历史所指主要采取了直译的方式,如“走狗”(running dog)、“五七干校”(May 7th Cadre School)等,在直译不能表现其文化内涵时,则采取直译加注解的方式,如“老虎凳”(bench tiger)、“七君子”(Seven Gentlemen)等。如果从整体上审视《丛刊》对文化元素的处理的话,我们会发现对文化元素采取直译或是直译加注解的方式是其翻译常态,而非偶然为之。自然,这种策略与译者的主体性也不无关系。《丛刊》主编所聘用的译者大都为学者型译者，对台湾文学有一定的研究。如《骨灰》的译者饶博荣主要以历史研究见长，注重史实，这种历史意识自然渗透到其译文之中。

规范的比较，进一步阐释了翻译是一种社会性行为这一根本属性，即翻译策略的取舍要受到不同规范的制约和影响。但另一方面，在遵守基本规范的前提下，译文具体的表现形式体现了不同译者、编辑的诗学诉求，以及不同诗学观念的妥协与融合。如意义、神韵、互文、流畅易懂与异国风情等。诗学是一个古老的概念，亚里士多德在其《诗学》里就已经提出，它系指“组成文学系统的文体、主题与文学手段的总和”(Aristotle，1990：54)。在译介过程中，译者对文本的选取、翻译策略的选择等都是主流社会诗学或是个人诗学取向的反应。虽然三种模式均以现代英语为主流规范，但在表现手法上各有侧重。如葛译《孽子》，不惜使用大量的美语方言、习语，美语色彩偏重，体现了译者个性化的自我风格。《台北人》的英译则体现了作者兼译者的白先勇的唯美诉求与文化本位意识。这自然是在合译者与编辑的协助下实现的。《纽约客》的英译则体现了不同译者、编辑之间的诗学融合或妥协。在遵守基本规范的前提下，译者的风格即审美取向得到应有的尊重。在译者的选取上，主编杜国清除了考虑译者的翻译经验之外，还要考虑译者的文风问题。这种选取译者的做法是保障译者、编辑顺利合作的前提。

这种诗学的融合还体现在中文编辑与英文编辑之间。译文的修润主要是由编辑罗德仁与杜国清完成的。但他们两个人的诗学观念最初并不一致,因此时常有矛盾产生。杜国清尊重译者的独特风格,而罗德仁则倾向于“让作者说话”,以反映原文的句法与习语特征。经过长时间的磨合,再加上罗德仁翻译思想的转变,二者的诗学观念在彼此妥协中趋于融合。关于诗学观念融合的重要性,不同的译者、编辑也都现身说法。白先勇认为:“我觉得作者跟一位母语译者的合作最为理想,当然作者跟译者要有一定的共识。”在罗德仁给笔者的信中也强调:“母语和非母语的编辑在一起合作非常有效,但是如果他们彼此之间沟通不好,或者他们没有共同的基本翻译理念,那么可能会有很多冲突和分歧,很难产出好的文本。”(参见附录四)所谓的“共识”或者“共同的基本翻译理念”都是诗学融合的另一种说法。合作翻译的难点在于“合一”,而“合一”的关键在于诗学观念的融合,这也是保证不同翻译模式成功的基础。

二、翻译方向的比较

所谓翻译的方向,主要是指“译者是从外语向母语,还是从母语向外语进行翻译”(Lonsdale, 2004: 63 -64)。母语翻译通常被认为是无标记的,在学界被称之为正向翻译或顺译,而外语翻译则是有标记的,被称之为逆向翻译或逆译。具体而言,“对于一个本族语强于外语的译者来说,假若他把外语文本翻译成本族语文本,就是顺译”。“逆译就是用自己相对不够熟练或顺手的语言进行翻译,而舍去了相对熟练或顺手的语言。”(王宏印,2006:169)对于双语转换自如的译者,这种顺译与逆译的界限就比较模糊一些。为避免先入为主的成见,笔者这里采用“译入”与“译出”这一组更为中性的说法。本节首先对三种模式的方向进行概括,然后比较分析母语译者与非母语译者的区别性特征。

(一)三种模式翻译方向的整体描述

三种翻译模式,除了葛译《孽子》是单纯的译入之外,《台北人》与《纽约客》的英译都兼有译入与译出的性质。但是后两者又有着本质性的区别。

白先勇虽中英文俱佳,且长期生活在美国,英语已经成为其日常语言的一部分。但是其母语依然为汉语,白先勇曾说用英语书写就好像用左手写字那样别扭。换言之,其英语并未达到母语水平。合译者叶佩霞母语为英语,在做英译时属于译入。因此,《台北人》的初译是译入与译出合作的结果。如果再将英文编辑算上的话,情况则更复杂一些。高克毅的身份在前面的介绍中已经提及,他不仅是位杰出的翻译家、资深编辑、美语俗语专家,还是一位双语作家。高克毅长期供职于美国新闻机构如美国之音,英语是其工作语言。同时,他还是英语写作高手。刘绍铭认为中文和英文都是高克毅的母语。高克毅在《恍如昨日》的自序中对自己这样评价道:“我的中英文写作生涯,从20世纪20年代开始,延续到现在2003年,迄未中断。”(乔志高,2013:I)高克毅有着中华民族的血缘和传统,同时又长期供职于美国机构,游走于两种文化与文字之间。鉴于高克毅的双语生涯与水准,可以将其界定为双语作者。《纽约客》的英译与《台北人》一样,都具有译入与译出的性质。葛浩文、陶忘机、罗德仁、饶博荣等均为母语译者,属于典型的译入母语;而林丽君、黄瑛姿等虽然长期生活在美国,但是其母语为汉语,因此仍然属于译出母语,而译文的最终完成则得益于两位译入语编辑罗德仁与费雷德。《孽子》是由汉学家葛浩文一人完成的,属于典型的顺译。译文地道且生动,表现了葛浩文较强的个性风格。

经上分析,我们可以将各种模式的翻译方向归结如下。《台北人》的英译为译出(白先勇)+译入(叶佩霞)+双语编辑(高克毅);《孽子》的英译为译入(葛浩文);《纽约客》的英译为译入(葛浩文、饶博荣、罗德仁等)/译出(黄瑛姿、林丽君等)+译入语编辑(罗德仁、费雷德)+译出语编辑(杜国清)。可见,除了《孽子》的英译,其他两种翻译模式都兼具译入与译出的性质,但又不是简单的中西结合。那么译入与译出的区别性特征是什么?

(二)翻译方向的区别性特征

根据国际通行的惯例,译者最好是译入母语。一直以来,国际翻译界对翻译的方向性都有基本一致的看法,即翻译应当以译入母语为主。Marmaridou(1996:60)认为:"译入母语通常比译出母语产生的译文质量要好。"(Newmark,1988:3)则断言:"译入自己惯用的语言是使译作自然、准确、达到最佳效果的唯一途径。"他的这种观点在欧洲得到了广泛的支持,而且根深蒂固,很多国际组织都明确要求译者必须译入自己的母语。然而译入非母语语言在世界范围内已经成为一种事实,在语言为“有限传播语言”(languages of limited diffusion)的地区或国家里,这种情况更为明显。针对这一现象,国外有些学者已经进行了探讨,如 Kelly(2003)、Pavlovic(2007)、Ferreira(2010)、Whyatt&Kosciuczuk(2013),他们分别对西班牙、克罗地亚、巴西、波兰这些国家的翻译情况进行了调查分析,发现译入与译出的工作量几乎平分秋色。他们还发现,译入不仅是一种现实,而且对译者与客户来讲,这种逆向翻译是可接受的行为。

如今英语作为一种世界性语言,其独一无二的霸权地位使得其他语言都成为程度不等的“有限传播语言”,译入英语即译入第二语言成为一种必需而非偶然。但是译出现象长期以来遭到忽视,甚至冷遇。因为传统观点认为,译入的优势在于天然的母语驾驭能力,以英语为母语的译者能够保证译文的地道性和流畅性,但在原文文本的理解上稍欠。而译出的优势则在于原文文本的理解上,不至于出现低级的错误,其缺陷在于译文容易拘泥于中文句法,形成中式英语。坎贝尔(Campbell,1998: 57)曾经指出:“译入译者面临的主要困难在于对源文本的理解上,产出自然、流畅的目标译本相对而言要容易得多;译出译者对源文本的理解要容易一些,其主要困难在于如何产出自然流畅的译文。”坎贝尔的看法具有普遍性,也是大多数译界学者持有的观点。然而事实上,我们在分析《纽约客》的译文时发现,即便是母语译者也存在着诸多问题,需要经过编辑的层层修改才能完善。笔者就母语译者与非母语译者在翻译过程中存在的问题咨询了《丛刊》的编辑罗德仁，或许他的回答有助于破解长期以来的成见：

关于母语和非母语译者，我在编辑他们的译文时遇到的问题类型有着非常明显的不同。**从根本上讲，以英语为母语的译者更容易误读中文文本的意思，但最大的问题是他们受汉语语法和习惯用法的影响太深，译文往往读起来不像英语。**他们在英语中通常不犯语法错误。在正确翻译中文文本与将其翻译成口语之间找到一个平衡点需要大量的实践和经验。你希望译文听起来像是原作者用英语写的，而不是中文翻译的。当然，也有一些翻译理论认为，译者应该在译文中保留异质的成分，使读者意识到他们在处理一种不同的文化。然而要做到这一点，又不使文本显得尴尬和难以阅读，是非常困难的。文化问题也是一个因素，因为有些译者不熟悉某些文化背景或历史事实。这使他们在阅读中文文本时更容易犯错误。非英语母语者更容易在英语文本中犯基本的语法和习语错误。使用英语介词是特别难掌握的。他们不常犯中文意义理解的错误，但有时也会犯，这让我很惊讶。**对非母语人士来说，最难解决的是习惯用语问题（common usage）。即是说，他们可能知道某个中文单词或表达方式的基本的英语对等词，但是他们不知道其在当今美国和加拿大最常用的表达方式。**不管怎样，受汉语语法和用法影响的问题较少，对当代美国人和加拿大人的口语和书面语缺乏了解的问题较多。①

长期的编辑经验使罗德仁意识到译入与译出之间的根本性区别。这种区别与传统上意义上的理解有着一定的出入。在罗德仁看来,非母语译者常常在译入语语法上犯错误,或者在习惯用法上捉襟见肘,偶尔也会出现理解上的偏差。但是最大的问题出现在习惯用法上,即习语能力缺陷,这既有先天的不足,也有后天的环境使然。在分析译文初稿时,我们发现这的确是非母语译者的一大缺陷。白先勇同样承认自己对美语俗语掌握不够,需要母语译者协助。虽然其英文水平不容置疑,但是与母语译者相比尚存较大的差距。白先勇在给笔者的邮件中就承认了这一点:"《台北人》表面上看起来容易懂,其实深一层的意义不容易译出来,很多微妙的地方需要英语高手,我自己的英文程度掌握有限,许多美国俗话就不一定能运用自如,需要找一个像叶

① In basic terms, Native English speaking translators are more likely to misread the meaning of the Chinese text, but the biggest problem is that they are too heavily influenced by Chinese syntax and usage, and their translations often do not read like English. They don't usually make grammar mistakes in English, but their translations don't read like real, colloquial English, either. Cultural issues are also a factor because some translators are not familiar with certain cultural situations or historical facts. That makes it easier for them to make mistakes in reading the Chinese text. Non-native speakers of English are more likely to make basic grammatical and usage mistakes in the English text. Using English prepositions is especially difficult to master. They don't often make mistakes with the Chinese meaning, but sometimes they do and it surprises me. Non-native speakers have the most difficulty with common usage problems. That means, they may know one of the basic English equivalents of a Chinese word or expression, but they do not know the equivalent that is most commonly used in America and Canada today. In any case, there are fewer problems of being influenced by Chinese syntax and usage, and more problems of just not having a good sense of how contemporary Americans and Canadians speak or write.

佩霞那样既是土生的美国人，对语言很敏感，而且对中国文化、中国语言又有一定修养的人合译最理想，这还不够，我们知道当时翻译界的第一高手是高克毅先生，所以力邀他当我们的编辑，替我们把关。”在分析《台北人》的英译初稿时，我们看到白先勇在习语方面的缺陷，如在翻译人物语言时一般由母语译者叶佩霞进行修润方能定型。《纽约客》的华人译者同样面临诸如此类的问题。

有经验的非母语译者一般不会犯中式英语的错误。反观母语译者同样存在各种问题，如对原文文本、文化所指的误解。但在罗德仁看来，他们最大的缺陷是受汉语语法与用法的影响。这种影响之深，以至于译文在很多情况下读起来不是地道的英语。这与传统观念存在一定的偏差。根据罗德仁的经验，以英语为母语的译者其译文同样会出现“翻译腔”问题。这种现象出现在外译中时，一般称为“欧化”，具体表现为译文佶屈聱牙、晦涩难懂，具有较重的西式句法痕迹。殊不知类似的现象同样出现在以英语为母语的译者身上，只不过表现方式不同而已。在分析《纽约客》译文时也见证了这一现象。这种现象不妨称为“汉化”现象，即西方母语译者在翻译过程出现的不地道、不符合英语句法与用法的一种翻译现象。这种母语为英语的译者在中译英时出现的汉化现象，与母语为中文的译者在外译中时出现的欧化现象的根源基本一致，即受原文表层结构与字面意义的干涉以及中文思维的影响所致。要消除这种影响或干涉，须借助第三只眼睛。但也有个别母语译者受原文文本干扰较轻，葛浩文便是其中之一。现今有关葛浩文的研究都是建立在出版之后的译文文本上的，无从知晓底稿的情况。罗德仁曾经编辑过大量的葛浩文的译文，其评论会更加客观，也更加可信。下面这段文字是编辑罗德仁应笔者之求对葛浩文译文初稿的整体评价：

> 葛浩文可能是当今中国文学最重要的英语翻译家，尽管他是老一代，很快就会被才华横溢的年轻译者所取代。他基本是自学成才，是一位“天才”式的译者，对翻译理论很少有兴趣。通常我发现他的翻译很少需要编辑。再次说明一下，这正是译者写的。（你提到的那段文字）我根本没有编辑它。我确实对其手稿的其他部分进行了更改，但一般来说，译者的初稿非常好。①

可见，罗德仁对葛浩文的译文初稿是非常认可的。在分析《孽子》的英译本时，我们也看到葛译的地道、流畅，同时具有较高的审美性。葛浩文在众多母语译者中脱颖而出，笔者认为，除了罗德仁所谓的天分，以及丰富的翻译经验之外，其对母语的重视与驾驭能力以及由此表现出的个人风格意识同样不可或缺。他曾说：“我认为翻译要先把自己的母语搞好，原语是其次的，原语好查，碰到问题就问人，看不懂就问人，可是你的英语或是你的目的语，你还问谁呢？”（闫怡恂，2014：

① Howard Goldblatt is probably the most important translator of Chinese language literature into English today, although he is of an older generation and may soon be superseded by talented younger translators. He is mostly self-taught and is a very "natural" translator who has very little interest in theories of translation. Usually I find his translations require very little editing. Once again, this is just what the translator wrote. I didn't edit it at all. I did make changes to other parts of the MS, but generally, the translator's first draft was pretty good.

201）葛浩文坚持英语阅读使其具备了较高的母语驾驭能力与文学素养，在翻译过程中表现出较强的创造力，由此形成了独特的译者风格。

三、整体优势与局限的比较

从分析来看，白先勇小说涉及的三种翻译模式都取得了较大的成功，但是也存在不同程度的局限性。现在就这三种翻译模式各自的优势与缺陷从总体上进行归纳，以此作为构建中译英理想翻译模式的基础。

（一）优势的比较

1.《台北人》的合作自译－编辑模式的优势

这种模式以作者为中心实现了团队成员之间的优势互补与合作统一。自译者可以跨越文本的语言特色和文化因素直接获得源语文本的写作意图，对作品的文体风格有着更深刻的体认。再加上作者白先勇具有较强的双语能力，能够对译文作出审美性的评判，其表现之一就是能够抓住原作的精华或微妙部分进行创造性转化。而英语为母语的合作译者叶佩霞的参与在整体上保证了译文的可读性，尤其是在人物语言、诗词歌赋、修辞等的翻译上，更是发挥了其专长。而英文编辑高克毅的把关作用使得译文臻于至善。前文指出，由于白先勇与叶佩霞受原文干涉过深，初稿的英译难免出现拘泥之处。这种干涉只有通过第三双眼睛才能感受得到，而这正是英文编辑需要发挥作用的地方——小则避免失误，大则通盘矫正，有时甚至起到点石成金之效。

在修订《台北人》英译初稿的过程中，高克毅发挥了资深编辑的优势，对译文的最终形成起到质控的作用。合作翻译的难点在于“合一”（张德让，1999），即风格的统一性。《台北人》翻译过程的分析显示，尽管成员分工不同，但最终都统一到白先勇的主体性之中。《台北人》的英译初稿虽然是作者与合译者叶佩霞共同完成，但在翻译策略乃至具体的译文取舍上仍以白先勇为主导。高克毅的修改在很大程度上提高了译文的准确性和流畅性。但凡白先勇认为修改之处不甚恰当时，也会理性“上诉”。

可见，《台北人》虽然是合作翻译，但仍然以作者为主导，即要符合白先勇的审美旨趣。这种旨趣首先表现为语言层面的唯美倾向，刘俊认为，白先勇的美“在创作中表现为对精致、细腻、完美以及能体现‘美’的文字、色彩、节奏、形象的不倦追求”。（2009：250）白先勇在创作中形成的追求美的习性，在翻译的过程之中自然转化为对译文的字斟句酌。其次是文化层面的自觉意识。白先勇自幼受中国传统文学的影响，再加上其离散作家的身份，加深了其文化本位意识，能够就具有特殊文化意义的元素进行详略得当的注解。这些注解一方面为目的语读者提供了理解原文必不可少的社会文化背景，另一方面也体现了作者传播中国传统文化的意志和决心。

总而言之，《台北人》的合作自译以白先勇为中心实现了团队成员之间的优势互补与合作统一。经过白先勇与叶佩霞、高克毅的精雕细琢，不断推敲后，将《台北人》翻译的艺术成就推向高峰。

2. 葛译模式的优势

迄今为止，葛浩文共翻译了两岸三地三十余位作家的六十多部作品，是有史以来翻译中国现当代小说最多的翻译家。其娴熟的翻译技巧，卓越的翻译质量得到了大家的公认。葛浩文的译者模式也因此受到中国学界的格外推崇。胡安江在对葛译模式仔细研究之后，认为其优势在于以下四点："既熟悉中国文学的历史与现状，又了解海外读者的阅读需求与阅读习惯，同时还能熟练使用母语进行文学翻译，并善于沟通国际出版机构与新闻媒体及学术研究界的西方汉学家群体。"(2010:10)这四个要点应该说具有普适性的一面，具备上述条件的汉学家其实并不在少数，如霍克斯、马悦然、闵福德、金介甫、蓝诗玲、杜迈克、陶忘机等。他们都有在中国生活、工作的种种经历，对中国现当代文学及其发展都有较为系统性的认识，而且对中国文学、文化表现出较为浓厚的兴趣。但是他们的翻译风格殊异，优势也不尽相同。就葛译《孽子》而言，其优势主要体现在译者主体性的彰显上。如前所述，《孽子》在翻译的整个过程中并没有受到出版社的过分干预。在没有外界约束的情况下，葛浩文的译者主体性得到了充分的发挥，具体表现为"有我意识""普通读者意识"以及与作者的"互动意识"。

"有我意识"是葛译的最大特色。在莫言甫获诺奖不久，葛浩文接受了美国学者索菲娅(Sophia)的一次采访。当被问及葛浩文是否同意村上春树的英译者赖明珠关于"读者所读的一切都是经由译者大脑过滤的，读者所读的就是他的文字"的观点时，葛浩文回答道："绝对正确。任何用英语阅读莫言的人都在阅读葛浩文。说这话并不是自大，这是事实。这几乎适用于所有语言，但某些语言（例如中文或日语）尤其如此……这些语言（即译文，笔者注）本质上是我的，但我不会为此感到骄傲。我翻译的目标是，译文读起来不会像是美国人写的，而是英语非常棒的中国作家用英语创作出来的。”(Sophia,2012)英语读者“读的是葛浩文而非莫言”，这本身就表明了译者较强的“有我意识”，也是葛浩文对韦努蒂有关“译者隐形”观点的一种驳斥。(Venuti,1995)葛浩文在接受孟祥春采访时更是直言不讳地表明了这种“自我”立场：“我有我喜欢用的词语和句法，如果把这些全放弃，转而接受作者的用词，我翻译不出任何东西。我一定要用我能把握的、我习惯的、我欣赏的东西去翻译……我做翻译，作者与读者往往满足不了，有一个人能满足，那就是我自己。译者永远不能放弃自我。我只能是我自己，我只能是葛浩文。”（孟祥春，2014:51）在他看来，译者永远是无法隐身的，只是显身的方式和程度不同而已。而这种“有我意识”在翻译中具体表现为意译与创译，这种策略的实现得益于其较强的母语驾驭能力和丰富的翻译经验。他认为母语是第一位的，而非原语。“母语是英语的译者花很多时间读汉语，这当然可取，但他们的英语水平却停滞了，不能持续地增加英文表达能力，所以我总是对想做汉译英的人说，要多读些英语书籍。汉语要读，但更要读英文，这样才会了解现在的美国和英国的日常语言是怎样的。”（李文静，2012:57）

葛浩文的第二种意识是“普通读者意识”。这种意识主要体现在两个方面，一是注重译文的时代感和习语性，即采用目标语读者喜闻乐见的表达方式，注重译文的时代感和习语性，这一点与“有我意识”

有交合之处。二是对文化所指的淡化处理。《孽子》中涉及大量的文化和历史元素，对此译者采取了三种处理方法：一是归化的处理方式，如同性恋语言，即采用译入语对应的表达方式；二是直译无注解，即保留原文的文化形象，但是不添加任何注解；三是采用文内注解的形式，使之融入到译文当中。这些策略旨在保证阅读的流畅性，也由此体现了葛浩文对普通读者的关照。

第三种意识是与作者的"互动意识"。葛浩文善于和作者沟通、建立互动联系，就原文中的疑难问题反复求证于作者。这种良性的互动能够增进译者对原文的理解，进而提高翻译的质量。在翻译《孽子》的过程中，葛浩文与作者一直保持着联系，请教各种疑难问题，尤其是译文初稿更是交给白先勇审阅。其实，葛浩文大都能与作者建立良好的互动关系，如与莫言、苏童、毕飞宇、黄晓明、李昂等。译者与作者之间的互动，一方面可以共同提高译文的质量，另一方面可以加深彼此的理解，进而增强跨文化的传播效果。

总之，葛浩文英译《孽子》的译者模式体现了三种意识，这三种意识是葛浩文翻译主体性的集中体现。

3.《纽约客》译者－编辑的合作模式的优势

《纽约客》的译者－编辑的合作模式，其独特之处在于译文的编辑机制上：译者初稿→英文编辑修订→主编审阅→文字编辑修订→疑点商榷→主编定稿。可以看出，《丛刊》有着一个较为完善的质量监督和协调机制。从译者的初稿到最后的定稿，需要经过三位编辑的严格把关。

首先,译文初稿交给英文编辑罗德仁进行全面的修改、润色。虽然《丛刊》的译者大都为母语译者,但难免不受原文的干涉,而这个干涉只有第三方才能感受到。因此,英文编辑的优势在于能对译文的审美层面作出更高层次的改进,这是中文编辑难以企及的地方。不仅如此,《丛刊》的初定稿再次交由文字编辑费雷德进行润色。与之不同的是,费雷德只对译文本身负责,相当于对一部原创作品进行加工,从而避开了中文原文的干扰。费雷德是报社的资深编辑,具有丰富的编辑经验,在标点符号、句法结构和日常用语方面具有得天独厚的优势,其修改后的译文更加符合译入语规范,从而具有更高的可读性。费雷德修改之后,杜国清再将初定稿返回到译者那里,就有疑问之处召集各方进行商榷,体现了对译者的尊重。主编杜国清负责译文的审阅,确保译文的准确性和完整性;协调译者与英文编辑可能出现的冲突,并对译文进行最后的定夺。杜国清同样是一位出色的译者,对翻译有着深刻的体悟,因而对译者的独特风格体现出更大的包容性。

这种由译入语编辑、原语编辑构成的编辑模式体现了较为完备的译文监督机制,以及译者与编辑之间的协调机制,在最大程度上保证了译文的完整性、准确性、地道性和审美性。

(二)局限的比较

三种翻译模式表现了各自的优势性,但是它们也都存在着不同程度的局限性。

1.《台北人》的合作自译 + 编辑的局限性

《台北人》英译模式的局限性在于，英文编辑偶有过度干预之嫌。由于文化背景、人生经历、审美倾向等方面的差异，编辑往往会有意或无意的将自己的意愿强加到译文里面，因此难免与译者的翻译理念产生龃龉。白先勇回忆高克毅的修改时曾这样说过："有时我们认为译得得意的地方，被高先生一笔勾销，不免心疼，再上诉一次，如果高先生觉得无伤大雅，也会让我们过关。"（2017：285）在被过度干预之时，白先勇也会"上诉"，而且大多数情况也能通过。但这种过度干预还是在译文里面留下了一定的痕迹。如前文提到的将"只顾逃命"的初译"flee the civil war"改为"refugees from the Civil War"。再者，把"the lady who lives behind you"改为"the lady who lives in back of you"。笔者曾将译文发给两位具备一定文学素养的外籍人士以听取他们的意见。他们对修改的译文是持赞同态度的，但都同时指出了译文存在的问题。美国的凯特（Kate）是这样回复的："Though I would have said, **the lady who lives behind you** rather than who lives **in back of you**（你后头）"。英国的格雷格（Greg）认为：" Cannot say **in back of** you-has to be at the back of you/behind/out back/to the back of here/your house"。可见，他们都认为"in back of you"用在这里并不恰当，并给出了各自认为可行的替代译文。

2. 葛译《孽子》的局限性

葛浩文英译中国现当代文学的成就有目共睹，而其独特的译者模式也被某些学者推崇为理想的翻译模式。其实,无论译者水准有多高,都会存在不同程度的局限。根据前面的分析,葛译模式的局限性主要体现在文化脉络的缺失上。

目前的文学外译研究过分强调了文学作品的市场性与功利性。但文学作品的译介不能只注重一时的市场效果,它应该有更长久的存在价值,即文学作品的文化价值、文学史意义,这就涉及译作的"文化脉络"问题。所谓的"文化脉络",是指"译者透过翻译把原作引入另一个语言与文化的脉络,进一步而言,即引介与评论有关原作和作者的背景意义,以便读者将此一特定文本置于作者的个人及历史、社会、文化脉络中,当更可看出原作在其脉络中的意义"。(单德兴,2007:17)

从文化生产的角度来看,任何文本的翻译都脱离不了特定的时空环境以及文化背景,文本并非凭空出现:"为何"要以"某种语言"翻译"某种文本"? 译文本的生产与转移皆有脉络可寻,若想更充分地传达原文文本的含义,就不能仅止于文本本身的移译,而需要带入相关的文化、历史、社会、乃至政治等脉络,让读者一方面从译文了解原文文本的主旨,另一方面从相关研究与引介中进一步了解作者及其写作背景,以期更能领会原作、作者以及脉络的关系。这种文化脉络可以通过序跋的形式予以体现。但在分析译文时,我们发现《孽子》的译文前言极为简单,只是交代了个别语词的翻译。至于作者的背景信息、作品的主题、文学史地位等一概阙如。《孽子》的英译本无疑是成功的,但是因为缺失了文化脉络,也就缺乏一种厚重感。葛浩文早期的文学译介是与研究结合在一起的,尤其是在研究萧红的作品时,我们发现葛浩文采用序言或后记的方式对作者背景、作品的文学史地位,以及社会文化语境等均予以详细的介绍。20 世纪 90 年代之后,葛浩文的翻译进入商业化模式,文化脉络意识则逐渐弱化。相形之下,《台北人》与《纽约客》的译文都有较为完整的序言,对作者的生平,作品的主题、风格特征,其在文学史上的定位都进行了较为详细的交代。这些序言对普通读者起到了导读作用,同时也具有一定的文献价值。

3.《纽约客》译者 – 编辑的合作翻译模式的局限

《纽约客》的译者大都为汉学家或翻译经验丰富的海外华人,而译文修订则由三位编辑共同把关,保证了译文具有较高的可读性,这是它的优势。但因为译者众多,译文风格难以统一。因为《丛刊》涉及的内容繁多,主题不一,所以主编都会根据作品的内容与风格选择相应的译者。但是如果在处理个人专辑时,这就难以保证译文风格的统一性,尽管有不同的编辑进行严格把关。因为《丛刊》的一个重要的编辑理念就是,只要译文准确、地道,译者的独特风格就应该得到尊重。这也是无可奈何的事情。

概言之,《台北人》的翻译团队以作者白先勇为中心在平等协商的基础之上,实现了成员之间的优势互补与合作统一,其局限在于英文编辑有过度干预之嫌。《孽子》的英译彰显了译者的主体性,具体表现为三种意识,即“自我意识”“读者意识”和“作者意识”,其局限性在于缺乏文化脉络意识。《纽约客》的译者 – 编辑的合作模式,其优势在于译文编辑的把关机制。但因为译者众多,难以保持译文风格的统一性。

第二节　中译英理想翻译模式的构建

通过对三种模式的比较分析发现,《台北人》与《纽约客》的翻译均为合力的结果。即便葛浩文独立翻译了《孽子》,译文的最终形成还是离不开作者的协助,以及同性恋者的启发。葛浩文夫妇在接受采访时也曾深有感触地说道:"翻译不是一个人完成的,是多方的合作,包括作者、译者、文学代理人、编辑、读者和互联网这些主动和被动的参与者。"(葛浩文和林丽君,2019:39)文学作品的创作很少有合作的情形,但是文学作品的翻译合作却比较常见。因为翻译要深入一种异域的语言、文化和历史环境之中,面对众多的陌生和差异,仅凭一人之力难以胜任。文学作品的翻译不仅要传达作品的基本信息,还要传达其特有的审美信息。而且,越是优秀的文学作品,其审美信息就越丰富,个体译者对它的理解也就难以穷尽。文学作品中的审美信息如同一座宝藏,开采这座宝藏,通力合作无疑胜于个体单干。笔者认为,理想的中译英翻译模式应该是作者—译者—编辑的合作模式。

一、作者—译者—编辑的合作模式

这种合作取决于作者、译者与编辑之间的最佳组合。他们不是简单的搭配,而应该是统一的有机体。换言之,尽管文学作品的翻译是一种合作行为,但它必须有一个中心主体,这个主体就是译者,其他参与者如作者、编辑等起到辅助作用而非替代。文学翻译毕竟不同于政治、科技等非文学作品的翻译,风格的一致性极为重要。

(一)作者的参与

在《台北人》的英译中,我们看到自译较他译所具备的天然优势,《孽子》的英译虽然由葛浩文一人完成,但是作者白先勇对译文的审阅也起到一定的完善作用。诚然,作者的参与有更为深层次的文化意义。在文学翻译中,译者与作者建立良好的沟通有其必要性。这种必要性表现在两个方面:一是有利于译者更好地把握作者的意图,可以与作者共同解决翻译中遇到的各种问题,有助于提高翻译的质量;二是可以加深译者与作者彼此之间的理解,有助于增强翻译的跨文化传播效果。

根据作者与译者的双语水平,他们之间的互动主要有两种形式。如果作者不懂外语或外语水平有限,作者与译者的互动则主要限于对原文文本的理解。就目前的中国文学外译而言,这种现象比较普遍。如葛浩文与大陆作家莫言、毕飞宇、苏童等人之间的交流就属于此种情况。译者与作者保持融洽的沟通可以为译者解决原文的疑点、难点,尤其是在涉及文化、历史所指或特殊表达时。此外,译者还会在与作者的互动中发现原文存在的瑕疵。葛浩文在翻译毕飞宇的《推拿》时就遇到了此类问题。葛浩文与毕飞宇之间的通信多达有 131 封,内容涉及“意义追索”“意图交流”“矛盾求证”三个方面。(许诗焱,

2018:441)在译者与作者的互动中,这些意义与意图渐渐明朗,矛盾也逐一化解。如果作者的双语水平较高,他们之间的互动范围就会更加广泛。这样他不仅可以为译者解答原文中的疑问和困惑,还能就译文提出建设性的意见并作出审美性的判断。如葛浩文在翻译《孽子》时,白先勇对初稿的审阅纠正了译文存在的许多问题,并提出了一些富于建设性的意见。

此外,作者与译者之间的交流还可以增强跨文化传播效果。译者在与作者交流的过程中,会加深彼此之间的理解,对各自的文化有一个更深刻的认识。这对于消除文化传播中的误解、偏见有着积极的作用,尤其是在中西方文化交流处于不平等的情况下,这种积极作用显得更加弥足珍贵。许钧根据自己多年的翻译实践与体悟,总结出与作者建立联系的意义所在。他认为:"译者与作者建立联系有三个层面的意义:一是形成心灵上的沟通,帮助进一步理解作品;二是遇到问题的时候可以直接向他寻求帮助;三是面对面的沟通形成更进一步的文化交流。神交也罢见面也罢,译者与作者建立了友谊,一步步加深了解与理解,开拓视野,丰富自身,翻译本身的意义也大抵如此。"(郭果良和许钧,2015:151)此外,作者也应该对译者抱有"理解之同情"。翻译不是临摹,而是译入语言的一种特殊写作形式,在准确、可读的前提下,作者对译者的独特风格应予以包容或支持。唯有如此,才能实现作者与译者之间真正意义上的互惠互利。

(二)理想的译者

在作者—译者—编辑的翻译模式中,译者处于中心位置,是翻译的主体。结合前面的分析,笔者认为较为理想的译者应该是以译入语为母语且具备良好文字素养和文学素养的研究型译者,或者是精于两种语言的双语作者。

翻译是译入语语言的一种特殊写作,译入语的掌握程度决定了译文的成色。潘文国表示:"不管我们对翻译过程和参与者作如何细致的分析,其最终成品毕竟是用译入语来表达的;甚至可以说,译入语的成功与否,决定了翻译的成功与否。"(2004:41)在分析译入与译出时,我们发现母语译者在习语方面占据优势,因此译入母语自然更加理想。那么非母语译者能否做到和母语译者一样出色呢?针对这一问题,学者 Pavlovic Tanja 对十三名具有一定翻译经验的译者从译入与译出两个方面进行了实验性考察,并寻求专业人士就译文质量进行了评估,对各自存在的问题进行了分类。他的实验结果发现:"重要的是,译入第一语言和译入第二语言涉及的问题在很大程度上属于相同的类型,且出现的频率相当。这表明从根本上讲,译入第一语言和第二语言的翻译难度没有区别,都涉及相同的问题,并且问题的难易程度相近。唯一的区别就是译者在寻找这些问题的解决方案时有多成功。可以这样说,如果一位译者受过足够的训练,她或他就可以生产出与译入第一语言同等质量的译出文本,不过可能会花费更多的时间(另一个可能的变量),并且可能需要目标语编辑更多的修改工作(另一个变量)。”(Pavlovic,2013:163)Pavlovic 的研究与罗德仁得出的结论有相似之处,即无论是译入还是译出,其难度都是巨大的。Pavlovic 还指出,译出译者经过一定的翻译实践之后,同样做得与译入一样好。这充分肯定了译出的作用和地位。但需要指出的是,Pavlovic 研究的主体主要是以欧洲语言为母语的译者。欧洲语言的近缘性,使得这些译者能够相对容易地掌握第二语言,甚至第三语言。因此,译入与译出之间的差距相对较小。但是英语与汉语,乃至任何语言与汉语之间的差异都是巨大的,跨越这个鸿沟的难度可想而知。就欧洲语言而言,译者经过一定时间的翻译实践之后,或许能优游于两种语言甚至三种语言之间。但就中译英而言,非母语译者对习语的色彩性、时代性等难以掌控。这并不意味着非母语译者不能胜任译出,而是需要更多的译后编辑。

如果非母语译者要做到和母语译者一样出色,他/她则应该有长期生活在译入语国家的经验,培养其习语能力与语言的敏感性。在这个意义上讲,双语作者也是一种较为理想的选择。“他们往往有着本民族的血缘和传统,同时,有在别的国家生活或供职。这样的人既适合译入,也适合译出,因为他们有着得天独厚的语言和文化上的条件,对所涉及的两种语言与社会,比一般的双语译者了解更深。”(胡德香,2006:357)如林语堂、高克毅、哈金、谭恩美等,他们长期供职于国外机构,精于两种语言与文化。但是这种双语作者毕竟凤毛麟角。

因此,就文学作品尤其是小说而言,较为理想的译者应以译入语为母语(双语作者可以作为一种替代性选择)。但是先天的母语优势并不意味着天然的母语驾驭能力。译者还需要较高的文字素养与文学修养，同时将翻译与研究结合起来，即译者学者化。

在分析《丛刊》的英译底稿时，我们发现即便是母语译者，其水平也是参差不齐的。著名北美新移民作家苏炜在众多准译者中之所以选择温侯廷（Austin Woerner）作为《迷谷》（*The Invisible Valley*）的英译者，看重的是他的英语水平，而非中文水平。苏炜明确地指出："第一重要的，永远是出版物所呈现的语言水平——语言学上说的'目标语'，中翻英，其'目标语'就是英语。"（韩帮文，2020）在这一点上，许多学者与译者都深有同感，即译者译入语的水准决定了译文的成色。换言之，翻译是一种特殊的母语写作，一个译者如果丧失了母语写作的能力，外语再好也于事无补。但是母语的优势性仍然需要后天的努力。著名日本文学翻译家林少华为了提高母语表达能力，坚持阅读文学作品几十年而不变。"正是这样的阅读热情与阅读习惯培育和呵护了我的写作能力、修辞自觉和文学悟性，或者在体悟语言艺术之美方面表现出的一点点灵性。灵性从何而来呢？来自母语阅读、母语熏陶。"（林少华，2015）翻译家文洁若在接受采访时就曾坦言："要想提高翻译水平，翻译工作者就必须坚持不懈地阅读，阅读是提高翻译水平的不二法门。"（潘佳宁，2011：9）通过大量的阅读，译者在提高母语驾驭能力的同时，自然而然地就提高了自身的文学素养。葛浩文之所以在众多西方译者中脱颖而出，其高超的母语驾驭能力功不可没。

除了文字能力，理想的译者还应具备一定的研究能力。一部文学作品的翻译，不应该只注重市场价值，它更应该体现出原作的文学价值和文献价值，即前面所谓的文化脉络。要体现这两种价值，译者需要将研究和翻译结合起来，即王秉钦所谓的“研究什么，翻译什么”。(2004:212)学者型译者往往是某一领域的研究专家，因此具有渊博的与文本间接或直接相关的知识储备，对原文思想、风格、文化内涵的把握较之普通的译者更加准确且深刻。除了介绍、传播原作之外，译作还有帮助目标语读者认识原作价值的作用，甚至是任务。

“一部严肃、认真的译作，往往都由两个部分组成，即主件——原作文本的翻译和配件——译序、译后记和译注等。无论是原作本文的翻译，还是译序、译后记和译注，它们都是译者对原作细心研究的结果。”(谢天振，2014:132)其实，很多知名译者大都意识到文化脉络的重要性。中国现当代文学的日籍翻译家饭塚容在回答如何克服中日文化差异时回答道：“我的经验是撰写‘解说’和‘后记’，在解说中对中国当代文学做整体介绍，让日本读者有整体印象，然后介绍作家经历和作品意义，使日本读者的阅读轻松一些。我在余华《许三观卖血记》后记中介绍了20世纪五六十年代日本和美国的卖血情况，年轻读者才能理解许三观的故事。”(刘成才，2019:100)漓江出版社创始人之一的刘硕良对此也深有体会：“我们漓江出版社的书有个鲜明的特点：每一本书的译者前言都写得很棒。前言表达了学术界人士对书的看法，体现了研究高度。这个前言给读者一个负责的交代，它既是一种引导，也是一种保护。”(张静和刘硕良，2019:77－78)但是现在许多的文学翻译没有文化脉络。如这本书来自何方？其背景如何？作者何人？这些基本信息对读者具有导读功用，却大都付之阙如，或语焉不详。译作文化脉络的缺失，往往导致作品缺少厚重感。文学外译不仅要关照普通读者的阅读需求，更要体现其学术价值和文学史意义。文学作品只有上升到研究的层面，才能传之久远。换言之，就是要求译者学者化。

（三）“把关者”编辑

一部作品的作者，很难完全客观地看待自己的作品，因此编辑可以发挥较大的作用。编辑虽不是作家，却可能是最好的读者。作为客观的旁观者，编辑可以发现作品在语言或结构上的缺陷，帮助作家解决创作技巧或是艺术层面的问题。同理，一部译作的完成更需要编辑的协助，才能臻于至善。在《台北人》的英译中，我们看到编辑高克毅对译文定稿起到的关键作用。而《纽约客》的英译经过三位编辑的层层把关，也使得译文更加精准、地道。虽然我们没有看到出版社编辑对《孽子》译文的修改，但是译文初稿是经由作者白先勇审阅的，并提出了许多建设性的意见。因此，在某种程度上讲，白先勇起到了一定的监督作用。

学界一种普遍的看法是，如果是中译外的话，一般由译入语为母语的译者翻译初稿，再由一个以中文为母语、英文也好的人来作校订编辑。反之亦然。不可否认，中方编辑对语言和文化的理解有着天然的优势。但能否就译文的地道性和审美性进行提升呢？翻译方向的比较发现，即便是母语译者也难免不受原文句法或用法的影响。因此，一位够格的译文编辑不能仅限于纠正文字错误或文化误读这样低级的层面上，更要提升译文的地道性和审美性，而这是中文编辑难以企及的。因此，无论是译入还是译出，以译入语为母语的编辑应为首选。

但不论是译者还是编辑，无论其水平有多高，仍无法完全消除原文思维的干涉。这正是需要文字编辑介入之时。文字编辑在不受原文思维的影响下，就译文的规范性或审美性再次改进，如《丛刊》的文字编辑费雷德。重要的是，他避开了原文的直接影响，使译文更加符合译入语的语言规范，进而增强译文的可读性。如《毛泽东选集》英译的文字编辑爱德乐。爱德乐不懂汉语，他修改译文的出发点和归结点都是以遵循译入语语言规范为原则，其终极目的是使译文符合英语人士的阅读审美期待。据学者巫和雄（2013:147）考证："译文最终定稿前都会由他通读一遍，从语言上进行把关，给英译负责人提供参考意见。"中文编辑同样起到了不可或缺的作用。其对译文的审查重点在于译文的完整性和准确性上，如文化历史所指等的翻译。除此之外，他还应负责协调译者、编辑之间可能出现的矛盾或冲突，并对译文做最后的定夺。诚然，无论是中文编辑、英文编辑还是文字编辑，都须具备较高的文字驾驭能力及良好的文学素养。这种编辑模式在英国汉学家蓝诗玲那里得到了部分的验证。汪宝荣在采访蓝诗玲时，提到了其英译《鲁迅小说全集》之后的译文校对问题。她说："我请的是杜博妮教授（Bonnie McDouganll），她的校阅和润色棒极了，我对她很感激。"（汪宝荣，2013:154）杜博妮是澳大利亚资深汉学家，翻译了大量的中国现当代文学作品。她是在对照原文的情况下审阅蓝诗玲的初稿的，起到了译文编辑的作用。杜博妮审完之后，蓝诗玲再交由文字编辑审阅（这位编辑不对照原文，也不懂中文）。“（出版社）找了一位名为 Sarah Coward 的文字编辑（copy editor），主要负责看稿和提出各方面的改进意见。如果她发现译稿中某些地方的英文不够典雅（elegant），也会提出改进建议……另外，我还请我的两个中国朋友邱于芸和孙赛音对着原文校稿。”（汪宝荣，2013：154）

可见，除了译者蓝诗玲之外，《鲁迅小说全集》的译文编辑包括：杜博妮（英文编辑）、邱于芸和孙赛音（中文编辑）、Sarah Coward（文字编辑）。正是这种编辑组合，对《鲁迅小说全集》的译文进行了方方面面的把关，使其成为现代英译之典范。

二、作者—译者—编辑合作模式的操作过程

在作者—译者—编辑的合作翻译模式中，译者是翻译的主体，处于核心地位。因此，译者的选取最为关键。学界的讨论主要聚焦于“由谁来译”上，在笔者看来，“由谁来选”更为重要。因为“由谁来译”只是限于译者资质的讨论，而“由谁来选”则体现了一种选取者与被选者之间的动态关系，而这种关系是保障合作顺畅的前提。

选取者可以是作者，如白先勇选取叶佩霞作为《台北人》合译者，选取葛浩文作为《孽子》的英译者。诚然，这种选择具有双向性。译者如若对作家有着充分的了解，对作家的精神气质有着深刻的把握，其对作家作品的整体风格也会有具体而感性的认识。但现在的情况是，

“一些作家往往觉得译者愿意翻译就翻译，与自己没有什么关系。或者即使承认有关系，也没有机会与译者进行充分的沟通”。（陈思和，2017）译者的选取也可以由出版社的编辑或刊物主编来操作，如《丛刊》主编杜国清。选取译者取决于多种因素，如译者身份、翻译经验等，但同样重要的是，选取者要认同译者的翻译风格。即在基本的翻译诗学方面应具有一定的共识，否则难以保证合作的顺畅性，也就难以产出高质量的译文。译者还可以由出版社的编辑来选定。这样做同样出于合作顺利的考虑。杜国清在选择译者时倾向于富有经验的母语译者，但这并非终极标准。如果译者的风格不为杜国清所欣赏，也不会采用，如汉学家石岱仑（Darryl Sterk）。石岱仑专事台湾原住民研究，且翻译了作家吴明益的诸多作品。但是杜国清对于其过多保留原语特色的做法并不认同，因此并未邀请其为《丛刊》翻译文稿。可见，对于杜国清而言，译者的选取还取决于翻译风格，母语译者并非唯一的要素。

译文编辑的成功与否，取决于编辑之间的合作，以及编辑与译者乃至作者之间的协商。这就涉及编辑主客体之间的关系。在编辑学中，编辑的主体指的就是编辑者，而编辑的客体指的是“编辑活动或编辑工作直接施予的对象”。（戴文葆，1991：5）戴文葆还指出，这个对象既包括著作物、出版物，还包括著作物的作者以及出版物的利用者如读者。由此推论，译文编辑的主体就是译文编辑者，这里包括英文编辑，文字编辑和中文编辑。而客体自然就是译文初稿，当然还包括广义上的译者、作者与读者。编辑主客体的合作对于高质量的译文产出同样重要。编辑不是一台检测机器,他/她是一个有思想的独立个体,在面对译作时,编辑人员会自觉或不自觉地运用自己的知识储备、认知能力、审美体验等对译文进行阅读、评价、质疑等。而且,编辑人员由于文化背景、人生经历、文化取向以及思维高度等方面的差异,同样不会以相同的视角来审视译文。《丛刊》的英文编辑罗德仁也经历了从"让作者说话"到"尊重译者风格"的思想转变。早期罗德仁编辑《丛刊》的译文时,由于过度干预,没有尊重译者的风格,主编杜国清对此表示不满,认为罗过于强加自己的主观意志。此后,罗德仁调整了编辑策略,较之以前更富包容性,而不是将自己的意愿强行加于译者。关于《丛刊》编辑之间的合作问题,笔者咨询了罗德仁。他是这样回复的:

> 您问的这个问题很好,也许是翻译编辑中最核心的问题。与很多事情一样,您可以拥有一种模式(形式),在许多情况下都可以正常运作。但是如果涉及的实际要素(内容/人)不能很好地协同工作,那么产品(product)则不会很好。母语编辑与非母语编辑的组合非常有用,但是如果他们之间沟通不畅,或者他们没有共同的基本的翻译理念,那么可能会有许多冲突和分歧,因此很难产出良好的文本。我和杜教授曾经在整体的翻译风格上,尤其是在编辑在多大程度上应将自己的思想强加给另一位翻译的问题上,存在分歧。我现在认为杜教授和我对翻译何时直译(literal translation)或何时意译(free translation)有相似的想法。但是当我刚开始从

> 事《丛刊》的编辑时,杜教授认为我做了太多的改动,不允许译者表现他们的个人风格。我现在试图克制自己,一些我做不到的事情也不强求(译者)。我认为杜教授现在对我的方法也比较了解,因此他对我的编辑方式更加包容。
>
> 杜教授写了一篇关于他与前英语编辑拔苦子一起合作的文章。拔苦子教授与我截然不同,其第二语言是日语,而非中文。但是他和杜教授似乎建立了很好的工作关系。他们所产生的文本(通过编辑或翻译)与杜教授和我所产生的文本风格不同,但它们仍是高质量的翻译。
>
> 我的观点是,您必须了解您的合作编辑,如果你想产出优质的翻译,就必须知道如何与他们合作。只是译入与译出一起合作未必会产生最佳的结果。①

在回信中,罗德仁追忆了自己从事编辑的一些经验教训,如与主编杜国清就译文的修改发生的争执,杜国清认为罗德仁有过度干预之嫌,不够尊重译者的风格。此后在商讨的过程中逐渐达到和解,形成一种默契。在这封信中,罗德仁指出了一个重要的问题,即最佳的译文编辑模式应该是母语编辑与非母语编辑的组合,而他们之间的共识如在翻译的整体风格、翻译理念等方面,对于产出高质量的译文至为重要。罗德仁指出的问题对于译文编辑模式的研究无疑具有重要的

① 原文为英文,这里系笔者自译。

启示意义,即编辑主体之间的合作关系。此外,编辑主体与客体即译者之间的关系也不可忽视。因为在这一模式中,译者是翻译的主体,其翻译风格应该得到基本的尊重。著名翻译家、编辑胡允桓根据自己的经验曾这样评价其与译者的关系:“作为编辑,没有经过翻译的实践,就不理解其中的甘苦,我和很多译者关系极好,就是因为我尊重他们的学识和劳动。”(2007:201)由此可见编辑与译者关系的重要性。编辑主体应该在达成共识的前提下对译文的准确性、地道性和审美性进行改进。英文编辑为编辑主体,处于核心地位,中文编辑的职责主要起到监督与协调的作用。如译文的正确与否,协调译者与编辑之间的冲突,等等。诚然,中文编辑的职责也会因翻译模式的不同而有所不同。但毋庸置疑的是,他们在基本的翻译观念上应该形成一定的共识。

第三节 小结

本章是在前几章描述性分析的基础上对白先勇小说涉及的三种翻译模式进行比较性的批评研究,以及在此基础上构建了理想的中译英翻译模式。比较研究主要是从三个方面展开的,即翻译规范的比较,涉及的道德规范、语言规范以及文化规范。三种译文都遵循了道德规范,保证了译文的完整性和准确性。道德规范的实现,除了译者良好的专业素养,还与非商业化出版社、他者的协助与监督以及原作的品质有关。在语言方面,《台北人》《纽约客》与《孽子》均以译入语规范为主流，但在具体的表现形式上各有侧重，同时辅之以各种变异策略。在文化方面，《台北人》与《纽约客》倾向于译出语规范，而葛浩文则采取了折中的策略，即译入语规范与译出规范相结合的方式。三种模式在很大程度上都是成功的，但也存在不同的局限性。《台北人》的英译实现了翻译团队的优势互补与合作统一，其缺陷在于编辑有过度干预之嫌，始终没能脱离原文思维的干扰。葛译体现了主体性意识，但缺少文化脉络。《纽约客》的优势在于其较为完善的译文编辑机制，以及译者与编辑之间良好的协调机制。其缺陷在于，由于译者众多，译文风格难以统一。本章在三种模式优势与缺陷的基础上，尝试性地提出了中译英的理想模式，即作者—译者—编辑的协作模式。诚然，这种模式的构建具有尝试性的一面，需要进一步的实证研究与理论升华。

第八章　结论

本书对白先勇小说的英译所涉及的三种翻译模式进行了无动态的描述性研究后批评的比较研究，继而在比较分析的基础上提出了中译英的理想翻译模式。本章拟就前面各章的研究进行回顾性概述，陈述主要结论与研究价值。最后指出研究的不足之处，并对未来研究的方向予以展望。

第一节　主要结论及成果价值

本书以白先勇的三部代表作即《台北人》《孽子》《纽约客》的英译为研究对象，以翻译模式为研究主题，就其涉及的三种模式，借助英译底稿、修改稿、定稿，笔者与作者白先勇、编辑罗德仁、主编杜国清之间的通信往来以及其他相关资料，采用文本细读、比较分析、定量与定性相结合、还原历史语境的方法，就三种翻译模式的缘起、操作过程、翻译原则与策略以及编辑效果，首先进行了动态性的描述研究。在此基础之上，就三种模式进行了比较性的批评研究，包括翻译规范的比较，翻译方向的比较，以及整体上优势性与局限性的比较。这三个层面的比较既是对三种模式翻译操作过程的理论阐释，也是构建中译英理想翻译模式的理论基础，起到承前启后的作用。翻译规范的比较是对三种模式所遵循原则以及所采取策略的理论阐释，由此可以考察规范对于译者乃至编辑的制约与影响，以及在此制约与影响下不同译者、编辑的诗学诉求与融合。翻译方向的比较涉及两个层面的问题，即译者的身份与质素，以及正向翻译与逆向翻译的根本性区别。优势性与局限性的比较则是在宏观上对三种模式的整体评价。在综合比较的基础之上，借助规范理论、编辑学基本概念、文化脉络理论等，本书提出了中译英的理想翻译模式，即作者—译者—编辑的合作模式。需要说明的是，本书提出的中译英的理想翻译模式具有一定的尝试性，有待以后在理论与实践层面进一步充实与完善。

一、主要结论

《台北人》的合作自译+编辑模式实现了团队成员的优势互补与合作统一。作者白先勇的参与保证了原文理解的准确性与译文的完整性，同时能够抓住原文微妙而精彩之处进行巧妙的转化。母语合译者叶佩霞的协助整体上保证了译文的可读性。高克毅则发挥了资深编辑、美语专家的优势，提升了初稿的精确性、流畅性、审美性与规范性。《台北人》虽属于合作翻译，但是仍然以白先勇为主导。翻译的原则与策略，具体译文的取舍主要取决于作者的审美取向。这种取向可以概括为两点，即语言上的完美主义和文化上的自觉意识。此外，《台北人》的合作自译＋编辑模式为克服自译的局限性找到了一种较为理想的出路。目前有关自译的研究显示，自译主要存在两种问题：要么过于随意，译创统一，为所“译”为。因为是自己的作品，无需对他人负责；要么过于拘泥，有自恋之倾向。此外，自译一般涉及的是译出问题。中文作家英文程度再高，毕竟不是英语母语人士，再加上作家独特之文字风格，在译成英文后未必能够完美转换。回顾现代华语文学的历史，能够将自己的作品译为英文且成功的作家，可以说屈指可数。《台北人》的英译模式以白先勇为中心，在合译者与编辑的协助下实现了译文的准确性、地道性、审美性。因此，这种合作自译＋编辑模式较屠国元（2018）提出的“作者加华人译者”的合作自译模式更具启示意义。

汉学家葛浩文独立翻译了长篇小说《孽子》，又参与了《纽约客》的英译。两部作品的英译充分显示了译者个性化的翻译模式，在一定程度上纠正了目前对其研究的偏见，为深入研究葛译模式提供了启示。这种启示可以归结为两点：其一，葛浩文英译大陆文学与台湾文学之不同，具体表现在译文的完整性与精确度上。由于媒体的炒作，以及学界的误读，“连改带译”成为葛译风格的标签。但是《孽子》的英译本几乎没有任何的增改、删节等现象，即便是最细腻的场景描写在译文中也得到了完整的呈现。也由此体现了葛译大陆文学与台湾文学不同的一面，原因之一即是来自作者的协助与监督。葛浩文与大陆作家的合作仅限于文本层面。与之不同的是，台湾作家大都中英文俱佳,因此能对译作作出审美性的评判,使译文更趋完善。诚然,与作品的品质与非商业性出版社也不无关系。其二,葛浩文之所以在众多汉学家中胜出,除了丰富的翻译经验,其对母语的驾驭能力以及由此表现出的“有我意识”同样重要。这种“有我意识”彰显了其个性化的译文风格。翻译在很大程度上是译入语的一种特殊写作,译入语的水准在很大程度上决定了译文的成色。

《纽约客》译者-编辑的合作翻译模式形成了较为完善的译文质量监督机制,以及译者与编辑之间的协调机制,为大陆同类期刊提供了一定的参考与启示。为保证质量,《丛刊》选聘汉学家与海外华人为主要译者,同时也注重培养翻译新秀,使之具备了良好的翻译梯队。为规约不同译者的个性行为,《丛刊》提出了一定的规范性要求,如保证译文的完整性,注重译文的可读性,兼顾译文的教育价值。总而言之,《纽约客》的英译在译者和编辑的共同努力下,实现了主编所谓的地道而流畅的美加现代英语,具有较高的可读性。译文由英文编辑、中文编辑各负其责共同完成,保证了译文的准确性、地道性与审美性。换言之,原语编辑与目标语编辑的组合才是较为理想的译文编辑模式。

翻译作为一种社会性行为,必将受到不同规范的制约或影响。在遵循规范的前提下,译者或编辑的诗学诉求才能得以理性实现。三种模式都遵循了道德规范,实现了译文的完整性和较高的准确度。道德规范属于译者的职业伦理范畴,是翻译的“应然性”。但在实际的操作过程中,译者又不得不进行不同程度的增删或调整。但是唯有将翻译的“应然性”提升为一种理想标准，才能客观地分析其沦为“实然性”背后的制约因素。在语言层面，三种翻译模式均以现代英语为主流规范即正格，但因为译者与编辑的理念不同，其表现形式各有侧重。而变格的添加是对主流规范的有力补充，也体现了译者个性化的诗学追求。译作能否被目标语读者接受，取决于译文的可读性。无论采用何种翻译策略，译者都不可能无视译入语系统中规范的功用与作用。然而语言的规范还有历时的一面。随着时代的发展，语义的变迁，人们的语言审美也会与时俱进。这也要求译者对语言的变化具有较高的敏感性。在文化层面上，《台北人》与《纽约客》的英译以原语文化为规范，前者体现了作者白先勇作为离散作家的文化本位意识。后者体现了其侧重学术化与教育价值的一面。而《孽子》的英译则融合了两种文化规范，体现了葛译对他者文化态度的尊重与商业模式下普通读者意识之间的妥协。在文化层面上以何种规范占主导，应视读者需求和译者诉求而定，不可一概而论。但是无论何种模式，译者的文化脉络意识不可或缺，因其有助于译作的文化传承。

三种翻译模式的分析与探讨显示，翻译在本质上是一种合作行为。而文学作品的翻译不仅在于合作，更在于“合一”，而“合一”的关键在于不同译者或编辑之间的诗学融合。翻译作为一种合作行为可以从符号学的角度得以解释。符号主要分为两种，即所指优势符号与能指优势符号。而文学作品无疑属于后者。文学作品借助各种手段，以延长人们的认知过程，其强调的是文本的可感性和自指性。其中，最重要的手段就是赋予文学符号以理据性，如特殊句式、修辞、叙事技巧、文化所指等,由此形成了丰富的审美信息。文学作品的翻译不仅要传达作品的基本信息,还要传达其特有的审美信息。而且越是优秀的作品,其审美信息就越丰富,个体译者对它的理解也就难以穷尽。但是这并不意味着参与者越多越好,否则难以形成风格的统一性。文学翻译毕竟不同于政治、科技等非文学作品的翻译。尽管文学作品的翻译是一种合作行为,它也必须有一个中心主体。否则难以形成风格的统一性。换言之,译者与合译者,或是编辑之间应该在基本的翻译理念方面存有共识,即翻译诗学观念的一致性。

本书在对三种模式比较分析的基础上,同时结合规范理论、编辑学基本概念、文化脉络理论等,提出了中译英的理想翻译模式,即作者—译者—编辑的合作模式。在这一模式中,译者无疑是翻译的主体,作者与编辑固然不可或缺,但起到的是协助而非取代作用。作者与译者的互动可以共同提升译文之质量,增强跨文化传播之效果。如果作者为双语作家,这种译介效果自然会更佳,其不仅能够提供理解上的便利,还能对译文能做出审美性的评判。诚然,无论是单语作者还是双语作者,都需对译者持有同情之理解。理想的译者应该是译入语为母语且具备良好文字素养与文学修养的学者型译者或双语作者,编辑则对译文的质量起到把关作用。这种翻译模式的成功与否取决于三者之间的优化组合与合作统一。

二、成果价值

本书以英译底稿、修改稿等为一手资料，同时借助笔者与作者、编辑之间的通信来往，深入分析了三种不同翻译模式的操作过程，在此基础上提出了中译英的理想翻译模式。本书的价值可以从如下三个方面进行概述，即应用价值、理论价值与学术价值。

（一）应用价值

本书的应用价值主要体现在两个方面：一是英译底稿、修改稿等资料为翻译教学提供了新的素材，为具体的翻译实践提供了可资操作的规范性启示；二是《丛刊》的编辑模式为文学外译的译文质量把关提供了一定的借鉴。

在研究过程中，笔者就一直不断地通过各种途径来搜集整理各种原始资料。这些资料包括《台北人》的英译底稿、修改稿，《纽约客》英译的部分底稿、修改稿，笔者与作者白先勇、主编杜国清与英文编辑罗德仁之间的通信往来。罗德仁还以书面的形式分享了其个人的翻译经验，以及编辑《丛刊》的经验教训，如编辑原则的变化，译者与编辑之间的互动与交流等情况。此外，罗德仁还就笔者提出的译文修改情况及其背后的动因进行了详细的解答。这些原始资料为翻译教学提供了较为珍贵的一手资料。而从底稿到修改稿的操作过程，以及英文编辑对各种翻译问题的解释，使我们对翻译成品不仅知其然，而且知其所以然。翻译方向的比较发现,不论是母语译者还是非母语译者,其译文均需编辑的精雕细琢方能臻于至善。欧洲语言之间的近缘性使得译入与译出之间的距离相对较小,而汉语与英语乃至欧洲的任何一种语言之间的差距较大,因此无论是母语译者还是非母语译者,其译文都难免存在各种问题。译者固然是翻译主体,但编辑也不可或缺。学界大都抱怨当今文学作品的翻译质量普遍不高,译者自然有不可推卸之责任,但出版社译文编辑的缺失也难辞其咎。而《丛刊》采取的译入语与译出语编辑的组合,在最大程度上保证了译文的准确性、地道性和审美性。这种模式无疑对文学外译具有可操作性,因此具有一定的应用价值。

(二)理论价值

本书的理论价值主要体现在两个层面:一是翻译过程的路径与认知研究,二是翻译模式的构建。

翻译研究者在分析译本时,一般面对的大都为译作的"成品",至于"成品"的生成过程,则无从知晓。因此,其对译作的评析属于一种静态性的对比,主观臆断的可能性较大。如以往关于《台北人》的英译研究主要是从自译出发,将译作的生成完全归于作者白先勇一人,而忽略了另外两位助手的作用。本书借助原始资料,包括翻译底稿、修改稿,以及笔者与作者的通信等,对《台北人》《纽约客》《孽子》的翻译过程进行了历史语境化还原,揭示了译本生成背后诸多鲜为人知的促成因素,如作者白先勇的主体性意识对译本的干预,合译者的协助作用，编辑高克毅对译文质量的把关作用，以及三者之间的互动与协商。尤其是，笔者与作者、编辑之间的通信揭示了其对部分译文改动、取舍的各种动因，加深了对翻译过程的心理认知的认识。本书所采用的研究方法也属于文献法，即“利用涉及整个翻译过程的各种文字性记录，包括翻译手稿、译后记、译家与作者和出版社的通信、出版合同等进行的翻译过程描述性研究”。（张思永 2020:96）文章涉及的文献资料包括翻译底稿、修改稿、译后记、编后记以及笔者与作者之间的通信等。国内一些学者开始借助原始资料进行翻译过程的动态性研究，并取得了一些可喜的成果。他们或以手稿为基础，对比分析初稿与定稿的各种变化，以揭示译者的心理认知变化；或查阅各种信件，凸显译者与作者之间的互动。而本书在此基础上进一步扩宽了翻译过程的研究路径，体现了作者、合译者与编辑三者之间的关系。这种将各种原始资料融合在一起的文献法，可以更进一步地考察及认识译作生成的真实面貌。

本书提出的作者—译者—编辑的合作模式在一定程度上纠正了传统上认为中西结合为理想翻译模式的谬误，凸显了译文编辑之于译文质量的把关作用。《台北人》的初译是由作者与母语译者合作翻译的，他们的组合已经超出一般意义上的中西结合。但即便如此，译文仍然存在诸多问题。问题的根源之一在于，无论是作者还是译者，沉浸于原文既久，其表层结构如句式结构、习惯用法、各种修辞等，都会对其造成不同程度的干扰，进而形成一种原文思维定势，其结果就会造成部分译文过于拘泥，或失之于准确，或失之于流畅，或兼而有之

(除非有意为之)。这种干涉,因为缺乏客观的距离,单凭译者自身很难完全消除,因此编辑可以发挥较大的作用。编辑虽不是译者,却可能是最好的读者。另一方面,编辑不是检测机器,而是有思想的独立个体,在面对译作时,译文编辑会自觉或不自觉地运用自己的知识储备、认知能力、审美体验等对译文进行阅读、评价、改进。因此,编辑如何在尊重译者风格的前提下对译文进行改进,如何保持其与作者、译者之间良好的沟通关系,仍然值得深入探讨。

(三)学术价值

目前大陆学者有关文学的翻译研究主要集中于大陆本土作家作品的译介上,而对台湾文学作品的研究乏善可陈。这种现象不利于翻译学科的健康发展,自然也不利于两岸文学译介的交流与合作。笔者通过研究发现,白先勇作品的英译跨越了台湾文学译介的不同时期,对它的研究可为台湾文学的外译研究打开一扇窗户。以此与大陆文学译介形成参照,彼此借鉴和相互学习,增强两岸文学界与翻译界之间的学术交流。

台湾文学的译介始于20世纪五六十年代,主要是在冷战背景下美国新闻处资助的一些文学选集的英译,而白先勇早期的小说翻译如《玉卿嫂》与《金大奶奶》正是在此背景下得以译介的。七八十年代见证了台湾文学外译的兴起。这一时期大陆因文革中断了与西方的交流,而延续了中华传统的台湾文学遂成为中国现代文学的典型代表。如印第安纳大学出版社出版的中国文学系列就包括本研究涉及的《台北人》。进入90年代之后,由于台湾意识的增强与文建会的支持,台湾文学的译介迎来了其繁荣期。其中最著名的两大计划,便是由杜国清主持的《台湾文学英译丛刊》以及由蒋经国学术基金会赞助的、哥伦比亚大学出版社出版发行的“台湾现代华语文学”英译系列。而白先勇的《纽约客》则主要是借助《丛刊》进行译介的,收录在《白先勇专号》(No.40)里。台湾文学是华语文学的重要组成部分,其译介理应受到大陆学者更多的关注与研究。在文学、文化外译方面,两岸作家、译者的合作应当是一种趋势与可行的选择。我们应当以华文世界的宏观视角来看待文化的输出与传播,唯有如此才能施惠于整个华文圈的读者,才能真正实现中华文化的输出,展现文化的软实力。

第二节　不足之处与研究展望

本书在翻译模式与翻译过程的探讨上有所突破与创新,但是由于部分章节第一手资料的欠缺以及个人能力所限,不可避免地存在诸多不足之处。针对这些不足,本研究就未来可能的研究方向提出一些切实可行的建议。

一、不足之处

本研究存在的不足之处,大致可以归结为如下三点:第一,本书只分析了白先勇三部代表作品即《台北人》《孽子》《纽约客》的英译，而其他早期作品的英译，因为篇幅有限，未将它们纳入其中。如殷张兰熙翻译的《金大奶奶》《玉卿嫂》等。因此，缺失对另外一种译者模式的探讨。第二，白先勇还独自翻译了早期的一些作品，如《香港：一九六〇》《安乐乡的一日》《芝加哥之死》等。这些译作属于真正意义上的自译。但这些自译作品查找难度较大，缺少了对白先勇自译的进一步研究。第三，《纽约客》的英译分析只限于部分底稿，部分论述可能有以偏概全之嫌。这些底稿，再加上编辑罗德仁的解析，能够大致说明母语译者与非母语译者各自存在的问题。但是如要深入且全面的对比分析译入与译出之间的根本性区别，还需要更多的英译手稿与修改稿。

总而言之，限于材料获取以及个人知识结构等方面的不足和缺陷，本书的结论尚有改进、提高和进一步充实的空间。

二、研究展望

针对本书存在的诸多不足或缺陷，笔者认为，可以从以下三个方面进行补充或扩展：

第一，补充白先勇早期小说英译的研究。殷张兰熙是最早译介白先勇作品的译者，也是引导著名文学翻译家葛浩文走向翻译道路的领路人。虽然殷张兰熙的母语为英语，但是却成长于大陆，发展于台湾，颇为认同中华传统文化。其翻译风格也独具特色，但是有关她的翻译研究付之阙如。因此,对其翻译的研究有助于拓展译者模式的空间。

第二,加强对译文编辑模式的研究。在以往的翻译研究中,我们过于注重对译者的研究,尤其是对汉学家与中国译者的比较性研究。而本书却发现了编辑的重要性。编辑是译文质量的把关者,而好的编辑对译文的提升是多方面的,甚至能起到点石成金的效果。因此,未来的翻译研究应加大对译文编辑的关注,如编辑的资质、编辑理念,以及其与作者、译者互动等问题。

第三,扩展翻译规范的研究范畴。本书涉及的翻译规范有道德规范、语言规范与文化规范。从《台北人》与《纽约客》的手稿与修改稿来看,其中涉及到的规范问题比本论文谈论的要更复杂。翻译作为一种社会性行为,必将受制于多种规范的制约,只有在这种制约下译者的主体性才不至于放任自流,而英译底稿无疑会提供更为真实的原始资料。

附　录

一、白先勇小说英译一览表

出版时间	作品名	英文名（或选集）	译者（或编者）	出版社或期刊杂志
1961	《金大奶奶》	*Chin Ta-nai-nai*	殷张兰熙	Taipei Heritage Press（收录在殷张兰熙所编的 *New Voices* 中）
1962	《玉卿嫂》	*Jade love*	殷张兰熙	Taipei Heritage Press（收录在吴鲁芹所编的 *New Chinese Writing* 中）
1971	《谪仙记》	*A Chinese Girl in New York*	白先勇、夏志清	Columbia University Press（收录在夏志清所编的 *Twentieth Century Chinese Stories* 中）
1975	《永远的尹雪艳》	*The Eternal Yin Hsien-yen*	Katherine Carlitz &Anthony Yu	*Renditions* No. 5 Autumn, 1975
	《岁除》	*New Year's Eve*	Diana Granat	

（续表）

出版时间	作品名	英文名（或选集）	译者（或编者）	出版社或期刊杂志
	《冬夜》《花桥荣记》	*One Winter Evening*; *Jung's by the Blossom Bridge*	朱立民	Columbia University Press（收录在 *An Anthology of Contemporary Chinese Literature* 中）
	《冬夜》	*Winter Night*	John Kwan Teny & Stephen Lacy	Colubia University Press,（收录在 *Chinese Stories from Taiwan* 中）
1980	《游园惊梦》	*Wandering in the Garden, waking from a Dream*	白先勇、叶佩霞	*Renditions* No. 14.
	《夜曲》	*Nocturne*	白先勇、叶佩霞	*The Chinese Pen* (Summer)
1982	《台北人》	*Wandering in the Garden, Waking from a Dream—Tales of Taipei Characters*	白先勇、叶佩霞、高克毅	Indiana University Press
	Jade Love	*Winter Plum: Contemporary Chinese Fiction*	殷张兰熙	Chinese Material Center
	The Last Night of Tai Pan Chin	*Rice bowl wome: writings by and about the women of China and Japan*	Dorothy Blair Shimer(ed.)	New American Library

（续表）

出版时间	作品名	英文名（或选集）	译者（或编者）	出版社或期刊杂志
1990	《孽子》	*Crystal Boys*	葛浩文	Gay Sunshine Press
1993	《孽子》	*Crystal Boys*	葛浩文	Prentice Hall
1994	《满天里亮晶晶的星星》	*In another part of the forest: an anthology of gay Short fiction*	Alberto Manuel, Craig Stephenson (eds.)	New York: Crown Trade Paperbacks
1995	《花桥荣记》	*Global voices*	Arthur W Biddle, Gloria Bien(eds.)	New York: Prentice Hall
	《冬夜》	*The Colombia anthology of Modern Chinese Literature*	Joseph S M Lau, Howard Goldblatt(eds.)	Colombia University Press
2000	《台北人》	*Taipei People*	白先勇、叶佩霞、高克毅	香港中文大学出版社
2003	《国葬》	*The Last of the Whampoa Breed*	Qi Bangyuan, Wang Dewei(eds.)	Colombia University Press
2013	《台北人》	*Taipei People*	同上	广西师范大学出版社
2017	《纽约客》	*New Yorkers*	葛浩文、林丽君、罗德仁等	《台湾文学英译丛刊》No. 40
	《孽子》	*Crystal boys*	葛浩文	香港中文大学出版社

二、《台北人》英译底稿与修改稿(部分)

STATE FUNERAL

One early morning in December, the sky somber and overcast, the air raw and piercing, squall upon squall of cold wind swept past. In front of the Taipei Metropolitan Funeral Hall row on rows of white wreaths stretched all the way from the gate to the sidewalk. A combined forces honor guard, in two columns, metal helmets shining, at order arms, stood at attention on both sides of the main entrance. The avenue had been closed to normal traffic; every now and then one or two black government sedans

forces honor guard, in two columns, metal helmets shining, at order arms, stood at attention on both sides of the main entrance. The avenue had been closed to normal traff every now and then one or two black government sedans
drove slowly in. Now an old man, leaning on his staff, walked up to the gate of the funeral hall. The hair on his head was white as snow; his very beard and eyebrows were all white; he was outfitted in a worn Tibetan blue serge Sun Yat-sen tunic and a pair of soft-soled black

三、《纽约客》英译底稿与修改稿（部分）

1.

what you know about this landmark event." When my cousin's wife wasn't able to answer the question, my uncle was quite pleased with himself and told her that if he had been her chief examiner, she never would have passed her doctoral examination. My cousin's wife cursed my uncle behind his back, referring to him as "that old reactionary!" When my uncle overheard her, that very night he nagged my great aunt until she agreed to move out.

The rent for senior citizen housing was cheap. My great uncle set up a book and newspaper stand outside a fruit shop in Chinatown, and my aunt got work as a cashier at a

Alfeide
Deleted: would

Terence Russell
Deleted: Behind my uncle's bacl

Terence Russell
Deleted: m

Terence Russell
Deleted: him

Terence Russell
Deleted: in

Terence Russell
Deleted: ing

Alfeide
Deleted: the

2.

and put on weight, my uncle's eyelids swelled and he got bags under his eyes. Problems with his tear ducts made his eyes water constantly and his thick eyebrows had started to turn white, but his broad, round, massive face appeared all the more kind and grandfatherly. He still kept his hair cut short as was the army style, and on formal occasions he would without fail get out his navy blue wool Sun Yat-sen suit, then painstakingly clean and press it before putting it on.

His legs, however, were becoming weaker and weaker. When he walked, he limped both on his left and right sides so that he seemed to be dragging his huge, heavy body in a way that looked awkward and uncomfortable. Many years ago, we would visit him at his home in Taiwan,

Alfeide
Deleted: glands

Terence Russell
Deleted: wash

Terence Russell
Deleted: and

Alfeide
Deleted: more and more we

Terence Russell
Deleted: and

Alfeide
Deleted: in

1.

Andy and I often sat on the balcony enjoying our "tea for two" that spring. On Sunday afternoons, we'd move our tea table, two chairs and our silver tea set out onto the balcony; we preferred milk tea, which we made with Darjeeling black tea for its rich, high mountain flavor. Along with the tea, we'd eat fruit tarts from the ground-level French bakery next door. Spring came early to Manhattan that year. The dozen or so chest-high pots of Heart's Desire on the balcony were in full bloom, nearly filling it with flowers; this variety of azaleas had multiple-layers of petals, white on the outside, with bright red stamens, creating the image of white silk spattered with blood in the slanting rays of the setting sun. As breezes ruffled the lush, black

Terence Russell
This sentence has been abridged but I have a feeling it was done on purpose. Prof. Tu, do you prefer a more literal take?

Terence Russell

2.

In another they had laurel-like wreaths on their heads and garlands of flowers around their necks; there were even large tropical flowers stuck in their belts. David said it was taken in Tahiti in 1975. In the center was a black-and-white photo of a naked teenaged boy with his back to the camera, his buttocks full, round and prominent. In the background was a lake, its waters sparkling in the bright sunlight. David grinned when he pointed to the photo. "That's Tony at a Boy Scout camp upstate in Poughkeepsie [?]," he said. "He didn't know I was taking the picture." We moved up to get a closer look and point out his rounded cheeks.

Terence Russell
In African-American parlance, he had a "shelf", or something close to it, but I'm not sure how to say that in more standard English.

Terence Russell
Deleted: cheeks

Terence Russell
Deleted: raised high

Terence Russell
Not knowing upstate New York well, that would be my guess, too. But it isn't very close — [illegible],

四、罗德仁与笔者之间的通信往来(部分)

(一)

Dear Peter:

My introduction to translation began when I studied Classical Chinese (文言文) with Edwin Pulleyblank at UBC in my last year of university (1972-73). Prof. Pulleyblank was a philologist who wrote extensively about premodern Chinese phonology. He was very fastidious about how classical Chinese grammar worked and our translations were expected to reflect the exact grammatical structure of the texts he gave us to work on. This experience provided me with a strong sense of the importance of reflecting the grammatical aspects of a source text in the translation. The translated text itself wasn't as important. It was accepted that the English would seem rather stilted. The point was that Prof. Pulleyblank expected us to demonstratc that we understood how the classical Chinese grammar worked.

This grammatical approach continued to influence my own approach to translation as I continued on with my graduate work. Even my earliest published renderings of the very romantic (子夜歌) (from the 魏晋南北朝 period) which I did during my time in Australia were not very successful because I was too concerned with grammar and not enough concerned with the English rendering. This also applied to the poetry that I translated for my Ph. D. thesis on the 真诰 (4th century 茅山道教).

For a long time after I finished my dissertation and began to teach I did not do much translation, and what I did was all from classical Chinese. It wasn't until about 1996, when I was teaching at the University of Manitoba, that a man surnamed 葉, who had worked in the publishing industry in China contacted me and asked if I would be interested in translating a text from modern Chinese. Unfortunately, in the process of trying to translate the book I discovered that I had spent too much time on classical Chinese and not enough on modern Chinese. I struggled to make sense of the text and we decided to abandon it. A year of two later the same man came and said that he had money from China to translate a series of texts by the Shandong writer, Zhang Wei(张玮). He claimed that Zhang had a chance to win the Nobel prize for literature. So I agreed to try.

We started with *September's Fable*. My modern Chinese was still not very good but I wanted to learn. My first draft was very awkward and inaccurate. Not only was my Chinese bad, I didn't really understand modern China with all the political and social changes that had taken place. Furthermore, my translation were far too literal. Mr. Ye helped me with the meaning of the text and also tried to make me understand that my translation should be more natural English. I didn't really understand what he meant because I was still trying to follow Prof. Pulleyblank's rules for representing the grammar and usage correctly. In the end, *September's Fable* was published in 2007, but it probably should not have been. I am very embarrassed by my amateurish job of translating.

With the experience of working on *September's Fable* I began to understand a little bit more about readability. I persuaded Mr. Ye (who by then was living in the US and running his own publishing company) to let me translate another of Zhang Wei's novels, *Seven Kinds of Mushrooms*. It is a much shorter work and much more successful as literature, I think. I enjoyed translating it, but still needed the help of a student from China and Mr. Ye to understand some of the meanings of the original. The book was published in 2009 and I was happy about it, but in retrospect, I still had a long way to go before I could be considered a good translator.

I gave a paper on *September's Fable* at a conference in Montreal in 1999. People who knew me were surprised to see me presenting something on modern literature because I had always worked on classical literature. One person told me I shouldn't try to change fields because foreigners don't have good enough Chinese language skills to do both modern and classical Chinese. However, after I gave my paper a friend from the University of Alberta who worked on modern Taiwanese literature approached me and told me that I should consider working on Taiwanese literature because they "needed people like me." This was the first time that anyone had suggested that I might be "needed" in any scholarly field. I had been back to Taiwan since I studied there in the 1970s and I had seen what a big change democracy had made there. It was a very positive change and people's attitudes were very different than they had been under the KMT dictatorship. I told my friend that I would be very happy to help.

That friend introduced me to Prof. Tu Kuo-ch'ing at UC Santa Barbara and Prof. Tu asked me to translate some short pieces of Taiwanese folklore. I also began to work on modern Taiwanese literature. I began with mainstream literature, working on Chu Tianxin(朱天心) and Wu He (舞鹤). After reading Wu He I began to take an interest in Taiwanese indigenous literature. Not many people were studying it either in Taiwan or abroad, so I thought I could make a name for myself relatively easily by becoming a specialist. I met quite a few Indigenous writers and tried to understand their situation and what they were trying to achieve. I did some scholarly research on Indigenous writing, especially considering Canadian Indigenous writing in comparison with Taiwan Indigenous writing. I also did some translations. Because of my work on Indigenous writers, Prof. Tu asked me to co-edit a volume of Taiwan Literature: English Translation Series devoted to Indigenous myths and legends. It wasn't the kind of writing that I really wanted to work on, but it was an opportunity to do an important project.

As I edited the translation for that special issue I was very concerned with being faithful to the Chinese texts. My slogan was "let the writer speak." I thought that meant being as close to the grammar and usage of the original as possible. I spent a huge amount of time working on that volume because even established translators that I asked to help did not follow what I thought was good faithful translation principles. Once again, now that I look back, I see that I was still too focussed on the Chinese text and not enough on the English rendering. The result was that the English wasn't very readable.

I have done quite a lot of translation and studied a little bit of translation theory since that time, and I have tried to improve my skills as a translator. But it has been my intensive work editing the English language translations for Taiwan Literature: English Translation Series that has taught me the importance of producing a good English-sounding text. If it means that the Chinese grammar is not entirely respected, that doesn't matter so much. So long as the basic meaning and tone of the translation is close to the original. I have spent so much time editing and rewriting translations by other people that are much too close to the Chinese originals and just do not read like natural Engish. I think I now understand how important it is to make the English read well, even if the Chinese text is not respected completely.

(二)

Your question is a very good one, perhaps the most central question in translation editing. As with so many things, you can have a formula (form) that seems to work well in many situations, but if the actual factors (content/people) do not work well together, then the product will not be good. It is very useful to have a mix of native and non-native (original language) editors working together, but if they do not communicate well with each other, or if they do not share a basic philosophy of translation, then there may be a lot of conflict and disagreement and it will be difficult to produce a good text. I have had some disagreements with Prof. Du over both general translation style, and especially over the question of how much an editor should impose his/her ideas on the work of another translator. I think Prof. Du and I have always had similar ideas about how literal or how "free" a translation should be. But when I first started working on the "English Translation Series", Prof. Du thought that I was changing too much, and not allowing the individual translators to use their individual styles. I have tried to restrain myself and allow some things that I would never do myself. I think Prof. Du also understands my approach better, so he is more tolerant of how I work.

Terry

参考文献

[1]白少帆,王玉斌,张恒春,等. 现代台湾文学史[M]. 沈阳:辽宁大学出版社,1987.

[2]白先勇. 第六支手指[M]. 广州:花城出版社,2009.

[3]白先勇. 蓦然回首[M]. 北京:文汇出版社,1999.

[4]白先勇. 孽子[M]. 南京:江苏文艺出版社,2010.

[5]白先勇. 纽约客[M]. 桂林:广西师范大学出版社,2016.

[6]白先勇. 台北人[M]. 桂林:广西师范大学出版社,2017.

[7]陈吉荣. 基于自译语料的翻译理论研究——以张爱玲自译为个案[M]. 北京:中国社会科学出版社,2009.

[8]陈吉荣,夏廷德. 从白先勇辩证式自译看摄入性改写翻译理论[J]. 阜阳师范学院学报,2010,23(4).

[9]陈琳,曹培会. 论创译的名与实[J]. 外语与外语教学,2016,38(6):123-131,146,151.

[10]陈敏. 明清小说词语札记三则[Z]. 中国训诂学研究会2010年学术年会论文摘要集,2010.

[11]陈婉秋. 译者的创造性叛逆——以《孽子》英译本的个案研究[D]. 沈阳:沈阳师范大学,2013.

[12]陈望道. 修辞学发凡[M]. 上海:上海教育出版社,1982.

[13]陈西,李霄翔. 翻译伦理学视角下文学自译作品中的人名翻译——以《台北人》为例[J]. 翻译论坛,2016,3(2).

[14]戴文葆. 编辑与编辑学[J]. 编辑之友,1991,1(1).

[15]代亚萍. 自译和他译中的译者主体性——以《台北人》英译本为个案[D]. 广州:广州大学,2013.

[16]段敏.《台北人》英译过程中的翻译心理探究[D]. 华中师范大学,2016.

[17]赋格,张建. 葛浩文:首席且唯一的接生婆[N]. 南方周末,2008 - 03 - 27(21).

[18]符立中. 对话白先勇——从台北人到纽约客[M]. 北京:现代出版社,2015.

[19]高方. 中华读书报专访毕飞宇——文学在中国太贱[N]. 中华读书报,2012 - 06 - 27(01).

[20]高盛一. 白先勇小说语言风格研究[D]. 广州:暨南大学,2010.

[21]葛浩文. 葛浩文随笔[M]. 北京:现代出版社,2014.

[22]葛浩文. 我行我素:葛浩文与浩文葛[J]. 中国比较文学,2014. 31(1).

[23]葛浩文. 从美国军官到华文文学翻译[M]. 台北:九歌出版社,2015.

[24]葛浩文,林丽君. 翻译不是一人完成的[J]. 姜智芹译,南方文坛,2019,33(2).

[25]郭果良,许钧. 翻译,是历史的奇遇——关于文学翻译的对谈[J]. 外国文学,2015,36(6).

[26]郭涵. 改写理论视角下白先勇《台北人》自译本研究[D]. 北京:中国石油大学,2017.

[27]韩帮文. 中国当代文学走出去,最大瓶颈在翻译[N]. 中华读书报,2020 - 02 - 12(007).

[28]韩正琼.《孽子》英译本的文体研究[D]. 华中师范大学,2005.

[29]何珊. 白先勇小说的海外传播——以华人学者为中心[J]. 常州工学院学报,2018,36(2).

[30]胡安江. 中国文学走出去之译者模式及翻译策略研究——以美国汉学家葛浩文为例[J]. 中国翻译,2010(6).

[31]胡德香. 译入与译出的文化思考[J]. 海南大学学报(人文社会科学报),2006,24(3).

[32]胡湘雨.《台北人》自译的翻译策略探究[J]. 哈尔滨学院学报,2017,38(9).

[33]胡允桓. 译海求珠[M]. 北京:生活·读书·新知 三联书店,2007.

[34]胡壮麟. 语篇的衔接与连贯[M]. 上海:上海外语教育出版社,1994.

[35]黄衍. 试论英语主位和述位[J]. 外国语,1985,8(5).

[36]蒋林珊.《台北人》人名隐喻的互文性研究[D]. 北京:清华大学,2016.

[37]兰冰. 汉英同性恋词语探究[J]. 大理学院学报,2009,30(6).

[38]李红梅. 从接受美学视角看《台北人》的自译本[D]. 重庆:重庆大学,2014.

[39]李景端. "走出去"不差钱,差的是内容与翻译[J]. 中国版权,2012,22(5).

[40]李景瑞. 葛浩文式翻译是翻译的"灵丹妙药"吗?[N]. 中华读书报,2015-10-21(05).

[41]李妙晴.《台北人》英译本中的归化现象[J]. 郑州航空工业管理学院,2009,28(1).

[42]李文静. 中国文学英译的合作、协商与文化传播——汉英翻译家葛浩文与林丽君访谈录[J]. 中国翻译,2012,33(1).

[43]李银河. 同性恋亚文化[M]. 北京:今日中国出版社,1998.

[44]林克难. 增亦翻译,减亦翻译——萧乾自译文学作品启示录[J]. 中国翻译,2005,26(5).

[45]林少华. 审美忠实:不可叛逆的文学翻译之重[N]. 中国艺术报,2015-03-

27(007).

[46]刘成才. 日译与中国当代文学的世界性——著名翻译家、日本中央大学饭塚容教授访谈[J]. 中国翻译,2019,40(5).

[47]刘达临,鲁龙光. 中国同性恋研究[M]. 北京:中国社会出版社,2005.

[48]刘登翰. 走向学术语境:祖国大陆台湾文学研究二十年[J]. 台湾研究集刊,2000,19(3).

[49]刘俊. 论白先勇小说中的意象群落[J]. 学术论坛,1994(2).

[50]刘俊. 悲悯情怀——白先勇评传[M]. 广州:花城出版社,2000.

[51]刘俊. 从台港到海外——跨区域华文文学的多元审视[M]. 广州:花城出版社,2004.

[52]刘俊. 从国族立场到世界主义——论白先勇的《纽约客》[J]. 扬子江评论,2007(4).

[53]刘俊. 白先勇传:情与美[M]. 广州:花城出版社,2009.

[54]刘绍铭. 到底是张爱玲[M]. 上海:上海书店出版社,2007.

[55]刘晓峰. 论白先勇惯习的形成及其对《台北人》英译的建构[J]. 语言与翻译,2016,32(1).

[56]刘云虹,许钧. 文学翻译模式与中国文学对外译介——关于葛浩文的翻译[J]. 外国语,2014,37(3).

[57]柳语新.《孽子》英译本中的译者创造性叛逆研究[D]. 合肥:安徽大学,2017.

[58]卢梦婷,李凤萍. 目的论视角下《台北人》自译本中文化负载词的翻译研究[J]. 戏剧之家,2018,38(1).

[59]吕敏宏. 葛浩文小说翻译叙事研究[M]. 北京:中国社会科学出版社,2007.

[60]孟祥春. "我只能是我自己"——葛浩文访谈[J]. 东方翻译,2014,6(5).

[61]欧阳子. 王谢堂前的燕子——《台北人》研析与索隐[M]. 桂林:广西师范大学出版社,2014.

[62]潘佳宁. 译路漫漫谨为终身摆渡人[N]. 中国社会科学报,2019-06-13(002).

[63]潘文国. 译入与译出——谈中国译者从事汉籍英译的意义[J]. 中国翻译,2004,25(2).

[64]乔志高. 听其言也[M]. 北京:世界图书出版公司,1991.

[65]乔志高. 美语新诠:谋杀英语[M]. 桂林:广西师范大学出版社,2001.

[66]乔志高. 恍如昨日[M]. 北京:龙门书局,2013.

[67]荣书琴. 试论青春版《牡丹亭》对传统戏曲当代传承的价值[J]. 中国京剧,2019,28(5).

[68]桑仲刚. 二十世纪中国短篇小说的汉英自译研究[M]. 北京:中国社会科学出版社,2014.

[69]单德兴. 齐邦媛教授访谈:翻译面面观[J]. 华文文学,2013,33(3).

[70]单德兴. 翻译与脉络[M]. 北京:清华大学出版社,2012.

[71]单德兴. 文心学思[M]. 广州:广东人民出版社,2016.

[72]史慧. 白先勇小说自译的区别性策略研究——以《台北人》文末注释为例[J]. 太原师范学院学报,2016,5(3).

[73]宋仕振,王洪涛. 布迪厄社会学视角下《台北人》的英译及传播探析[J]. 天津外国语大学学报,2017,24(4).

[74]宋雪琪. 同语类译者文学自译作品中翻译与再创造研究——以张爱玲和白先勇为例[D]. 无锡:江南大学,2018.

[75]苏希馨. 从文体变异和文化负载词看葛浩文英译《孽子》与《荒人手记》[D]. 上海:上海外国语大学,2013.

[76]屠国元．合作自译:中国文学译介新模式[J]．宁波大学学报,2018(3)．
[77]汪宝荣．鲁迅小说英译面面观:蓝诗玲访谈录[J]．编译论丛,2013,6(1)．
[78]王秉钦．20世纪中国翻译思想史[M]．天津:南开大学出版社,2004．
[79]王惠民．从语用充实的角度分析《台北人》英译本[D]．兰州:兰州大学,2015．
[80]王建．后殖民视域下《孽子》英译研究[D]．杭州:浙江财经大学,2016．
[81]吴波．从自译看译者的任务——以《台北人》的翻译为个案[J]．山东外语教学,2004,25(6)．
[82]巫和雄.《毛泽东选集》英译研究[M]．北京:中国社会科学出版社,2013．
[83]吴琳．文学翻译中的自译——白先勇个案研究[D]．北京:对外经济贸易大学,2006．
[84]夏志清．文学的前途[M]．北京:生活·读书·新知三联书店,2002．
[85]夏祖丽．殷张兰熙和她的翻译作品[J]．交大友声,1994(347)．
[86]谢宏桥.《孽子》英译本的叙事初探[J]．文学教育,2015,11(下)．
[87]谢宏桥.《孽子》英译本的叙事再探[J]．文学教育,2015,11(下)．
[88]谢璐．台北人特殊人名翻译研究[J]．科技信息,2011,28(27)．
[89]谢璐．论《台北人》中英对照版的中国传统文化内容传播[J]．出版广角,2018(8)．
[90]谢天振．隐身与现身:从传统译论到现代译论[M]．北京:北京大学出版社,2014．
[91]谢天振．译入与译出:谢天振学术论文暨序跋选[M]．北京:商务印书馆,2019．
[92]徐盛桓．再论主位和述位[J]．外语教学与研究,1985,29(4):19-25．
[93]徐学．白先勇小说句法与现代性的汉文学语言[J]．台湾研究集刊,2001,19

(2).
[94]许钧. 文字的转换与文化的播迁——白先勇等谈《台北人》的英译[J]. 中国翻译,2001,22(6).
[95]许钧. 傅雷译作的文化意义[J]. 外语教学与研究,2011,55(3).
[96]许钧. 译入与译出:困惑、问题与思考[J]. 中国图书评论,2015,(5).
[97]许诗焱. 葛浩文翻译再审视——基于翻译过程的评价视角[J]. 中国翻译,2016,37(5).
[98]许诗焱. 译者－作者互动与翻译过程——基于葛浩文翻译档案的分析[J]. 外语教学与研究,2018,62(3).
[99]颜邦喜.《孽子》中英文本对比研究——以同性恋者语言和文化负载词为中心[D]. 南京:南京大学,2017.
[100]闫怡恂. 文学翻译:过程与标准——葛浩文访谈录[J]. 当代作家评论,2014,31(1).
[101]杨琳. 试论自译的忠实性——以白先勇的自译作品《台北人》为例[J]. 海外英语,2015(5).
[102]杨仕章. 译者标记性研究:自我翻译者[J]. 解放军外国语学院学报,2009,32(3).
[103]叶景致. 契弟应是被鸡奸者[J]. 咬文嚼字,1999,5(5).
[104]叶巧莉.《台北人》英译本中放逐主题的再现[D]. 武汉:华中师范大学,2005.
[105]隐地. 白先勇书话[M]. 北京:文化艺术出版社,2009.
[106]应凤凰. 白先勇长篇小说《孽子》——《台湾文学西游记》之六[EB/OL].(2008－09－02)[2019－04－03]http://www.aisixiang.com/data/20464.html.
[107]余理梁. 小说翻译中叙述视角与叙述声音的再现——以《台北人》为例

[D]. 广州:广东外语外贸大学,2014.

[108]余荣琦. 白先勇自译作品《台北人》的翻译策略探讨[J]. 长春工业大学学报,2014,27(3).

[109]袁良骏. 白先勇论[M]. 北京:新华出版社,2001.

[110]张丹丹. 葛浩文中国文学英译脉络及表征扫描[J]. 中国翻译,2015,36(4).

[111]张德让. 合译,“合一”[J]. 中国翻译,1999,20(4).

[112]张栋,马硕. 身份认同·文学创作·艺术实践——白先勇的“中国性”认知与实践考察[J]. 东吴学术,2020(1).

[113]张静,刘硕良. 改革开放译潮中外国文学翻译出版的“漓江现象”——我国资深出版人刘硕良访谈录[J]. 东方翻译,2019,11(4):75-78,88.

[114]张淑英. 台湾中书外译的成果与前景[A]. 中国翻译产业走出去——翻译产业论文集,夏太寿编[C]. 北京:中央编译出版社,2011.

[115]张毅,綦亮. 从莫言获诺奖看中国文学如何走出去——作家、译家和评论家三家谈[J]. 当代外语研究,2013,34(7):1-5.

[116]郑艳彤. 阐释学视角下的白先勇自译研究——以《台北人》为例[D]. 西安:西安外国语大学,2019.

[117]中国社会科学院语言研究所. 现代汉语词典(第五版)[Z]. 北京:商务印书馆,2006.

[118]周领顺. 构建基于新时代译出实践的翻译理论[N]. 社会科学报,2020-05-14(005).

[119]朱春发.《四世同堂》英译和浦爱德文化身份建构的诉求[J]. 外国语,2012,35(2).

[120]朱自奋. 葛浩文:作者与译者之间是一种不安、互惠互利的关系[EB/OL].

(2014 - 01 - 08) [2019 - 02 - 20] http://culture. ifeng. com/wenxue/detail_2014_01/08/32824108_0. shtml.

[121]Appiah, K. Thick Translation[J]. Callaloo, 1993(4).

[122]Aristotle. Aristotle's Poetics [M]. Iowa: Peripatetic Press, 1990.

[123]Bartsch, R. Norms of Language[M]. London: Longman, 1987.

[124] Beaujour, E. K. Translation and Self - translation. In: V. E. Alexandrov, (ed.). The Garland Companion to Vladimir Nabokov[C]. New York&London: Garland Publlishing, 1995.

[125]Beijing Review. Howard Goldblatt: Faithful to the original[EB/OL]. (2008 - 04 - 02) [2019 - 04 - 03] http://www. bjreview. com. cn/books/txt/2008 - 04/02/content_108570. htm.

[126] Campbell, S. Translation into the Second Language [M]. London and New York: London, 1998.

[127]Chen Jo - his. The Execution of Mayor Yin and Other Stories from the Great Proletarian Cultural Revolution[M]. Trans. Nancy Ing& Howard Goldblatt. Bloomington: Indiana Univ. Press, 1978.

[128]Christina, S (ed.). Translation and Norms[M]. Beijing: Foregin Language Teaching and Research Press, 2007.

[129]C. T. Hsia(ed.). Twentieth-century Chinese Stories[C]. New York and London: Columbia University Press, 1971.

[130]Damm, J. Same sex desire and society in Taiwan, 1970—1987[J]. The China Quarterly, 2005(81).

[131] Duke Michael S. Chinese literature: essays, articles, Reviews [J]. Clear, 1984, 6(1/2).

[132] Federman, R. The Writer as Self - Translator. In A. W. Freidman et al. (eds.). Beckett Translating: Translating Beckett[M]. Pennsylvania State University Press, 1987.

[133] Ferreira, A. language Direction and Translation: An Investigation of Translators' Cognitive Processing in the Language Pair English/Portuguese[M]. Federal University of Minas Gerais, Belo Horizonte, Brazil, 2010.

[134] Fitch B T. Beckett and Babel: An Investigation into the Status of the Bilingual Work[M]. Toronto, Buffalo& London: University of Toronto Press, 1988.

[135] Goldblatt, H. The writing life [N]. Washingtonton Post, 2002 - 04 - 28(10).

[136] Goldblatt, H. Blue Pencil translating: Translator as editor[J]. Translation Quarterly, 2004(33).

[137] Gopinathan, G. Translation, transcreation and culture: Theories of translation in Indian languages[A]. In T. Hermans(ed.). Translating Others(Vol. 1)[C]. Manchester: St. Jerome, 2006.

[138] Grutman, R. Auto - translation[A]. Baker, Mona, Routledge Encyclopedia of Translation Studies[Z]. London: Routledge, 1998.

[139] Guo Jie. Where past meets present: the emergence of gay Identity in Pai Hsien-yung's Niezi[J]. MLN, 2011, 126(5).

[140] Hokenson J. W. & M. Munson. The Bilingual Text: History and Theory of Literature Self - translation[M]. Manchester: St. Jerome Publishing, 2007.

[141] Kelly, D., M. L. Nobs, D. Sanchez, and C. Way(eds.). La direccionalidada en traduccion e interpretacion[M]. Perspectivas teoricas, profesionales y didacticas. Granada: Editorial Atrio, 2003.

[142] Kristeva, J. Desire in Language: a Semiotic Approach to Literature and Art

[M]. Oxford: Blackwell, 1969.

[143] Kulick, D. Gay and lesbian language[J]. Annual Review of Anthropolpgy, 2000, 1(29).

[144] Kuo-ch'ing Tu., Terence Russell(eds.). Taiwan Literature English Translation Series, No. 40 [Z]. California: US - Taiwan Literature Foundation, 2017.

[145] Jiang, Linshan. Transforming the Emotional Regime: Pai Hsien-yung's Crystal Boys[J]. Queer Cats Journal of LGBTQ Studies, 2019, 3(1).

[146] Joseph S. M. Lau. Crowded Hours Revisited: The Evocation of the Past in Taipei jen[J]. Journal of Asian Studies, 1975, xxxv(1).

[147] Joseph S. M. Lau. Celestials and commoners: exiles in Pai Hsien-yung's stories [J]. Monummenta Serica, 1984(36).

[148] Joseph S. M. Lau, Howard Goldblatt(eds.). The Colombia anthology of modern Chinese literature[C]. New York: Columbia University Press, 1995.

[149] Londale, B., Direction of translation(directionality). In Routedge Encyclopedia of Translation Studies, M. Baker(ed.)[Z]. London and New York: Routledge, 1998.

[150] Luke, C., Engendering the Nation in Pai Hsien-yung's "Wandering in the Garden, Waking from a Dream"[J]. Modern Chinese Literature. (Special issue on contemporary Chinese literature from Taiwan) 1992, 6(1/2).

[151] Manguel, A., Stephenson, C. In another part of the forest: an anthology of gay short fiction[M]. New York: Crown Trade Paper backs, 1994.

[152] McDougall B. S., Problems and Possibilities in Translating Contemporary Chinese Litearture[J]. The Austrian Journal of Chinese Affairs, 1991(25).

[153] McDougall B. S., Literary Translation: The Pleasure principle[J]. Chinese

Translators Journal, 2005, 25(5).

[154] Nancy Ing(ed.). Winter Plum: contemporary Chinese fiction[M]. Taipei: Chinese Materiasl Center, 1982.

[155] Pai, Hsien-yung. Li Tung: A Chinese Girl in New York. H. Y. Pai and C. T. Hsia(trans). In: C. T. Hsia(ed.). Twentieth Century Chinese Stories[C]. New York: Columbia University Press, 1971.

[156] Pai, Hsien-yung. Taipei People[M]. Trans. Pai Hsien-yung and Patia Yasin. Trans. George Kao(ed.). Hong Kong: Hong Kong Chinese University Press, 2000.

[157] Pai, Hsien-yung. One Winter Evening. L. M. Chu(trans). In: P. Y. Chi (ed.). An Anthology of Contemporary Chinese Literature in Taiwan[C]. Taipei: National Institute for Compilation and Translation, 1975a.

[158] Pai, Hsien-yung. The Eternal Yin Hsueh-yen[J]. Trans. K. Carlitz and A. Yu. Renditions, 1975b(5).

[159] Pai, Hsien-yung. One Winter Night. J. K. Terry and S. Tracy(trans.)[C]. J. S. M. Lau, T. A. Ross(eds.). Chinese Stories from Taiwan: 1960—1970. New York: Columbia University Press, 1976.

[160] Pai, Hsien-yung. Wandering in the Garden, Waking from a Dream – Tales of Taipei Characters [M]. Trans. Pai Hsien-yung and Patia Yasin. George Kao (ed.). Indiana: Indiana University Press, 1982.

[161] Pai, Hsien-yung. Crystal Boys[M]. Trans. Howard Goldblatt. San Francisco: Gay Sunshine Press, 1990.

[162] Pai, Hsien-yung. Taipei People[M]. Trans. Pai Hsien-yung and Patia Yasin. George Kao(ed.). Hong Kong: Hong Kong Chinese University Press, 2000.

[163] Pai, Hsien-yung. Crystal Boys[M]. Trans. Howard Goldblatt. Hong Kong:

Hong Kong Chinese University of Hong Kong, 2017.

[164]Pai, Hsien-yung. Taipei People[M]. Trans. Pai Hsien-yung and Patia Yasin. George Kao(ed.). Hong Kong: Hong Kong Chinese University Press, 2018.

[165]Pavlovic, N., Directionality in translation and Interpreting Practice: Report on a questionnaire survey in Croatia[J]. Forum, 2007, 5(2).

[166]Pavlovic, N., Directionality in translation and interpreting practice: Report on a questionnaire survey in Croatia[C]. Pym, Anthony and Perekrestenko, Alexander (eds.) Translation Research Project 1. Tarragona: Intercultural Studies Group, Universitat Rovira i Virgili. 2008.

[167]Pavlovic, T., Exploring directionality in translation studies[J]. Explorations in English Language and Linguistics, 2013, 1(2).

[168]Pearsall, J., The New Oxford Dictionary of English[Z]. Shanghai: Shanghai foreign language education press, 2003.

[169]Schaffner, C., Translation and Norms[M]. Beijing: Foreign Language Teaching and Research Press, 2007.

[170] Sophia, E., Interview: Howard Goldblatt & Sophia Efthimiatou. [EB/OL]. (2012 - 12 - 11) [2020 - 02 - 22] https://granta. com/interview - howard - goldblatt/.

[171]St. Andre, J., Lessons from Chinese History: Translation as a Collaborative and Multi - Stage Process[J]. TTR, 2010, 23(1).

[172]Sparks, S., Steven Sparks interviews Howard Goldblatt[EB/OL]. (2013 - 05 - 26) [2019 - 02 - 14] https://lareviewofbooks. org/article/translating - mo - yan-an - interview - with - howard - goldblatt/.

[173]Steiner, G., After the Babel: Aspects of Language and Translation[M]. New

York: Oxford University Press, 1975.

[174]Toury, G., Descriptive Translation Studies and Beyond[M]. Amsterdam& Philadelphia: John Benjamins, 1995.

[175]Venuti, L., The Translator's Invisibility [M]. London: Routledge, 1995.

[176]Xiao Hong. Market Street: A Chinese Woman in Harbin. Xiao Hong[M]. Trans. Howard Goldblatt. Seattle: Univ. of Washington Press, 1986.

[177]Yang Jiang. Six Chapters from My Life "Downunder"[M]. Trans. Howard Goldblatt. Univ. of Washington Press, 1984.

后 记

这本书是笔者在本人博士论文的基础上修改而成的，其撰写与修订过程可以说充满了艰辛与曲折。

首先特别感念的是恩师——南开大学的王宏印与苗菊教授。因缘际会，我和王老师相识于 2012 年的那次博士生复试上，后来学术交流渐多。我自知学识浅陋，但承蒙导师不弃，认为我有勤奋上进之心，遂于 2015 年招至其门下。王老师授课不拘于教材，而是注重读书报告和集体讨论，使学生各自的特长得以展现。此外，王老师还要求学生不要受专业所限，宜将文史哲融会贯通。这种指导精神源自其渊博的学识与深厚的学术素养，也为我们日后的研究打下坚实的基础。本书的选题与整体架构则得益于老师的启发及其高屋建瓴的宏观指导。之所以选择作家白先勇为研究对象，其主要目的在于突破当前大陆学者翻译研究之局限，将台湾的文学译介涵盖进来，其对促进海峡两岸学术之交流自不待言。也由此可见其目光之敏锐，视野之开阔。奈何王先生不幸于 2019 年隆冬遽然辞世，使尚未毕业的我与杨森陷入无边之悲痛中。导师的恩情无以回报，成为终生之憾事。而另外一方面，毕业论文能否顺利完成,成为我与杨森心头挥之不去的阴影。

愁苦之际,是苗菊老师给了我们希望与信心。经师母刘黎燕之请,苗老师毅然承担起我们的论文指导以及相关后续工作。事发突然,兼以疫情蔓延,复使论文指导困难重重。但苗老师不畏艰难,针对论文存在的诸多问题对我们进行细致入微的指导,如摘要的撰写、章节的衔接、结论的归纳,尤其是创新点的阐述更是具体到了个别语词的精雕细琢。苗老师的悉心指导终使粗糙之作在整体上有了较大改观。惜乎我们资质愚钝,有时领悟迟缓或不甚到位,但苗老师总能做到不厌其烦。有时半夜或凌晨打来电话或转发微信,予以耐心开导,直至我们心领神会。苗老师的敬业精神与无私付出,及视我们为其嫡出的做法,让我们动容。在此,我想真诚地对您说一声:苗老师,谢谢您!

其次要感谢的是作家白先勇与《台湾文学英译丛刊》的英文编辑罗德仁。因研究需要,笔者联系到作家白先勇并详陈了英译底稿之于本研究的必要性与重要意义。热忱、仁厚的白先生与图书馆馆长协商之后,决定将电子版的《台北人》英译底稿连同部分书信交给笔者。至于翻译中的细节问题,如当时合作翻译的情景、个别语词翻译背后的动因,均由白先生通过电子邮件传递于笔者。白先生年事已高,打字多有不便,但他总能做到有求必应,认真、及时地解答关于《台北人》翻译的任何问题。而《丛刊》的英文编辑罗德仁全方位的支持更令我备受感动。在笔者的要求之下,罗先生提供了诸多一手资料,如《纽约客》的编译流程、《纽约客》英译的部分底稿等。罗先生还以书面的形式分享了其个人翻译经验,以及编辑《丛刊》的经验教训,如编辑原则的变化、译者与编辑之间的互动和协商等情况。此外,罗先生还就笔者提出的译文修改及其背后的动因进行了详细解答。这些资料所蕴含的价值,保证了本研究的创新意义。可以说,没有作家白先勇与编辑罗德仁的慷慨帮助,这本书是无法完成的。笔者对他们的感恩之情无以言表。

再次要感谢的是读博期间结识的诸多良师益友。他们伴我度过了漫长的求学之路,使孤苦的学术生活平添了几分乐趣。或校园信步,谈天论地;或周末小聚,把酒言欢;或操场奔跑,健体强身。昨日之一切仍历历在目, 思之令人感叹往事不可追。他们有同年入学的侯典峰、牛军、孙鲁瑶、潘帅英、邵艳等,以及后来的侯强、李争、田国立、韩奉录等,经济学院的有杨德彬、薛同锐、李双建、张小鹿、莫龙炯、宗亚辉、何良兴等。在美国读博的蒋林珊也助益良多,提供了大量难以获取的资源。而同门师兄、师姐相聚时的鼓励与开导每每于迷雾之中让我重见日月,而"东方之珠"的歌喉"PK",更有消除学术疲惫之效。其中,张智中与王洪涛两位师兄尤令我感念。张师兄给予了我精神之抚慰,助我走出困境。王师兄提出了诸多修改意见,使论文更为缜密。此外,还要特别感谢华中科技大学的王树槐教授,为听取各方意见,我不揣冒昧请求其为论文提建议。我于当晚十时转交于他,次日八点他即转来六条修改意见。这些建议非悉心通读不能提出。我与王导只有一面之缘,却为我的论文通宵而达旦,此种慷慨与热心,令我感动不已。

此外,这里还要感谢几位外籍友人,如来自英国的 Greg 先生及美国的 Kate 女士。他们都曾执教于阜阳师范大学。笔者曾因负责外教事务而与之结下深厚友谊。他们或为我查阅稀缺资料,或修润英文摘要,或配合做问卷调查。其所表现的善意与无私，令我感念友谊之珍贵。

感谢我的爱人李云与女儿宋梓涵。五年来，她们无怨无悔的付出与支持，使我得以安心学业。读博时，女儿尚未入托，归来时，已是幼儿园毕业。女儿体弱多病，曾使爱人身心俱疲，爱人却毅然坚持始终而不倒，见证了“为女则弱，为母则刚”之品性。即便在我陷入困顿、绝望之时，爱人也无丝毫怨言，而是克服了无边压力，一如既往地在经济与精神上予以支持。家人是我的精神支柱，支撑着我走出阴霾，走向光亮。

需要感谢之人还有很多，不再一一表述。他们为我的人生历程注入了色彩与力量，感恩之情将永驻我心。

另外，我还要特别感谢天津人民出版社王琤编辑为本书的出版付出的劳动和心血，正是她的精心修订才使得该书顺利出版。

本书由南京大学“白先勇文化基金”赞助出版，得到作家白先勇的力荐，以及“白先勇文化基金”负责人刘俊教授及其他审稿专家的肯定，在此表示诚挚的谢意。

2021 年 5 月 15 日

宋仕振